Blattvertrauen

Isabella Proctor Gemütliche Paranormal Krimis

Buch 1

Lisa Bouchard

Lektorat: Kathryn Barnsley, KRB Editorial
Coverdesign: Karen Dimmick, Arcane Covers

https://LisaBouchard.com

ÜBER DIESES BUCH

Die angehende Tränke-Hexe Isabella Proctor träumt von einem normalen Leben fernab der Magie. Doch als sie über den leblosen Körper ihres Mentors stolpert, gerät ihre Welt aus den Fugen, und ein einfaches Leben scheint in weite Ferne zu rücken.

Plötzlich in eine Mordermittlung verstrickt, findet sich Isabella als Hauptverdächtige in den Augen des neu eingetroffenen Detektivs Palmer wieder. Jonglierend zwischen einer maroden Apotheke, einer Großmutter, die Menschen sieht, die nicht da sind, und einer Polizeibehörde, die unerfahren in der Aufklärung von Morden ist, muss Isabella ihren Verstand und ihre Magie einsetzen, um ihren Namen reinzuwaschen.

Mit lauernder Gefahr an jeder Ecke und ihrer Freiheit auf dem Spiel, kann Isabella die Apotheke retten, die Wahrheit aufdecken und endlich das Leben umarmen, das sie sich immer gewünscht hat? Die Loyalität und magischen Fähigkeiten der Familie Proctor werden in dieser spannenden Geschichte voller Mysterien, Magie und Chaos auf die Probe gestellt. Halten Sie sich fest, während Isabella Sie auf eine wilde und bezaubernde Reise mitnimmt!

Kapitel 1

Eine Hexe zu sein, war nichts, worüber wir mit Kunden sprachen. Seit der Verurteilung meiner Vorfahrin Elizabeth Proctor wegen Hexerei sind über vierhundert Jahre vergangen, und die Angst entdeckt zu werden, steckte uns noch immer tief in den Knochen. Deshalb wirkten die Hexen in Portsmouth nach außen hin wie normale Menschen. Na ja, vielleicht nicht normal. Eher harmlos exzentrisch.

Nehmen wir mich zum Beispiel: Ich sah aus wie jedes andere einundzwanzigjährige Ladenmädchen mit zwei Jobs, das versuchte, auf eigenen Füßen zu stehen. Ich war eins siebzig groß, hatte schwarzes Haar, dunkelblaue Augen und Gesichtszüge, die mir für mein Gesicht zu markant erschienen. Meine beste Freundin Abby meinte, ich sei glamourös, aber ich fand, ich war eher ein hässliches Entlein. Abby war schon immer die Schöne gewesen, mit feinen

Gesichtszügen, glänzendem goldenen Haar und der Art von Anmut und Ausstrahlung, die aus über einem Jahrzehnt Tanzunterricht resultierte.

Vielleicht wäre ich in einer Menschenmenge nicht aufgefallen, aber ich war eine der wenigen Tränkehexen in New Hampshire.

Ich griff nach dem verzierten Messingknauf und öffnete die Tür zur Portsmouth Apotheke. Der Laden roch immer nach dem Tee des Tages, und heute war es Hagebutte und Hibiskus. Ich schloss die Tür hinter mir und nahm mir einen Moment Zeit, den Verkaufsraum zu überblicken. Die Kräutergläser, die die rechte Seite des Ladens säumten, waren trotz des Vorrats im Vorbereitungsraum fast leer, die Kerzenauslage in der Mitte des Raumes musste aufgefüllt werden, und einige der touristischen Nippes vor dem großen Schaufenster waren vom Tisch gefallen.

Ich ging schnell ins Büro im hinteren Teil, wo ich meinen Mantel aufhängte und meine Haare zu einem Dutt zusammenband. Ich liebte diesen Laden und die Möglichkeit, meine Fähigkeiten als Tränkehexe einzusetzen, um Menschen - und Hexen - zu helfen, auch wenn die Menschen nicht wussten, dass Magie im Spiel war.

Als ich in den Hauptraum zurückkehrte, sah ich zu Trina Bassett, meiner Chefin. Ihre Lippen waren vor Frustration zusammengekniffen und ihr linkes Auge zuckte. Sie war damit beschäftigt, Frau Williams bei einer Bestellung zu helfen. Frau Williams war in ihren Siebzigern, kleidete und verhielt sich aber mindestens zwei Jahrzehnte jünger. Sie war äußerst pingelig und wählte jede Lavendel- und Kamillenblüte für ihre Teemischung selbst aus. Es dauerte ewig, ihre wöchentliche Bestellung fertigzustellen. Ich konnte an der Art, wie Trina ihren kurzen, rundlichen Körper steif hielt, erkennen, dass ihre Geduld fast am Ende war.

Blattvertrauen

„Guten Morgen, Isabella", rief Trina mir zu, während sie ein Glas Lavendel aus dem Regal nahm und es Frau Williams zeigte.

Ich lächelte ihr zu und hoffte, sie würde meine Ermutigung verstehen. „Morgen, Trina. Morgen, Frau Williams."

Frau Williams zeigte mit einem knochigen Finger auf einige Lavendelblüten, und Trina zog sie vorsichtig mit einer Pinzette heraus. Normalerweise verwendeten wir eine Schaufel, um die Kräuter aus ihren Gläsern zu entnehmen, aber nicht für Frau Williams. Ein halbes Pfund Tee zusammenzustellen konnte für sie eine Stunde dauern.

Die Wolken brachen auf und Sonnenlicht flutete durch das Schaufenster. Das Licht reflektierte von den blassgelben Wänden und tauchte den Laden in einen warmen Schein. Der März in New Hampshire war fast immer grau, aber diese Momente des Sonnenscheins erinnerten uns daran, dass besseres Wetter im Anmarsch war. Ein Sonnenstrahl, der sich in einer Glasscherbe in der Nähe der Kräutergläser spiegelte, fiel mir auf. Ich wollte Trina fragen, was heute passiert war, dass der Laden in solch einem Durcheinander war, aber das musste warten, bis Frau Williams gegangen war. Ich holte den Besen und die Kehrschaufel aus dem Schrank neben der Hintertür. Als ich die Schranktür schloss, erhob Frau Williams ihre Stimme.

„Es ist mir egal, was Sie denken, Trina, Sie wissen, was das Richtige ist, und ich erwarte, dass Sie sich bis heute Abend darum kümmern. Ich lasse mich nicht dafür verantwortlich machen, wenn Sie es nicht tun."

Um nicht zu stören, stand ich an der Kasse im hinteren Teil des Raumes. Nachdem Frau Williams gegangen war, fegte ich das Glas auf, während Trina die Blumengläser, die sie benutzt hatte, zurückstellte. „Worum ging es da?", fragte ich.

„Mach dir keine Sorgen, meine Liebe", sagte sie. Ihre Grimasse verriet mir etwas anderes. Ich war seit etwa einem Jahr Trinas Lehrling, und sie verbarg ihre Sorgen nicht annähernd so gut, wie sie dachte.

Ich fegte weiter und fand mehr Glasscherben und zerschnittene Dong Quai-Wurzel. Ich nahm den Dong Quai-Behälter vom Tresen, um ihn zu inspizieren. Er war durch eines der neuen, breiteren Gläser ersetzt worden, auf die Trina langsam umstellte. Warum war das alte Glas zerbrochen, und vor allem, warum hatte Trina es nicht vollständig aufgeräumt?

Bevor ich fragen konnte, reichte Trina mir ein Glasfläschchen. „Deine Einsetzungszeremonie steht bald an, oder?"

„Sie ist nächste Woche. Kommst du?"

„Ich würde sie um nichts in der Welt verpassen", sagte Trina.

Die Einsetzung war der Zeitpunkt, der alle sieben Jahre stattfand, an dem eine Hexe wählte, worauf sie ihre Arbeit und ihr Studium konzentrieren würde. Meine Cousinen Thea und Delia und ich würden unseren ersten Schwerpunkt jenseits des Anfängerniveaus wählen. Ich plante, Tränke zu wählen, und wusste nicht, was Thea oder Delia wählen würden.

„In diesem Fall ist es Zeit für einen Test. Ich mache hier fertig. Du hast eine halbe Stunde, um mir die acht Bestandteile dieses Tranks zu nennen."

Ich blies mir eine Haarsträhne aus dem Gesicht und nahm das Fläschchen mit in den Vorbereitungsraum zu meinem kleinen Tresen gegenüber dem Büro. Der kleine Raum hatte zwei Arbeitsflächen, zwei Stühle und all unseren zusätzlichen Vorrat auf Regalen, die drei Seiten des Raumes säumten. Wir hielten das Licht gedämpft, weil wir dort lichtempfindliche Zutaten lagerten.

Im Gegensatz zum Verkaufsraum roch es im Vorbereitungsraum grün und erdig. Ich setzte mich auf meinen Stuhl, schloss die Augen und konzentrierte mich. Es gab eine Standardmethode zur Bestimmung von Trankzutaten, und solange ich alle Schritte in der vorgegebenen Zeit durcharbeitete, sollte ich den Test bestehen können. Ich hätte einen Zauber sprechen können, um die Zutaten zu bestimmen, aber Trina war altmodisch und wollte, dass ich die nicht-magischen Methoden lerne, die ich vor Kunden anwenden konnte. Die ersten beiden Tests waren einfach: Geruch und Aussehen. Ich entkorkte das Fläschchen und roch sofort stechendendes Ingweröl. Ich goss den Trank in eine Schale und erkannte den Schimmer von Perlenpulver. War dies ein Langlebigkeitstrank?

Bevor ich zum nächsten Schritt übergehen konnte, öffnete Trina die Tür. „Deine Mutter hat angerufen und gesagt, du sollst sie sofort zurückrufen."

Ich war so auf meinen Test konzentriert gewesen, dass ich das Telefon nicht hatte klingeln hören. Ich rieb mir die Stirn. Wann immer meine Mutter mir etwas mitteilen wollte, war es dringend - zumindest für sie. Ich wollte meinen Test nicht für etwas unterbrechen, das noch weitere fünfundzwanzig Minuten warten konnte.

„Hast du ihr gesagt, dass ich beschäftigt bin?"

„Nein, habe ich nicht. Ruf sie an, und wenn du noch ein paar Minuten zum Fertigstellen brauchst, kannst du sie haben. Ich bin im Büro, falls du mich brauchst."

Ich zog mein Handy aus der Tasche und wählte. „Hi, Mama. Ich bin mitten in einem Test. Was gibt's?"

„Hallo, Schätzchen, ich weiß, ich habe gesagt, ich würde dich nicht stören, als du ausgezogen bist. Es ist Wochen her, seit wir dich gesehen haben, und wir vermissen dich", sagte sie mit zittriger Stimme.

Ich dachte über die sechs Monate nach, seit ich ausgezogen war, und erkannte, dass sie recht hatte. Ich hatte einen langsamen Rückzug aus dem täglichen Familienleben geplant, als ich aus dem Haus auszog, um die Trennung für alle einfacher zu machen. Ich war die erste Person seit zwei Generationen, die in eine Wohnung zog, und meine Großmutter, Mutter und Tanten waren alle traurig über meine Entscheidung.

„Tut mir leid deswegen. Es war unglaublich viel los, und wenn ich mich daran erinnere anzurufen, ist es schon zu spät in der Nacht."

„Ich möchte, dass du heute zum Abendessen kommst. Ich mache mir Sorgen um deine Großmutter. Ihre Gesundheit hat sich verschlechtert, und wir können nicht herausfinden, was nicht stimmt", sagte sie mit mehr Verzweiflung in der Stimme, als ich sie seit langem gehört hatte.

Mir sank das Herz. Oma war siebenundsiebzig, und obwohl Hexen doppelt so alt werden können, war es nicht garantiert. „Klar, ich kann zum Abendessen kommen, aber wie kann ich helfen?"

„Deine Großmutter hört auf dich, und ich möchte, dass du sie überzeugst, einen Arzt aufzusuchen. Kannst du Trina bitten, vorbeizukommen und auch nach ihr zu sehen?"

Oma war stur unabhängig und dachte, sie wüsste genug über Kräutermagie, um sich fast ewig am Leben zu erhalten. Sie begann erst auf meinen Rat zu hören, als ich Trinas Lehrling geworden war.

„Ich bin nicht sicher, ob sie auf mich hören wird, aber ich werde es versuchen."

„Gut. Das Abendessen ist um sechs. Sei nicht zu spät."

Ich legte auf und wandte mich meinem Trank zu, wobei ich versuchte, meine Sorge um Oma aus meinen Gedanken zu verdrängen.

„Ist alles in Ordnung?", fragte Trina von der Tür aus.

Ich sah zu ihr auf und zwang mich, nicht zu weinen. „Oma geht es nicht gut, und meine Mutter und Tanten können nicht herausfinden, was los ist. Sie wollen, dass ich sie überzeuge, zum Arzt zu gehen."

Trina schüttelte den Kopf. „Deine Großmutter war noch nie in ihrem Leben bei einem Arzt, ich bezweifle, dass sie jetzt damit anfangen wird."

„Kannst du heute Abend mit ihr sprechen?"

„Ich kann nicht. Ich habe jemanden, der nach Ladenschluss in den Laden kommt. Ich habe eine andere Idee. Lass das Teströhrchen hier und lass uns zum Gewächshaus gehen."

Ich folgte Trina durch die Hintertür und zog meine schwarze Strickjacke fest um mich, um mich gegen die kalte Märzluft zu schützen. Die Rosen- und Wacholderbüsche neben dem Gewächshaus raschelten im Wind. Unsere Füße knirschten auf dem Kiesweg, der endlich schneefrei war.

Das Gewächshaus war ein kleines verglastes Gebäude, das sie im gemeinsamen Hinterhof hinter der Apotheke errichtet hatte und das die meisten Kräuter und Blumen lieferte, die wir brauchten. Die vom Boden bis zur Decke reichenden Regale waren voll mit seltenen und gewöhnlichen Pflanzen, die wir für unsere Tinkturen verwendeten, als getrocknete Waren verkauften oder zu Pulver mahlten. Ich trat ein und atmete tief ein. Die sauerstoffreiche Luft, die schwer vom Duft früh blühender Rosen und Echinacea war, heiterte mich auf. Die leuchtenden Blumen standen in starkem Kontrast zu dem schmutzigen grauen Schnee, der sich an den Rändern des Hofes türmte, und deuteten auf den Jahreszeitenwechsel hin, nach dem sich am Ende des Winters alle sehnten.

Ich hatte als Kind viel über Gärtnern von meinem Großvater gelernt und nutzte seine Lektionen, um die Gewächshauspflanzen zum Gedeihen zu bringen. Opa und ich verbrachten unsere Wochenenden das ganze Jahr über damit, in den Familiengärten zu arbeiten: Nutz-, Blumen-, Gedenk- und Heilkräutergärten. Wenn wir in den warmen Monaten nicht draußen daran arbeiteten, saßen wir im Winter am Kamin und planten Änderungen und Ergänzungen oder zogen im frühen Frühling Samen.

Trina schloss die Tür. „Es ist Zeit für dich, deine Kräfte einzusetzen, um Tränke zusammenzustellen. Du hast gelernt, was jede dieser Pflanzen bewirkt. Jetzt musst du diese Informationen mit dem, was du über andere Menschen weißt, verbinden, um ein wirksames Heilmittel zu erzeugen. Du hast im vergangenen Jahr deine Intuition geschärft, und es ist Zeit, sie zu nutzen."

Ich starrte sie mit offenem Mund an. „Du willst, dass ich rate?"

Sie legte ihre Hand auf meine Schulter und drückte sie ermutigend. „Nein, ich möchte, dass du an jemanden denkst, der dir nahesteht, jemanden, der dir wichtig ist, und dann deinem Instinkt folgst."

Wir standen einen Moment schweigend da, während ich nachdachte.

„Wen hast du gewählt?"

„Oma", sagte ich.

Trina lächelte. „Ich dachte, du würdest sie wählen. Nutze deine Intuition und wähle zwischen Tinktur, Tee oder Balsam."

„Tinktur, weil es einfacher sein wird, sie ihrem Essen beizumischen", sagte ich.

„Sei vorsichtig, jemandem ohne dessen Erlaubnis medizinische Hilfe zu geben, ist der erste Schritt, um ihm und dir selbst zu schaden."

„Ich weiß." Es ging tiefer als das. Magie bei nicht-magischen Menschen anzuwenden, wurde fast einheitlich missbilligt. Heiltränke waren eine der wenigen Ausnahmen, aber selbst dann musste die Person die Zutaten kennen, die sie kaufte. Es gab keine Ausnahme, wenn die behandelte Person eine Hexe war.

„Schließ deine Augen und konzentriere dich auf deine Großmutter. Sobald du sie im Sinn hast, lass deine Intuition dich zu den Pflanzen führen, die sie braucht. Wenn du jede identifiziert hast, gehen wir rein und du stellst die Tinktur her."

Ich biss mir auf die Lippe und schloss die Augen. Als ich Oma fest im Sinn hatte, nahmen der Zitronenbaum, der Rosmarinstrauch und der kleine Wacholderbusch vor dem Gewächshaus ihren Platz in meiner Vision ein. Ich öffnete die Augen. „Zitrone, Wacholder und Rosmarin."

Trina nickte. „Okay, dann pflücke ein bisschen von jedem und triff mich drinnen."

Als ich in den Vorbereitungsraum zurückkehrte, legte ich die Zutaten für die Tinktur auf meinen Tisch und schaute ins Büro, wo Trina mit dem Rücken zu mir an ihrem Handy war.

Ihre Schultern versteiften sich. „Wo, glaubst du, soll ich so viel Geld herbekommen?"

Ein Mann brüllte am anderen Ende der Leitung, aber ich erkannte seine Stimme nicht. Es hätte jeder sein können, da das Telefon seine Stimme blechern klingen ließ.

„Es ist mir egal, woher du es bekommst oder was du tun musst, um es zu bekommen. Ich komme heute und du willst mich nicht enttäuschen."

Kapitel 2

Trina knallte das Telefon auf ihren Schreibtisch, ohne ein weiteres Wort zu sagen.

Ich klopfte an den Türrahmen des Büros. „Alles okay bei dir?"

Trina drehte sich zu mir um und blinzelte Tränen zurück. „Mir geht's gut. Oder zumindest wird es mir gut gehen, sobald ich ihn zur Vernunft gebracht habe."

Ich lächelte und sagte okay, aber ich glaubte ihr nicht. Ihre Unterlippe zitterte und sie zwang sich, mich anzulächeln.

„Lass uns über etwas Wichtiges reden. Erkläre mir, warum deine Großmutter diese braucht", sagte Trina.

„Zitrone wird ihr Blut stärken, Wacholder ihren Appetit anregen und Rosmarin wird helfen, den geistigen Nebel zu lichten."

„Das ist gut für jede Frau in ihrem Alter, und wenn es das Problem löst, dann ist nichts ernsthaft mit ihr falsch."

Sie setzte sich auf die Kante ihres Schreibtischs und seufzte. „Das Problem ist, sie dazu zu bringen, es einzunehmen. Glaubst du, sie wird es nehmen, weil du sie darum gebeten hast? Oder wirst du sie überzeugen müssen?"

„Ich dachte, ich würde ihr sagen, dass es Teil meiner Hausaufgaben ist und dass du es genehmigt hast. Dann hat sie vielleicht mehr Vertrauen darin."

„Überlege dir die beste Herangehensweise, während du deine Zutaten vorbereitest. Mach dir keine Sorgen um den Test. Du kannst ihn morgen beenden."

Nach einer halben Stunde des Tränkebrauens führte ich meine Hand über das gefüllte Fläschchen und flüsterte meine Absicht: „Stelle Omas Gesundheit wieder her."

Jeder konnte einen Trank aus einem Buch herstellen, aber es war die magische Absicht, die eine Hexe am Ende des Prozesses hinzufügte, die ihm wahre Wirksamkeit verlieh.

Ich brachte den Trank zu Trina, damit sie ihn überprüfen konnte. Sie wirkte einen subtilen Zauber mit einem Fingerschnippen, um meinen Trank zu prüfen.

„Wacholder, Zitrone, Rosmarin. Gute Arbeit. Deine Absicht ist auch stark. Sag deiner Großmutter, ich hätte gesagt, sie wäre dumm, ihn nicht zu nehmen. Sie braucht vielleicht mehr als eine Dosis, verteilt über ein paar Tage, bevor es ihr wieder besser geht. Wenn es ihr allerdings schlechter geht, hör sofort auf, ihn ihr zu geben." Sie reichte mir das Fläschchen und nahm einen Umschlag von ihrem Schreibtisch. „Pass auf den Laden auf, während ich das zum Briefkasten bringe."

Ich ließ das Fläschchen in meine Tasche gleiten. Wir hatten keine Kunden, also nahm ich die Lavendel- und Kamillen-Gläser mit in den Vorbereitungsraum, um sie aufzufüllen. Ich war halb fertig, als der Alarm auf meinem

Handy losging. Zeit, zu meinem zweiten Job zu gehen – dem, der meine Rechnungen bezahlte.

Während ich viel von Trina lernte, wurde ich als ihre Lehrling nicht bezahlt. Ich musste dreißig Stunden pro Woche in meinem zweiten Job arbeiten, als Thekenkraft im The Fancy Tart Café. Es war nicht der schlimmste Job aller Zeiten, und Bethany Swift, die Besitzerin, war vernünftig, was Chefs angeht. Irgendwann wollte ich aber meinen eigenen Trankshop führen.

Man könnte meinen, ich hätte als Hexe keine Sorgen, weil ich mein eigenes Glück machen, all das Geld herbeizaubern könnte, das ich brauchte, und Liebestränke herstellen könnte, um jeden anzuziehen, den ich wollte. Die Hexerei, die meine Familie praktizierte, war nicht so.

Wir befolgten einige strenge Regeln, weil es große Konsequenzen gab, wenn man sie brach. Aus den Horrorgeschichten, die ich als Kind gehört hatte, wusste ich, dass ich niemals, wirklich niemals, Magie für persönlichen Gewinn einsetzen würde, weil der Preis zu hoch war. Ihr habt das Stereotyp der hässlichen alten Schachteln gehört? Das waren Hexen, die ihre Macht für selbstsüchtige Zwecke nutzten.

Ich schnappte mir meinen Mantel und spähte aus dem Fenster. Ich wollte den Laden nicht verlassen, bis sie zurück war, aber ich wollte auch nicht zu spät zur Arbeit kommen. Ich schloss meine Augen und entspannte die Anspannung in meinem Kiefer. Trina würde jeden Moment zurückkommen und das Café war nur ein paar Blocks entfernt.

Die Türglocken läuteten und ich öffnete meine Augen.

„Tut mir leid, ich bin mit Caroline ins Gespräch gekommen und konnte mich nicht losreißen. Wir sehen uns morgen?", sagte Trina.

Ich lächelte. Caroline Arneson würde jedem den Tag verderben. Sie wollte den Platz der Apotheke, um ihren eigenen Touristenladen zu erweitern, aber Trina weigerte sich standhaft umzuziehen.

„Ja. Ich werde vor zehn hier sein. Soll ich Kaffee mitbringen?"

Trina lehnte den Kaffee ab und erinnerte mich noch einmal daran, dass wir niemals Zauber auf eine andere Person wirken oder sie ohne Erlaubnis behandeln. Ich stimmte zu, dachte aber, sie klang eher so, als würde ich gleich zum Darth Vader mutieren, wo ich doch nur ein bisschen mehr Schwung in Omas Schritt bringen wollte.

Ich lief die zwei Blocks zum „Fancy Tart" und versuchte, nicht in jedes Schaufenster voller neuer Frühjahrsware zu schauen. Ich liebte das malerische Flair der Backsteingebäude in der Market Street und ihre touristische Atmosphäre, aber heute hatte ich keine Zeit zum Schaufensterbummel. Wenn ich nicht in Eile war, liebte ich es, zu den fünfstöckigen Gebäuden am Market Square aufzublicken und davon zu träumen, eine der Eigentumswohnungen in den oberen Stockwerken zu besitzen. Die Vielfalt der Geschäfte am Platz garantierte praktisch, dass ich das Viertel für nichts, was ich brauchen könnte, verlassen müsste. Ich besaß kein Auto und würde hier in Portsmouth auch nie eines benötigen. Ich öffnete die Hintertür der Bäckerei und stempelte zwei Minuten zu spät ein.

Ich verstaute meine Sachen in meinem Spind und stellte mich vor den zwei Meter hohen Ofen, in dem Roggen-

und Pumpernickelbrote buken. Ich streckte meine Hände aus und wärmte sie nach dem kalten Weg von der Apotheke.

Bethany, meine Chefin, drehte sich von den Papieren auf ihrem Schreibtisch in der Ecke der Küche um und strich sich eine Locke grauen Haars aus dem Gesicht. Sie hatte Mehl auf ihrer spitzen Nase und ein Grinsen auf ihren breiten Lippen. „Isabella, hallo. Ist es schon zwei?"

„Jap. Worauf soll ich mich heute konzentrieren?" An manchen Tagen gab es spezielle Projekte, die sie erledigt haben wollte, an anderen bediente ich Kunden, also fragte ich immer zuerst nach.

„Wir hatten heute viel zu tun. Fang damit an, Kunden zu bedienen."

„Alles klar."

Ich ging durch die Küche und schlängelte mich zwischen den Metalltischen hindurch, an denen die Bäcker den Teig kneteten. Es war ruhig, da die drei großen Standmixer an der Rückwand alle ausgeschaltet waren. Ich begrüßte den Nachmittagsbäcker, Andrew. Andrew war Bethanys jüngerer Bruder und hatte mit 68 Jahren immer noch genug Energie, um mich vor Neid erblassen zu lassen. „Hey, Isabella. Wie läuft's?"

„Nicht schlecht. Was ist heute besonders gut?"

Er grinste. „Alles ist gut. Die letzte Charge Croissants ist besonders blättrig, die kann ich empfehlen."

Mir lief das Wasser im Mund zusammen. Wenn bis zu meiner Pause noch welche übrig wären, würde ich mir eins mit Abby teilen.

Als ich durch die Schwingtüren ging, die den vorderen Teil des Ladens von der Küche trennten, war ich überrascht, eine Schlange von Kunden zu sehen, die sich durch den Laden schlängelte und an der Tür endete. Die Glasvitrinen waren fast leer, aber was noch da war, war ordentlich arrangiert. Studenten, die ihren frühen Nachmittagskoffeinschub brauchten, belegten alle Eichentische.

Ich schaute auf die Tafel hinter der Kasse, um die Tagesangebote zu sehen. Der Lavendel-Honig-Tee war ausverkauft, aber der Kardamom-Rosen-Kaffee war noch verfügbar.

Der nächste Kunde in der Schlange erregte meine Aufmerksamkeit. Es war Chuck Mitchell, unser Nachbar von unten. Normalerweise versuchte er sich so zu positionieren, dass Abby Allen, meine beste Freundin seit dem Kindergarten, ihn bedienen würde.

„Ich kann Ihnen hier helfen, Chuck", sagte ich mit meinem strahlendsten Lächeln. Chuck war irgendwie gutaussehend, wenn man auf Halsbart und Haare stand, die ständig gekämmt werden mussten. Leider für Chuck bevorzugte Abby den athletischen, gepflegten Typ. Seine Chancenlosigkeit hielt Chuck aber nicht davon ab, sie mindestens einmal pro Woche um ein Date zu bitten.

„Hi, Belle", sagte er mit einem Grinsen.

Belle, Bella oder irgendwie anders als mit meinem richtigen Namen genannt zu werden, nervte mich unendlich. Er wusste das und genoss es, mich jedes Mal zusammenzucken zu sehen, wenn er diesen Trick abzog. Überraschenderweise hatte er nicht begriffen, dass es nicht der Weg zum Herzen seiner Angebeteten war, deren beste Freundin zu provozieren.

„Keine Disney-Prinzessin", murmelte ich, bevor ich lauter sagte: „Was darf's sein?"

„Ich nehme das Übliche, Prinzessin."

Sein „Übliches" war ein großer heißer Mokka mit acht Portionen Sahne und vier Zuckern. Ja, das waren vier Zucker zusätzlich zum gesüßten Schokoladensirup. Ich schwor, eines

Tages würde ich allein vom Zubereiten dieses Kaffees einen Zuckerschock bekommen. Ich machte sein Getränk, griff den am schlechtesten aussehenden Schokoladen-Muffin aus der Vitrine und reichte ihm seine Bestellung.

Als ich den am schlechtesten aussehenden Muffin sagte, meinte ich nicht, dass er schlecht war; das hätte Bethany niemals zugelassen. Er war nur etwas kleiner und hatte weniger Schokostückchen als die anderen. War es kleinlich, das zu tun? Ich behaupte, es war viel weniger kleinlich als sein ständiges Belle-Nennen – er hatte es verdient.

Ich kassierte ihn ab und runzelte die Stirn, als er wegging, denn er legte immer einen Fünf-Dollar-Schein in Abbys Trinkgeldglas, egal wer ihn bedient hatte. Sobald er weg war, nahm sie den Schein aus ihrem Glas und steckte ihn in meins.

Meine nächste Kundin war eine weitere Stammkundin, obwohl ich kaum etwas über sie wusste außer ihrem Vornamen. Heute war Agatha in einem Anzug gekleidet, als käme sie gerade von der Arbeit, obwohl sie Schwierigkeiten hatte, einen Job zu behalten. Ihr braunes Haar war mit zwei Bleistiften zu einem Knoten hochgesteckt, und ich war erfreut zu sehen, dass sie passende Schuhe trug. Leider war das nicht immer der Fall. Sie stritt sich mit Alice, der Stimme in ihrem Kopf, und als sie an den Tresen trat, schien es, als würde sie den Streit verlieren.

„Hallo Agatha, kann ich Ihnen helfen?"

„Zwei Buttermilch-Scones und zwei Kamillentees. Wir können uns das Koffein so spät am Tag nicht leisten."

„Sofort." Ich holte die Scones aus der Vitrine. „Wie geht es Ihnen und Alice heute?"

„Sie will Kardamom-Rosen-Kaffee, aber der wird sie die ganze Nacht wach halten. Sie beschwert sich, dass ich ihr nie Spaß gönne."

Ich drehte mich um, um die beiden Tassen Tee zuzubereiten. Agatha war seit mindestens einem Jahr Kundin in der Apotheke, und ich war mir nicht sicher, ob irgendetwas, das Trina und ich ihr anbieten konnten, ihr helfen würde. Sie brauchte wahrscheinlich psychiatrische Hilfe, folgte aber nie unserem Vorschlag, einen Arzt aufzusuchen. Ich reichte ihr den Tee und die Scones. „Schauen Sie in der Apotheke vorbei und sprechen Sie mit Trina. Vielleicht hat sie etwas Neues für Sie zum Ausprobieren."

Ehe ich mich versah, war meine Schicht vorbei und es war Zeit, zum Haus meiner Familie zu gehen. Ich war zu beschäftigt damit gewesen, Kunden zu bedienen, um mir Sorgen um Oma zu machen, aber als ich die Market Street entlangging, spürte ich ein Gefühl von Unrichtigkeit, das ich nur einmal zuvor gespürt hatte: am Tag, an dem meine Großtante Jem ermordet wurde.

Kapitel 3

Ich stand in der Einfahrt des Proctor House, dem Haus meiner Familie, und versuchte herauszufinden, woher das Gefühl der Beklemmung kam.

Als ich die Fenster des dreistöckigen blauen Kolonialhauses musterte, fiel mir nichts Besonderes auf, außer dass die weißen Verzierungen diesen Sommer einen neuen Anstrich bräuchten. So viel zum Thema Intuition schärfen.

Ich schloss die Augen und ließ meine Sinne durch alle Räume des Hauses schweifen, um etwas Gefährliches zu finden, aber ich konnte das Gefühl nicht genau orten. Ich wollte etwas finden, das ich reparieren konnte, etwas, das Oma gesund machen würde.

Sobald ich die Tür öffnete, strömte mir der Duft von Tante Nadias knoblauchbedecktem Braten entgegen. Mir lief das Wasser im Mund zusammen, als ich meine Familie begrüßte.

Die Küche war für uns das Herzstück des Hauses. Tante Nadia, Tante Lily und meine Mutter Michelle – von meinen Cousinen und mir kollektiv „die Tanten" genannt – besaßen früher ein Catering-Unternehmen und hatten die Küche erweitert, um die zusätzliche Arbeit zu bewältigen. Wir hatten einen Herd mit acht Brennern, drei Standmixer und mehr Töpfe, Pfannen und Utensilien, als wir in drei Leben benutzen würden. Man fand uns fast immer am Küchentisch sitzend, Tee trinkend, lachend, Tante Nadia beim Kochen helfend oder einfach nur zusammen.

Heute Abend kochten die Tanten und meine Cousinen in einem Ballett aus Bewegungen und Herdnutzung. Delia, deren blonde Haare rote Spitzen hatten, schnitt Äpfel. Thea, die keine Zeit für die aufwendigen Schönheitsroutinen hatte, die Delia liebte, trug ihre braunen Haare zu einem Dutt hochgesteckt. Sie sang „Peel Me a Grape", während sie Rosenkohl anbriet.

Tante Nadia, Delias Mutter, war dem Beispiel ihrer Tochter gefolgt und hatte ihr langes blondes Haar schwarz gefärbt, mit Ausnahme einer weißen Strähne vorne. Sie schob Thea beiseite und öffnete die Ofentür. „Der Braten ist in zehn Minuten fertig", sagte sie.

Tante Lily, die Ernsthafteste von uns allen, bevorzugte ihre braunen Haare als Bob – ohne Schnickschnack, wie sie verkündete. Sie stampfte am Küchentisch die Kartoffeln.

Meine Mutter, die Schönste der Tanten, zumindest für mich, rollte den Teig für die Äpfel aus, die Delia schnitt. Überraschenderweise wurde in der Küche wenig Magie verwendet, denn manchmal war ein gutes Werkzeug, wie der rotierende Apfelschäler, einfacher zu benutzen als Magie. Das

Kartoffelstampfen hingegen war der perfekte Einsatzort für Tante Lilys Zerstampfzauber.

Meine Mutter wischte sich die Hände an ihrer Schürze ab. „Isabella, ich habe dich gar nicht reinkommen hören." Sie umarmte mich fest und küsste mich auf die Wange.

„Wo ist Oma?", fragte ich.

„Am Kamin im Wohnzimmer. Sie konnte den ganzen Tag nicht warm werden", sagte meine Mutter, während sie eine dampfende Tasse Tee nahm. „Bringst du ihr das für mich?"

Ich nahm die Tasse und hoffte, Oma dazu überreden zu können, ein paar Tropfen des Tranks zu nehmen, den ich für sie gemacht hatte.

Am Eingang zum Wohnzimmer weckte der Rauch vom Kamin Erinnerungen an das Rösten von Marshmallows bei winterlichen Stromausfällen. Die wenigen Flammen im sterbenden Feuer flackerten und beleuchteten kaum den Marmorkamin. Oma hatte ihren Lieblingssessel, den roten Ohrensessel, so nah wie möglich an den Kamin gerückt. Sie saß da, mit einem Schal um ihre gebeugten Schultern gewickelt. Sie hatte sich nicht die Zeit genommen, ihr langes weißes Haar zu bürsten, und in ihren sonst rosigen Wangen war keine Farbe.

„Hallo Oma", sagte ich. „Ich habe dir frischen Tee mit Honig mitgebracht, um dich aufzuwärmen."

Sie lächelte mich an. „Schön, dich zu sehen, meine Liebe. Ich vermisse dich, wenn du nicht jeden Tag hier bist. Ich habe das Gefühl, dass in deinem Leben Dinge passieren, von denen ich nichts mehr weiß. Ich wünschte, du würdest es dir noch einmal überlegen und wieder nach Hause ziehen." Sie nahm mir die Tasse aus der Hand und blies über das heiße Getränk.

Ich legte drei Holzscheite ins Feuer und schob sie mit dem schmiedeeisernen Schürhaken zurecht. „Ich würde lieber über dich und deine Gesundheit sprechen."

Oma hob eine Augenbraue, sagte aber nichts.

Ich setzte mich auf den Boden zu Omas Füßen und spürte, wie die Wärme in meine kalten Zehen sickerte. „Heute hat mich Trina ins Gewächshaus gebracht und mich aufgefordert, an eine Person zu denken. Als ich diese Person fest im Sinn hatte, sollte ich an alle Pflanzen im Gewächshaus denken, bis einige davon zu mir sprachen." Ich hielt einen Moment inne und fragte mich, ob Oma darüber lachen würde, wie seltsam es klang. Als sie es nicht tat, fuhr ich fort. „Einige taten es, und ich habe dir ein Heilmittel gemacht."

Oma schnaubte. „Was könntest du mir schon machen, das ich mir nicht schon einmal selbst gemacht habe? Ich habe im Laufe meines Lebens so ziemlich alles hergestellt, und auch wenn ich nicht so gut bin wie du, kann ich die Arbeit erledigen."

Ich sah an ihr vorbei und studierte das Muster der Reproduktions-Kolonialtapete des Raumes, während ich meine Gedanken sammelte. „Die Idee war, meine Fähigkeiten zu nutzen, um die richtigen Elemente für dich auszuwählen." Ich nahm die kleine Flasche aus meiner Tasche und hielt sie ihr hin. „Das enthält Zitrone, Wacholderbeere und Rosmarin. Ich habe es selbst gemacht, unter Trinas Aufsicht."

Oma nahm die Flasche. „Und sowohl du als auch Trina sagen, dass das gut für mich sein wird?"

Ich nickte. „Wir machen uns alle Sorgen um dich. Du sitzt hier im Dunkeln, in einen Schal gewickelt, anstatt in der Küche alle herumzukommandieren. Irgendetwas stimmt nicht."

Oma runzelte die Stirn.

„Das ist auch meine Hausaufgabe."

„Ich brauche es nicht", sagte sie. Sie stellte die Flasche auf den Tisch neben ihrem Stuhl, neben ihrem Tee. „Lass uns nachsehen, ob das Abendessen fertig ist."

Oma zu drängen, wenn sie nein sagte, wäre ein Fehler gewesen. Die Tanten würden eine andere Gelegenheit finden, damit ich es beim Abendessen ansprechen konnte. Ich half Oma aus dem Stuhl, etwas, was ich vor ein paar Wochen nie hätte tun müssen. Sie griff nach meinem Arm und wir begannen langsam in Richtung Küche zu gehen. Ich biss mir auf die Lippe, um Tränen zurückzuhalten. Oma war mein Fels in der Brandung, und nachdem wir letztes Jahr Opa verloren hatten, war ich nicht bereit für einen weiteren Todesfall in der Familie.

Im Esszimmer hatte Delia ein weiteres Feuer im Kamin angezündet. Die lebhaften Flammen flackerten und spiegelten sich in den Wandleuchten über dem Sideboard auf der anderen Seite des Raumes. Dies war der kleinere der beiden Esszimmer im Haus, und wir nannten es das Blaue Zimmer wegen seiner blauen Toile-Tapete. Der Kirschholztisch bot Platz für acht Personen, und wir ließen das Kopfende des Tisches immer noch leer, in Erinnerung an Opa.

„Oma, komm setz dich hier ans Feuer", sagte Delia.

Oma ging zu dem Stuhl, den Delia für sie herauszog. „Das klingt wunderbar, danke."

Als ich mich an den Esstisch setzte, überkam mich ein Gefühl der Vollständigkeit, das mir meine Wohnung nicht geben konnte. Nichts fühlte sich so gut an, wie von Familie umgeben zu sein, aber wenn ich diesem Komfort nachgeben und nach Hause ziehen würde, würde es nicht lange dauern, bis ich mich überbehütet fühlen und wieder ausziehen wollen würde. Mein Wunsch nach Freiheit, auch wenn das Alleinsein manchmal beängstigend war, überwog meinen Wunsch, zu Hause zu leben.

Die Tanten reichten Schüsseln um den Tisch herum, und Delia sorgte dafür, dass Oma von allem etwas auf ihrem Teller hatte, obwohl ihre Augen sich bereits zu schließen begannen.

Thea legte ihre Hand auf Omas Schulter und schüttelte sie leicht. „Oma, du musst aufwachen und zu Abend essen", sagte sie.

Oma schnaubte. „Eine Mahlzeit ab und zu auszulassen wird mich schon nicht umbringen."

Die Gabel meiner Mutter klirrte, als sie auf ihren Teller fiel. „Mutter, wie kannst du so etwas sagen?"

„Bleib locker, Michelle. Ihr werdet mich nicht so leicht los - ich habe vor, noch lange hier zu sein", sagte Oma.

Meine Mutter wischte sich mit ihrer Serviette Tränen aus den Augen.

„Tatsächlich", fuhr Oma fort, „haben Isabella und Trina mir einen Trank gemacht, der dafür sorgen sollte, dass ich mich in ein paar Tagen viel besser fühle." Sie wandte sich zu mir. „Hol die Flasche, ich werde etwas davon zum Abendessen nehmen. Wir können nicht zulassen, dass deine Mutter denkt, ich würde jeden Tag sterben."

Ich schenkte ihr ein schnelles Lächeln und holte die Flasche. „Zuerst drei Tropfen, um zu sehen, wie es bei dir wirkt."

„Schade, dass Trina nicht hier ist", sagte meine Mutter.

„Sie hatte einen Kunden nach Feierabend", sagte ich. „Sie hat die Zutaten genehmigt, und ich stelle diese Tinkturen schon lange genug her, dass sie sich keine Sorgen um meinen Prozess macht."

„Wenn sie sich sicher ist ...", sagte meine Mutter.

Tante Lily kam mir zu Hilfe. „Gib dem Mädchen eine Chance. Sie lernt seit fast einem Jahr bei Trina und hat mehr gelernt, als du oder ich je wissen werden. Wenn Trina sagt, es ist in Ordnung, dann ist es das auch."

Oma nahm drei Tropfen in den Mund und trank einen Schluck Wasser. „So. Jetzt muss sich keiner von euch Sorgen machen."

Oma saß aufrechter in ihrem Stuhl, aber ihre Augen waren immer noch vor Erschöpfung halb geschlossen.

Am Ende der Mahlzeit ging Delia in die Küche, um den Apfelkuchen aus dem Ofen zu holen, und während sie weg war, saß Tante Lily kerzengerade auf und stöhnte.

„Mama, was ist los?", fragte Thea vom anderen Ende des Tisches.

„Haltet eure Kinder nah bei euch. Es ist gefährlich, wenn sie sich verirren."

Kapitel 4

Als Tante Lily mit dem Reden fertig war, sackten ihre Schultern zusammen und ihre Augen schlossen sich. Es war schon eine Weile her, dass Tante Lily von einer Vision ergriffen worden war, und ich hatte vergessen, dass sie gelegentlich welche hatte. Das letzte Mal, als ich eine miterlebte, war ich zehn Jahre alt.

„Helft mir ins Bett, Mädchen", flüsterte Tante Lily. Eine Prophezeiung zu haben war erschöpfend, also brachten wir sie nach oben und steckten sie in ihr Bett. Ich küsste sie auf die Stirn und sagte ihr, sie solle sich heute Abend um nichts sorgen. Thea blieb bei ihr, während Delia und ich gingen.

Unten angekommen, gesellten Delia und ich uns wieder zu unseren Müttern im Esszimmer.

„Wo ist Oma?", fragte Delia.

Meine Mutter putzte sich die Nase. „Im Wohnzimmer. Isabella, es gibt nur eine Sache, die diese Prophezeiung bedeuten könnte."

Ich verdrehte die Augen. Ich wollte nicht zum millionsten Mal hören, dass es für mich unsicher sei, irgendwo anders als im Proctor-Haus zu wohnen. „Ich weiß, Mama. Du denkst, es ist nicht sicher für mich, eine Wohnung mit Abby zu haben. Ich kann das nicht, ich bin nicht wie du. Ich kann nicht glücklich sein, wenn alles, was ich je kenne, das Leben hier ist. Ich muss eine Weile auf eigenen Füßen stehen, mein eigenes Leben leben, meine eigenen Fehler machen."

„Und wenn diese Fehler dich dein Leben kosten?", fauchte sie zurück.

Klar, das schien die Prophezeiung zu sagen, aber sie waren nie eindeutig und schienen nie das zu bedeuten, was man zuerst dachte.

„Du übertreibst ein bisschen", sagte ich.

Meine Mutter schob ihren Stuhl vom Tisch weg und stürmte ins Wohnzimmer. Tante Nadia folgte ihr und versuchte, sie zu beruhigen.

„Wenn du öfter anrufen würdest, wäre sie weniger aufgebracht", schlug Delia vor.

Ich seufzte. „Ich weiß. Und ich kann mir vorstellen, dass es nicht leicht ist, dich und Thea jeden Abend hier zu sehen, aber mich nicht."

„Es ist nicht leicht für sie, aber du hast nichts falsch gemacht."

„Fühlt sich trotzdem nicht so an", sagte ich.

Als meine Mutter und Tante ins Esszimmer zurückkehrten, hatten beide gerötete Augen. „Delia, warum hilfst du mir nicht, diesen Kuchen wegzuräumen", sagte Tante Nadia.

Delia grinste. Wir alle wussten, dass es eine Ausrede war, damit Mama und ich etwas Zeit allein hatten.

„Bevor du etwas sagst, möchte ich, dass du weißt, dass ich nicht böse auf dich bin. Ich mache mir die ganze Zeit Sorgen um dich. Ich werde versuchen, das in Zukunft im Zaum zu halten", sagte meine Mutter.

Ich umarmte sie. „Welche Mutter macht sich nicht Sorgen um ihre Tochter? Ich verspreche, öfter anzurufen."

Ich ließ sie los und sie drückte meine Hand. „Das wäre schön. Schaust du morgen bei Oma vorbei?"

„Natürlich."

„Möchtest du zum Nachtisch bleiben?"

Ich schüttelte den Kopf. „Nein danke. Ich werde früh schlafen gehen."

Sie begleitete mich zur Hintertür und küsste mich auf die Stirn, bevor ich ging.

Zur Abwechslung nieselte es mal nicht. Die Temperatur war allerdings gesunken. Ich ging die zehn Blocks über die Backstein-Bürgersteige der Market Street zu meinem Wohnhaus. Die Geschäfte waren alle geschlossen, und anstatt Schaufensterbummel zu machen, schaute ich zum Halbmond auf, der den Nachthimmel erleuchtete.

In fünf der sechs Wohnungen in meinem Gebäude brannte Licht, als ich ankam. Nur die mittlere Wohnung im Erdgeschoss war dunkel, wahrscheinlich weil Mr. Subramanian, mein Vermieter, mit den Renovierungsarbeiten für den Tag fertig war. Ich nahm die Treppe in den ersten Stock, ging an Mrs. Thompsons Wohnung vorbei und schloss die Tür zu der Wohnung auf, die ich mir mit Abby teilte. Sie saß auf der braunen Ledercouch und schaute einen Film mit einer großen Schüssel Popcorn.

Unsere Wohnung hatte die perfekte Größe für uns. Zwei Schlafzimmer, ein Bad, eine Küchenzeile und ein

Wohnzimmer mit einem kleinen Essbereich. Wir hatten den größten Teil des ecruefarbenen Teppichs mit bunten Teppichen bedeckt und versucht, gebrauchte Möbel zu finden, die nicht zu sehr miteinander kollidierten.

„Wie war das Abendessen?", fragte Abby.

Ich ließ mich neben ihr auf die Couch fallen und steckte mir ein Stück Popcorn in den Mund. Ich kaute und seufzte.

„So schlimm?", fragte sie.

„Es war wie immer. Es ist zwar schön, dort zu sein, aber ich hasse den ständigen Druck, wieder nach Hause zu ziehen."

Abby lachte. „Ja, Mama-Schuldgefühle können einen fertig machen."

„Stimmt, nur habe ich Mama-Schuldgefühle, Tanten-Schuldgefühle, Cousinen-Schuldgefühle und am schlimmsten, Oma-Schuldgefühle."

„Das ist ja wie ein ganzer Feiertag voller Schuldgefühle auf einmal", lachte Abby.

Sie hatte nicht Unrecht. Die meisten Familien lebten nicht so zusammen wie unsere. Selbst andere Hexenfamilien waren zufrieden damit, nah beieinander zu wohnen, aber nicht im selben Haus. Für andere Familien fühlte sich unser Abendessen also eher wie ein Feiertag an, weil alle da waren.

Ich nahm noch ein Stück Popcorn. „Ja, ich schätze schon. Aber was will man machen?", fragte ich.

„Du gibst doch nicht nach und ziehst wieder nach Hause, oder?"

Es gab keine Chance, dass das passieren würde. „Auf keinen Fall, ich habe zu hart daran gearbeitet, ohne jemanden zu verletzen wegzukommen, um jetzt zurückzuziehen. Ich habe zu viele Pläne für ein Leben, das sich nicht um das Proctor-Haus dreht."

Ich wollte nicht weiter über meine Familie reden, also warf ich einen Blick auf den Fernseher. Abby schaute den Film, der sie immer aufmunterte.

„Schon wieder Enola Holmes? Was ist passiert?", fragte ich.

Abby schniefte. „Ich habe Bethany gebeten, mir mehr Schulungen zu geben, und sie hat mich abgewiesen. Schon wieder."

Arme Abby. Sie war verzweifelt darauf aus, etwas aus sich zu machen, und hatte sich zum Ziel gesetzt, The Fancy Tart zu leiten, wenn Bethany in Rente ging. Das Problem war, dass Bethany bereits angedeutet hatte, dass sie wollte, dass ich es leite. Ich konnte es nicht leiten und gleichzeitig eine Tränkehexe sein. Ich hatte nur noch keinen Weg gefunden, Bethany das mitzuteilen, ohne sie zu enttäuschen.

Wenn es nur einen Weg gäbe, Bethany zu zeigen, wie sehr sich Abby bemühte. Wenn Bethany so viel Zeit damit verbringen würde, Abby zu schulen, wie sie es bei mir tat, würde Abby viel besser werden.

„Das Erste, was du tun musst, ist aufhören, dich über frühe Morgenstunden zu beschweren. Wenn du in diesem Job aufsteigen willst, musst du dich damit anfreunden, zu lächerlich frühen Zeiten zu arbeiten."

Abby kniff die Augen zu. „Es ist schon schlimm genug, dass ich vor Sonnenaufgang da sein muss, aber darüber auch noch glücklich sein?"

„Du brauchst keinen Jedi-Gedankentrick, um ihre Wahrnehmung von dir zu ändern, hör einfach auf, dich über die frühen Schichten zu beschweren", sagte ich. „Sie hält mich für toll, weil es mir nichts ausmacht, früh aufzustehen, und ich mich nicht darüber beschwere. Ich arbeite nicht härter oder besser als du, aber sie sieht mich als bessere Arbeitskraft."

Abby seufzte. „Dann gibt's wohl keinen Weg drum herum, es ist Zeit für ‚Fake it till you make it'." Sie schaute auf ihre Uhr. „Ich schätze, ich muss ins Bett gehen, sobald dieser Film vorbei ist."

Sie würde um neun im Bett sein, und es gab keine Chance, dass sie vor Mitternacht einschlafen würde, aber zumindest würde sie es versuchen. Und ich konnte ein wenig helfen. „Lass mich dir einen beruhigenden Abendtee machen, der dir beim Einschlafen hilft."

Abby mochte meinen Tee nicht immer, also verzog sie das Gesicht. „Solange kein Bergamotte drin ist."

Ich ging in die Küche und versuchte die Übung, die Trina und ich zuvor gemacht hatten. Ich dachte an Abby und ihr Bedürfnis einzuschlafen. Ich holte Kamille, Linde und Baldrian aus meinem kleinen persönlichen Vorrat. Keine Bergamotte nötig. Ich setzte den Wasserkocher auf und wusch die letzten paar Teller in der Spüle, während ich wartete.

Was war los mit Omas Gesundheit? Während des letzten Schneesturms schaufelte sie noch die Hintertreppen frei, weil sie frustriert war, dass unser Schneepflugfahrer noch nicht gekommen war. Dass sie jetzt die ganze Zeit erschöpft war, bedeutete, dass etwas nicht stimmte. Tante Lilys Prophezeiung war auch besorgniserregend.

Der Teekessel pfiff, und ich goss das heiße Wasser über den niedlichen Tee-Ei, den ich Abby zum Geburtstag geschenkt hatte. Im Wohnzimmer näherte sich Enola Holmes dem Ende.

Abby schnupperte an dem Tee, den ich ihr reichte. „Danke."

Sie pustete über den Tee, bevor sie einen Schluck nahm. Ich wollte, dass sie etwas Tee trank, bevor ich ihr von Oma erzählte. Abby liebte meine Oma, hauptsächlich weil Oma immer freundlich zu ihr gewesen war. Die meisten Hexenkinder begannen in der Mittelstufe, Freunde zu verlieren, weil Kinder spüren konnten, wenn jemand anders war. Abby kümmerte es nicht, ob ich anders war; sie stand zu mir. Diese Loyalität brachte Abby für immer einen Platz in Omas Herzen ein.

„Es gibt noch etwas anderes, das ich dir sagen wollte."

Abby sah mich an und sagte: „Ja?"

„Oma geht es nicht gut."

Abby biss sich auf die Lippe, als sie ihren Tee auf den Couchtisch stellte. „Was ist es?"

„Wir sind uns nicht sicher. Du kennst Oma, sie wird auf keinen Fall zu einem Arzt gehen."

„Ist es ernst?"

Ich nahm eine ihrer Hände in meine und beschloss, ihr am besten die Wahrheit zu sagen. „Vor ein paar Wochen ging es ihr noch gut, aber jetzt scheint sie all ihre Kraft verloren zu haben. Sie schläft zu allen Tageszeiten ein und kann sich nicht warm halten."

Tränen stiegen in Abbys Augen auf. Der Verlust von Oma würde sie genauso erschüttern wie jeden anderen in meiner Familie. „Ich habe in der Apotheke etwas zubereitet, das ich ihr zum Abendessen gegeben habe. Vielleicht hilft das."

Abby schnaubte. „Ich weiß, dass deine Familie die alten Heilmittel mag, aber was, wenn es diesmal etwas Ernstes ist? Was, wenn es etwas ist, das Tee und Ruhe nicht heilen können?" Sie sprang von der Couch auf und lief in unserem Wohnzimmer auf und ab. „Wir müssen einen Plan machen. Wir müssen sie dazu bringen, einen richtigen Arzt aufzusuchen."

Sie setzte sich und konnte ihre Tränen nicht mehr zurückhalten. „Das klingt genau wie das, was mit meinem Opa passiert ist. Er begann abzubauen, und erst nach seinem Tod haben wir herausgefunden, was mit ihm los war. Er hatte Krebs und hat es niemandem erzählt. Er hatte nie eine Behandlung und ist gestorben."

Danach brach sie in meinen Armen zusammen und schluchzte. Ich brachte sie dazu, mehr Tee zu trinken, denn bis sie ihn ausgetrunken hatte, würde sie nicht mehr lange wach sein. Wir entspannten uns auf der Couch und sahen uns die letzten Minuten des Films schweigend an.

Als der Abspann lief, schaltete ich den Fernseher aus. „Du siehst erschöpft aus. Lass uns dich schlafen legen, damit du morgen früh einen guten Eindruck auf Bethany machst."

Abby sah mich mit traurigen, verschwommenen Augen an. „Bist du sicher, dass es dir gut geht?"

Ich drückte ihre Hand. „Mach dir keine Sorgen um mich, mir geht's gut. Ich werde Oma morgen besuchen und ich verspreche, dass wir etwas ausarbeiten werden."

Ich hoffte, dass ich meine beste Freundin nicht gerade angelogen hatte.

Kapitel 5

Am nächsten Tag ging ich direkt zur Apotheke, um mit Trina zu sprechen. Ich brauchte Rat, wie ich mit meiner überfürsorglichen Familie umgehen sollte. Als ich an der Eingangstür ankam, durchfuhr mich ein scharfer Schauer – dieselbe Warnung, die ich gestern Nacht im Proctor-Haus hatte. Die Tür zur Apotheke war unverschlossen. Noch ein schlechtes Zeichen. Der Laden war ein Trümmerhaufen. Jedes einzelne Glas mit Tränken und getrockneten Kräutern oder anderen Zutaten war von den Regalen gefegt worden. Die größeren Gläser waren nicht zerbrochen, aber die kleineren schon, und hinterließen eine stinkende Pfütze in der Mitte des Raumes. Kerzen waren von der Oberseite der Auslage gefegt und der Tisch mit Touristenartikeln war umgeworfen worden.

„Trina!", rief ich, aber sie antwortete nicht.

Das Büro und der Vorratsraum waren ebenfalls durchwühlt worden, aber Trina war in keinem von beiden.

Ich eilte nach hinten zum Gewächshaus. Ich öffnete die Tür und würgte vom Gestank nach Reinigungsalkohol. Ich hielt den Atem an und suchte schnell nach ihr. Sie war auch dort nicht. Mit pochendem Adrenalin verließ ich das Gewächshaus und ging um eine Seite herum. Ein Fleck dunklen, trockenen Blutes auf dem Boden und Schleifspuren warnten mich, dass etwas nicht stimmte. Ich folgte den Spuren, mein Herz raste, als sie mich hinter die Wacholderbüsche neben dem Gewächshaus führten.

Meine Knie wurden weich, als ich Trina mit dem Gesicht nach oben auf dem Boden liegen sah. Das konnte nicht sein!

„Oh nein, nein", jammerte ich.

Ich beugte mich hinunter, um ihren Puls zu fühlen, aber es gab keine Bewegung unter ihrer kalten, leblosen Haut. Ich sank zu Boden und nahm ihre offenen, blicklosen Augen und ihr graues Haar wahr, das mit Blut verklebt war.

Meine Gedanken rasten, als ich versuchte zu entscheiden, wen ich zuerst anrufen sollte. Ich zog mein Handy heraus und wählte den Notruf. Als die ruhige Stimme des Operators antwortete, konnte ich nur sagen: „Sie ist tot. Schicken Sie Hilfe zur Portsmouth Apotheke", bevor ich auflegte. Ich strich über Trinas Haar, während heiße Tränen meine Wangen hinunterliefen.

Wenige Minuten später kam ein grauhaariger Polizist, dessen Bauch die Knöpfe seines Hemdes spannte, mit gezogener Waffe um die Seite des Gebäudes und befahl mir, mich von Trina zu entfernen.

Ich kämpfte mich auf die Füße und trat hinter den Büschen hervor. „Sie ist tot", flüsterte ich.

„Kommen Sie hier rüber", befahl er, während er seine Waffe senkte. Als ich das tat, führte er mich von Trina weg. „Wer sind Sie?"

„Mein Name ist Isabella Proctor. Ich bin Trinas Lehrling."

„Erzählen Sie mir, was passiert ist."

Ich erklärte, dass ich gekommen war, um mit Trina zu sprechen, und dass ich sie bereits tot vorgefunden hatte.

„Um wie viel Uhr sind Sie hier angekommen?", fragte er.

Ich warf einen Blick auf die Uhr meines Handys. „Vor etwa zehn Minuten. Ich habe sofort angerufen, nachdem ich sie gefunden hatte."

Er deutete auf die Hintertür der Apotheke. „Warten Sie dort und gehen Sie nicht hinein."

Ich nickte und ging mit schweren Beinen zur Tür.

Eine andere Polizistin, eine jüngere Frau mit einem warmen sepiafarbenen Teint, kam mit einem Stuhl aus der Hintertür der Apotheke. Ihr lockiges Haar war zu einem Knoten zurückgebunden, und schon lösten sich einzelne Strähnen. „Setzen Sie sich, Fräulein. Wenn Ihnen schwindelig wird, legen Sie den Kopf zwischen die Knie."

Ich tat, wie sie anwies. „Mir geht's gut." Ich schloss die Augen und beruhigte meinen rasenden Geist.

Trina war fort. Es würde keine Nachmittage mehr geben, an denen wir lachend Seite an Seite Tränke brauten. Keine Herz-zu-Herz-Gespräche mehr darüber, was es brauchte, um eine gute Hexe zu sein. Ich würde nie wieder ihr Lächeln sehen, voller Liebe und Akzeptanz für mich, genau so wie ich war. Ich kramte in meiner Tasche nach meinem Handy und wählte die Nummer meiner Mutter.

„Mama?", sagte ich mit brechender Stimme.

„Wo bist du? Was ist los?"

Egal wie alt man war, manchmal brauchte man einfach seine Mutter. „Ich bin ... ich bin in der Apotheke. Trina ist hinten und jemand hat ihr wehgetan. Die Polizei ist hier, aber ... kannst du kommen?"

„Ich bin sofort da."

Ich hatte keine Chance, mich zu bedanken, bevor sie auflegte.

Der Gerichtsmediziner traf ein und untersuchte Trinas Leiche. Ich stand auf und versuchte, in den stillen, dunklen Vorratsraum zu gehen, da ich nicht zusehen wollte, wie sie weggefahren wurde.

Die Polizistin stellte sich vor die Tür. „Was machen Sie da?"

„Frau Cedar wird in ein paar Minuten hier sein, um ihre Bestellung abzuholen."

Sie führte mich zum Stuhl. „Im Moment darf niemand den Laden betreten. Setzen Sie sich und warten Sie hier. Sie dürfen nichts anfassen, bis wir mit der Spurensicherung fertig sind."

Ich saß da und wünschte, ich wäre gestern Abend nie zum Essen gegangen. Hätte ich bei Trina für ihren späten Kunden geblieben, wäre sie heute noch am Leben. Ich hätte sie retten können.

Gerade als Tränen meine Wangen hinunterliefen, sagte eine hochschwangere Frau in einem braunen Hosenanzug: „Frau Proctor?"

„Ja, das bin ich."

Sie zog einen weiteren Stuhl heran, den jemand herausgebracht hatte, und setzte sich mit einem Stöhnen. „Ich bin Detektivin Joelle Wheeler. Sie haben Frau Bassett gefunden?"

Ich biss mir auf die Lippe. „Hinter den Büschen." Ich wollte ihr mehr erzählen, aber ich konnte mich nicht dazu bringen, zu beschreiben, wie kalt ihre Haut war oder wie ihre leeren Augen keine Freundlichkeit mehr ausstrahlten.

Sie holte einen Stift und ein Notizbuch aus ihrer Tasche. „War sonst noch jemand bei Ihnen?"

Ich schüttelte den Kopf. „Nein. Ich war allein. Na ja, und Trina ..."

„Natürlich. Denken Sie jetzt genau nach, haben Sie jemanden im Gebäude gesehen oder jemanden, der es verließ, als Sie ankamen?"

Ich hatte niemanden gesehen. Aber ihre Frage ergab nicht einmal Sinn. Das Blut war bereits getrocknet, was darauf hindeutete, dass Trina schon eine Weile tot war. Versuchte sie, mich reinzulegen oder mir etwas anzuhängen? „Nein, aber wer würde die ganze Nacht herumhängen, nachdem er sie getötet hat?"

„Was lässt Sie denken, dass sie schon lange tot war?", fragte sie.

„Als ich ihren Puls fühlte, war Trina kalt, und die Blutlache auf dem Kies war dunkel und getrocknet. Der Mörder wäre längst weg gewesen."

„Der Mörder könnte auf Sie gewartet haben."

Daran hatte ich nicht gedacht. Mein Blickfeld verengte sich und der Boden begann sich zu drehen.

„Frau Proctor?" Detektivin Wheelers Stimme schien weit weg, obwohl sie neben mir saß.

Eine Hand drückte meinen Hinterkopf nach unten, bis ich mich vorbeugte.

„Gut. Bleiben Sie ein paar Minuten so", sagte Detektivin Wheeler mit besorgter Stimme.

Ich atmete tief durch, bis mein Kopf sich klärte und das Schwindelgefühl nachließ.

In der Gasse schrie eine Frau und ein Mann versuchte, sie zu beruhigen. Mit Entsetzen erkannte ich, dass die Frau meine Mutter war. Ich setzte mich auf und sowohl Detektivin Wheeler als auch ich blickten in Richtung des Tumults.

„Das ist meine Mutter. Sie wird nicht aufgeben, bis Sie sie mit mir sprechen lassen."

„Wir können niemand anderen am Tatort zulassen. Sie können gehen, sobald ich mit Ihnen fertig bin."

Sie wollte gerade eine weitere Frage stellen, als ihr Telefon klingelte. Sie nahm ab, sagte aber kein Wort bis zum Schluss, als sie „Ich verstehe, Sir" sagte und auflegte.

„Ihre Mutter hat beim Chef einen Gefallen eingefordert. Er möchte, dass Sie jetzt freigelassen werden. Also, äh, das sind gute Beobachtungen, ich meine über den Tatort. Letzte Frage, und dann können Sie gehen. Wer hätte sie töten wollen?"

„Bei Trina war gestern etwas seltsam."

Detektivin Wheeler hob eine Augenbraue und ermutigte mich fortzufahren.

„Gestern hatte sie einen Anruf, der für mich bedrohlich klang. Sie tat es ab und wollte mir nichts darüber erzählen. Es gab auch eine Kundin, Frau Williams, die ihr gedroht hat. Und gestern Nachmittag sagte sie, sie könne nicht zum Essen kommen, weil sie einen Kunden nach Geschäftsschluss hätte."

„Ich verstehe." Sie stand auf und streckte mir die Hand zum Schütteln entgegen. „Danke für Ihre Kooperation. Wo kann ich Sie erreichen?"

Ich blickte zu meiner Mutter; sie würde mich mit nach Hause nehmen. „Sie können mich im Proctor House erreichen. Es ist ein paar Straßen von hier."

„Das kenne ich. Verlassen Sie die Stadt nicht", befahl sie.

Die Stadt verlassen? Ich würde wahrscheinlich lange Zeit nicht einmal mein Schlafzimmer verlassen – nicht mit einem Mörder auf freiem Fuß.

Ich ging zu meiner Mutter, die einen weiteren der vielen Beamten, die am Tatort eingetroffen waren, finster anstarrte. Sie sagte kein Wort, als sie mich in eine große Umarmung schloss.

„Sag nichts. Wir reden, wenn wir zu Hause sind", flüsterte meine Mutter mir ins Ohr. „Du hättest das alles nicht mit ansehen müssen."

Wir gingen die sechs Blocks zum Proctor House schweigend, ihr Arm schützend um mich gelegt.

Als wir die Küche betraten, saß ein Beamter in makelloser Uniform am Tisch und trank Tee mit meinen Tanten Lily und Nadia. „Isabella, ich möchte dir einen alten Schulfreund von mir vorstellen, Polizeichef Dobbins", sagte Tante Lily.

Ich schüttelte die klamme Hand des kleinen, kahlköpfigen Mannes und setzte mich zu ihm und den Tanten an den Tisch. Er schenkte mir ein mitfühlendes Lächeln, das die Traurigkeit in seinen Augen nicht erreichte. „Isabella, schön, dich wiederzusehen. Wir haben uns kennengelernt, als du jünger warst, als deine Großtante Jemima getötet wurde."

Ich stellte ihn mir mit mehr Haaren vor und erinnerte mich an ihn. „Es tut mir leid, dass wir uns wieder unter so schlechten Umständen treffen", sagte ich.

„Ich bin schon lange ein Familienfreund, und ich weiß, dass du Mrs. Bassett nicht getötet hast, aber mir sind die Hände gebunden. Detektiv Wheeler muss dich so gründlich verhören wie jeden anderen Verdächtigen."

Tante Nadia stellte eine Tasse Tee und ein Putensandwich vor mich hin. „Iss, du wirst dich besser fühlen."

Ich konnte unmöglich essen, obwohl Tee eine gute Idee klang. Ich nahm einen Schluck und hätte mich fast verschluckt, weil ich den Whiskey, den sie hineingetan hatte, nicht erwartet hatte. „Könnte ich etwas Milch bekommen?", fragte ich in der Hoffnung, den Alkohol so früh am Tag etwas abzumildern. Sicher, manche Leute tranken zum Mittagessen, aber es sah nicht so aus, als würde ich jemals dazugehören.

Ich nahm noch einen Schluck Tee; er schmeckte viel besser, jetzt wo etwas Milch drin war. Mir war nicht in den Sinn gekommen, dass ich eine Verdächtige war, und meine Hände zitterten so sehr, dass ich meine Teetasse abstellen musste.

„Ich bin auch hier, um euch alle zu warnen, dass es im Moment nicht sicher ist für...", er hielt inne, um sich zu räuspern, „Leute eurer Gesinnung."

Er wusste, dass wir Hexen waren? Er und Tante Lily mussten einmal sehr eng befreundet gewesen sein.

„Dies könnte der Beginn einer Zunahme zufälliger Gewalt gegen...", er verstummte.

„Gegen wen?", schnappte Tante Lily.

Der Chef errötete und blieb stumm.

„Du kannst nicht einmal ‚Hexe' sagen, oder? Nach all den Jahren kannst du dich immer noch nicht dazu durchringen, es auszusprechen." Tante Lily schnaubte.

„Nun, Lily, du weißt, dass ich-", begann der Chef zu sagen.

Tante Lily unterbrach ihn. „Ich weiß, dass du ein schwacher Mann bist, nicht einmal in der Lage, die Wahrheit auszusprechen." Sie ging zur Küchentür und öffnete sie. „Danke für die Warnung."

Er schaute zu Nadia, meiner Mutter und mir, dann ging er ohne ein weiteres Wort. Lily schloss die Tür hinter ihm und stürmte aus der Küche. Vergiss die Nähe, Lily und der Chef mussten einmal verliebt gewesen sein. Es brauchte viel, um meine ruhige, süße Tante Lily zum Zorn zu treiben.

„Was war das denn?", fragte ich.

„Lass es vorerst", sagte meine Mutter. „Aber nimm die Warnung ernst. Mit einem Mörder, der in der Stadt frei herumläuft, ist es Zeit für dich, nach Hause zu ziehen."

Ich wusste es. Ich war keine zwanzig Minuten im Proctor House, und schon sprach sie davon, dass ich nach Hause ziehen sollte.

Ich versuchte, das Thema zu wechseln. „Wie geht es Oma heute?"

„Sie macht ein Nickerchen. Du könntest sie überwachen, wenn du wieder in dein altes Zimmer ziehen würdest", sagte meine Mutter.

„Michelle, lass das Mädchen in Ruhe", sagte Tante Nadia.

„Das sagst du so leicht. Du hast deine Tochter sicher hier, ich bin diejenige, die jede Nacht mit der Angst zu Bett geht, dass Isabella verletzt wird, weil sie in einer Wohnung mit einem anderen jungen Mädchen lebt. Die Schutzzauber an ihrer Tür werden niemanden abhalten, der entschlossen ist, einzudringen. Sie haben kaum Schutz!"

Jede Nacht? Das erschien mir übertrieben. „Ich glaube kaum-"

„Du weißt nicht, wie es ist, sich jeden Tag um dich zu sorgen", unterbrach mich meine Mutter. „Es gibt einen Grund, warum diese Familie immer zusammengelebt hat. Sicherheit. Du bist zu jung und schwach, um auf dich selbst aufzupassen. Allein zu leben, ist, als würdest du Ärger herausfordern."

„Findest du nicht, dass du überreagierst?", fragte Tante Nadia mit ruhiger, besänftigender Stimme.

„Ich lebe nicht allein; ich habe Abby, und ich wohne in einem Gebäude voller freundlicher Menschen. Du bist nicht vernünftig, Mom." Ich versuchte, die wachsende Verzweiflung aus meiner Stimme herauszuhalten, aber sie schlich sich ein. Ich musste gehen, bevor wir in einen richtigen Streit gerieten.

„Und ich sage das Gleiche über deine lächerliche Naivität", schoss meine Mutter zurück.

Wenn meine Mutter nur wüsste, wie oft Abby und ich spät nachts unterwegs gewesen waren, würde sie sich noch viel mehr Sorgen machen. Ich drehte den Knauf der Küchentür und schaute meine Mutter an. „Ich weiß nicht, wovon Polizeichef Dobbins spricht. Es ist völlig sicher in Portsmouth."

„Sag das Trina", rief meine Mutter, als ich zur Hintertür hinausging.

Kapitel 6

Warum frustrierten einen die Menschen, die man am meisten liebte, auch am meisten? Das passierte doch nicht nur mir, oder?

Normalerweise ließ ich mich nicht auf die gleichen alten Diskussionen über persönliche Sicherheit ein, denn egal was ich sagte, meine Mutter würde mir nicht glauben. Wirkte Portsmouth heute gefährlicher? Ja, aber ich konnte mich nicht einmal daran erinnern, wann hier zuletzt jemand ermordet wurde.

Der Heimweg beruhigte mich normalerweise, wenn ich von meiner Familie frustriert war, aber an diesem Nachmittag nicht. Der kalte Wind peitschte mir die Haare ins Gesicht und verstärkte meinen Ärger noch. Als ich zu Hause ankam, beschloss ich, dass der einzige Weg, ihr zu beweisen, dass sie falsch lag, darin bestand, sie mit Fakten und Zahlen zu konfrontieren. Es war auch viel einfacher, auf meine

Mutter wütend zu sein, als weiter an Trina zu denken. Jedes Mal, wenn ich die Augen schloss, sah ich ihren leeren Blick und mir wurde übel.

In der Wohnung angekommen, legte ich die Post auf unseren Esstisch, zog meine Stiefel aus und streifte meinen Mantel ab. Abby würde erst in ein paar Stunden nach Hause kommen; jetzt war der perfekte Zeitpunkt, um die magischen Schutzwälle unserer Wohnung zu verstärken. Ich legte meine Hände auf die Tür, konzentrierte meine Kraft und fokussierte meine Absicht auf ein sicheres, schützendes Zuhause. Die Tanten und ich hatten die Schutzwälle errichtet, als Abby und ich eingezogen waren, und nun verstärkte ich sie. Die Wälle waren subtil. Wenn jemand mit bösen Absichten versuchte einzutreten, hatte er plötzlich das Gefühl, woanders sein zu müssen. Niemand würde denken, dass er von Magie beeinflusst wurde.

Nachdem sie so stark waren, wie ich sie machen konnte, wärmte ich mir eine Tasse heiße Schokolade auf und setzte mich mit meinem Laptop an den Esstisch, um nach Morden in Portsmouth zu suchen. Es hatte in den letzten zehn Jahren nur einen anderen Mord gegeben, einen Fall von häuslicher Gewalt. Der Mann war gefasst worden und saß noch im Gefängnis. Man konnte mit Sicherheit sagen, dass Portsmouth nicht von Mördern wimmelte.

Trotzdem war einer für Trina genug gewesen. Ich starrte in die Ferne und alles, was ich sehen konnte, war Trinas Körper hinter den Büschen. Meine Sicht verschwamm von ungeweinten Tränen.

Ich schloss meinen Laptop und ging in mein Schlafzimmer. Ich holte eine Schachtel Taschentücher, die Steppdecke, die meine Mutter mir als Kind gemacht hatte, und Bunny Wiggles, meinen alten Plüschhasen. Es war Zeit, mich zu entspannen und meinen Geist ruhen zu lassen. Ich machte es mir auf dem Sofa bequem und schaltete den Fernseher ein. Ich zappte durch die Kanäle, ohne zu erwarten, etwas Sehenswertes zu finden, bis ich auf eine alte Folge von Ben 10 stieß. Das war die Sendung, die Oma und ich an Tagen schauten, an denen ich krank zu Hause blieb und die Tanten alle bei der Arbeit waren. Als Kind fühlte ich mich wie Ben, weil wir beide Kräfte hatten, mit denen wir noch nicht umgehen konnten. Ich konnte mich auch jetzt damit identifizieren, mit Dingen nicht umgehen zu können.

Nach ein paar Minuten wurden meine Augen schwer, und ich wachte erst auf, als ich hörte, wie sich die Wohnungstür öffnete.

„Hey, Schlafmütze", sagte Abby.

Ich rieb mir das Gesicht und streckte mich. Ich hatte nicht vorgehabt einzuschlafen, aber ich fühlte mich jetzt viel ruhiger. Ich muss nicht besser ausgesehen haben, denn sobald ich mich zu ihr umdrehte, kam sie sofort zu mir und umarmte mich fest.

„Es tut mir so leid. Frau Subramanian ist an der Apotheke vorbeigegangen und dann ins Café gekommen. Sie hat die Polizei gesehen und gefragt, was passiert sei. Natürlich haben sie ihr nicht viel erzählt, aber sie hat gesehen, wie eine Leiche vom Gerichtsmediziner abtransportiert wurde, und jemanden Trina sagen hören."

Ich schniefte. „Es war schrecklich. Ich habe sie heute Morgen gefunden." Tränen liefen mir über die Wangen und ich griff nach einem weiteren Taschentuch.

Abby zog mich wieder in ihre Arme. „Lass es alles raus."

Ich ließ mich gehen, bis ich nicht mehr weinen konnte. Ich löste mich von ihr, immer noch schnüffelnd.

„Du hast sie gefunden? Das ist furchtbar."

Ich wischte mir die Augen und putzte mir die Nase. Schuldgefühle wühlten in meinem Magen. „Sie hatte einen Kunden nach Feierabend, und ich ließ sie allein, damit ich Oma besuchen konnte."

„Sie hat dich doch nie bei Kunden nach Feierabend bleiben lassen, oder?"

Ich schüttelte den Kopf.

„Und wenn du gestern Abend versucht hättest zu bleiben, hätte sie dich weggeschickt." Abby hob mein Kinn an, sodass ich sie ansah statt meinen Schoß. „Das ist nicht deine Schuld."

Warum fühlte es sich dann so an?

„Ich hätte helfen können. Ich hätte bleiben sollen, selbst wenn ich nur draußen gewesen wäre."

„Weißt du, wann es passiert ist?", fragte sie.

„Nein. Die Polizei hat mir nichts gesagt."

„Sie schien eine nette Person zu sein. Schräg, aber liebenswert. Wer hätte sie umbringen wollen?"

Vor drei Tagen hätte ich gesagt, niemand. Jetzt war ich mir nicht mehr sicher. Es gab einen Streit in der Apotheke, bei dem ein Glas zerbrochen war, Mrs. Williams hatte ihr gedroht, und ein Mann hatte sie am Telefon so angeschrien, dass sie in Tränen ausbrach. Und dann gab es natürlich noch die üblichen Verdächtigen zu bedenken - Familie, Geschäftspartner und romantische Beziehungen.

„Ich habe eine kleine Liste."

„Eine Liste? Ich kann mir nicht vorstellen, jemanden so wütend zu machen, dass er mich umbringen wollen würde, geschweige denn eine ganze Liste", sagte sie.

Das Gespräch mit Abby hob meine Stimmung ein wenig. Auf dem Sofa zu sitzen und zu weinen würde nichts bringen. Ja, ich war am Boden zerstört, dass Trina tot war, aber Weinen war ein schlechter Ersatz dafür, herauszufinden, wer sie getötet hatte. Und ich war noch nie der Typ, der darauf wartet, dass jemand anderes die Dinge erledigt.

„Wenn wir nach jeder Polizeiserie gehen, die wir je gesehen haben, ist der Ehemann immer der Hauptverdächtige. In diesem Fall hat sie einen Ex-Mann, was ihn doppelt verdächtig macht. Gestern hatte sie einen Streit mit Mrs. Williams, und ich hörte sie am Telefon mit jemandem sprechen, der mehr Geld verlangte. Sie wollte keinen der Vorfälle erklären. Es gab auch zerbrochenes Glas im Laden, das sie nicht vollständig weggefegt hatte." Ich holte tief Luft, um meine Nerven zu beruhigen und das Zittern in meiner Stimme zu dämpfen. „Ich weiß nicht, ob das ein Unfall war oder ob jemand einen Streit provoziert hat."

In ihrem Leben war es nicht so friedlich, wie sie vorgab, und ich wünschte, ich hätte sie mehr nach Antworten gedrängt, solange ich konnte.

„Ich kann nicht glauben, dass deine Familie dich hierher zurückkommen ließ. Warum haben sie nicht versucht, dich bei sich zu behalten?", fragte sie.

„Sie haben es versucht. Ich war früher dort, aber meine Mutter redete ständig davon, wie wir nicht sicher seien und alle zusammen sein müssten."

„Schon wieder? Hat sie nicht gestern Abend schon darauf herumgeritten?"

„Ja, und ich bin auch da schon gegangen." Ich stand auf und lief in unserem kleinen Wohnzimmer auf und ab. „Ich muss spazieren gehen oder so. Zu lange hier zu sitzen wird mich in den Wahnsinn treiben."

Abby gähnte. „Ich komme mit dir."

Ich wollte auf keinen Fall, dass Abby mitkommt. Ich wollte Thea und Delia in ihrem Büro besuchen, wo wir darüber sprechen würden, wie wir mit unseren Kräften

Trinas Mörder finden könnten. Das könnten wir nicht tun, wenn Abby dabei wäre.

Ich schlüpfte in meinen Mantel. „Nein, mach das nicht. Du bist erschöpft. Ich gehe zu Thea und Delia und komme schon alleine zurecht."

Ich kam rechtzeitig bei Port City Tours, dem Tourunternehmen meiner Cousinen, an, um einem Pizzaboten die Tür aufzuhalten. Ich folgte dem köstlichen Duft der Pizza, die meine Cousinen zum Abendessen bestellt hatten, und war froh, dass ich gekommen war. Thea und Delia betrieben Port City Tours, seit wir alle die Highschool abgeschlossen hatten. Wer könnte besser Stadtführungen anbieten als die älteste Familie der Stadt, nicht wahr?

Das Unternehmen mietete zwei kleine Räume sechs Türen weiter von The Fancy Tart. Der größere war der Besprechungsraum, wo Gruppen ihre Touren am langen Tresen vorne buchen und auf den Beginn warten konnten. Bequeme Stühle und ein Sofa mit einem großen Couchtisch füllten den Raum. Poster mit Details zu den in dieser Saison verfügbaren Touren bedeckten eine Wand. Zwei andere Wände zierten Fotos vom historischen Portsmouth und der örtlichen Werft. Auf dem großen Fenster zur Straße stand „Port City Tours" in goldenen Buchstaben. Thea hatte alle Fotos selbst gemacht und die Poster entworfen. Diese Saison boten sie den Black Heritage Trail, Strawbery Banke und Discover Portsmouth an.

Ich hängte meinen Mantel im Schrank des kleineren Raums, ihres Büros, zwischen die Kostüme, die sie für thematische Touren verwendeten. Es waren keine Kunden da, also setzte ich mich aufs Sofa, legte die Füße auf den Couchtisch und seufzte lang.

Thea bezahlte den Pizzaboten, während Delia meine Füße vom Tisch schob, um Platz für die Pizza, Teller und Servietten zu machen, die sie brachte.

„Wir haben von Trina gehört", sagte Delia.

Ich starrte aus dem großen Fenster und beobachtete die vorbeifahrenden Autos. Ich konnte die besorgten Blicke meiner Cousinen nicht ertragen. Ich war die starke Cousine, diejenige, die sich immer zusammenriss, und ich wollte nicht, dass sie mich zusammenbrechen sahen.

Delia reichte mir einen Teller mit zwei Stücken Pilzpizza, meine Lieblingspizza. „Wir wussten, dass du früher oder später hier auftauchen würdest."

Thea gab mir eine Flasche Wasser. „Du brauchst das. Du siehst schrecklich aus."

Ich schenkte ihr ein mattes Lächeln. „Danke."

Ich nahm einen Schluck und schloss die Augen. Es war unmöglich, jetzt schon die Pizza zu essen.

„Glaubst du, es hatte etwas mit Magie zu tun?", fragte Thea.

„Ich weiß es nicht", sagte ich.

„Thea! Vielleicht will sie nicht darüber reden", sagte Delia.

„Doch, will ich. Es ist nur ... ich weiß nicht, was ich sagen soll. Über sie zu reden erscheint so sinnlos, wenn ihr Mörder noch da draußen ist, versteht ihr, was ich meine?"

Delia runzelte die Stirn. „Was gibt es sonst zu tun?"

„Wir könnten herausfinden, was mit ihr passiert ist, wer sie getötet hat und warum." Der Gedanke, herauszufinden, was geschehen war, gab mir einen kleinen Hoffnungsschimmer. Wenn ich wüsste, was passiert war, könnte ich ihren Tod irgendwie verstehen und dann frei trauern.

Ich öffnete die Augen und setzte mich auf. „Wir müssen herausfinden, was letzte Nacht passiert ist. Wer ist dabei?"

Ohne zu zögern sagten beide Cousinen: „Ich!"

Liebe und Dankbarkeit erfüllten mein Herz. „Ich könnte mir keine besseren Cousinen wünschen als euch zwei. Also, wie machen wir das, ohne erwischt zu werden?"

Kapitel 7

Thea, Delia und ich trafen uns um ein Uhr morgens bei Port City Tours, und ich konnte mir ein Lachen über Delias Outfit nicht verkneifen. Sie trug eine schwarze Leggings unter einem langen schwarzen Tüllrock und einen übergroßen schwarzen Pullover mit Pailletten.

„Was um alles in der Welt hast du da an?", fragte ich sie.

Sie grinste verlegen. „Wir haben gesagt, wir gehen auf eine Party, also musste ich Partyklamotten anziehen. Es ist nicht meine Schuld, dass ich den Plan nicht verraten wollte."

Ich schüttelte den Kopf und sah von ihr zu Thea, die vernünftigere schwarze Jeans und einen Pullover trug. „Keine Partyklamotten für dich?"

„Nichts, in dem ich herumschleichen möchte", sagte Thea.

„Deine Haare werden uns verraten", sagte ich zu Delia. „Hast du eine Mütze mitgebracht?"

Delia verneinte.

„Wir können so nicht losgehen. Jeder, der heute Nacht noch unterwegs ist, wird sofort erkennen, wer du bist. Hast du eine Mütze bei deinen Kostümen?", fragte ich.

Delia schüttelte langsam den Kopf, aber dann weiteten sich ihre Augen und sie ging in den Kostümschrank. Sie holte einen großen schwarzen Schal heraus und wickelte ihn sich um den Kopf, wie ein Hidschab. „Sind wir bereit?"

Mein Herz pochte in meiner Brust. Ich machte mir Sorgen, erwischt zu werden, aber auch darüber, was wir finden könnten. Die meisten Mordopfer wurden von Menschen getötet, die sie kannten. Was, wenn jemand, den ich kannte, ein Mörder war? Ich entschied, dass es besser war, es zu wissen, als mich für den Rest meines Lebens zu fragen. „Lass uns gehen."

Wir gingen schnell und sprachen nicht, weil wir in den ruhigen, dunklen Straßen keine Aufmerksamkeit auf uns ziehen wollten. Wir beschlossen, so viel wie möglich durch die Hintergassen zu gehen, und als wir eine Katze aufschreckten, stieß Delia einen kurzen Schrei aus. Ohne nachzudenken, zischten Thea und ich sie beide zur Ruhe, was den Lärm noch verstärkte.

Nachdem wir einen Moment brauchten, um uns zu beruhigen, gingen wir weiter.

Wir schafften es bis zur Apotheke mit nur einem Vorfall, bei dem wir gegen Mülleimer stießen, und glücklicherweise erregten wir niemandes Verdacht. Ich hob das Absperrband für Thea und Delia hoch. Thea führte uns am Rand des kleinen Innenhofs hinter den Geschäften entlang und versuchte, nichts zu stören.

Delia hatte versprochen, ihren Dunkelheitszauber am Nachmittag zu üben, um sicherzustellen, dass er stark genug war, um zumindest das Licht unserer Taschenlampen zu blockieren. „Los, sprich den Zauber jetzt", flüsterte ich Delia zu.

In der Dunkelheit konnte ich kaum ihre Arme ausmachen, die sich in einem weiten Kreis bewegten. „Das ist das Beste, was ich tun kann", sagte Delia. „Wir sollten sicher sein, wenn wir uns auf Taschenlampen beschränken."

Ich schloss die Hintertür zur Apotheke auf. „Okay. Ich werde das Büro überprüfen, ihr konzentriert euch auf den Laden selbst. Sagt mir Bescheid, wenn ihr etwas findet."

Im Büro war Trinas Schreibtisch leer geräumt, und Papiere und Bücher lagen überall verstreut. Trina hätte den Laden niemals für die Nacht verlassen, ohne aufzuräumen. Ich überflog die Papiere auf dem Schreibtisch. Es waren die Bestellformulare für Sonderanfertigungen der letzten vier oder fünf Jahre. Wer würde sich für die speziellen Bestellungen interessieren, die Trina für frühere Kunden erstellt hatte? Es wäre viel einfacher gewesen, nach unseren verfügbaren Dienstleistungen zu fragen.

Die Papiere auf dem Boden waren aus dem offenen Aktenschrank gezogen worden. Es waren Rezepte für verschiedene Tränke, die Trina und ich herstellen konnten. Offensichtlich suchte jemand nach einem bestimmten Trank. Ich hob vorsichtig eines an der Ecke hoch, um den öligen Fußabdruck darauf zu untersuchen. Das Rezept war für Kreativitätsöl, aber anscheinend interessierte sich der Mörder nicht für Kreativität.

Wir weigerten uns, viele Arten von Tränken herzustellen. Die Liste war ungefähr das, was man erwarten würde. Wir stellten nie etwas her, das es einer Person erlaubte, eine andere zu kontrollieren, wir machten nichts, das die „erfülle mir drei Wünsche" Art von Dschinn-Sache tat, und wir stellten nichts her, das es den Leuten ermöglichte, schnell reich zu werden. Wir hatten unsere ethischen Standards, wie Trina mich immer erinnerte, und wir nutzten unsere Arbeit nie, um einer Person einen Vorteil gegenüber anderen zu verschaffen. Diese Tränke waren in den falschen Händen viel zu gefährlich.

Wenn man Probleme mit einem Gichtanfall hatte oder ein gutes Tonikum brauchte, um besser zu schlafen, dann waren wir definitiv die richtigen Frauen dafür. Diese Wellness-Einstellung förderte Trinas „Nicht schaden und nicht ohne Erlaubnis behandeln"-Mentalität. Sie sah sich als Ergänzung zum medizinischen Bereich oder manchmal als Ersatz dafür.

Alle Schubladen ihres Schreibtisches waren herausgezogen und ausgeleert worden. Bücher waren aus ihrem Bücherregal geworfen worden. Es juckte mich in den Fingern, aufzuräumen und alles wegzuräumen, aber wir konnten die Polizei nicht wissen lassen, dass wir hier gewesen waren. Ich ließ meine Taschenlampe ein letztes Mal durch den Raum schweifen und ging dann in den Laden.

„Habt ihr etwas gefunden?", flüsterte ich Delia zu. Von außen ließ Delias Zauber die Apotheke dunkel und leer erscheinen, aber für den Fall, dass jemand vorbeiging, wollte ich nicht, dass man mich hörte.

„Die Kasse ist offen und fast leer", sagte Delia.

Ich leuchtete mit meiner Taschenlampe zur Kasse. Es gab keine Scheine, aber die Münzen waren noch in ihren Fächern getrennt. „Wenn Trina zur Bank gehen wollte, hätte sie die Scheine und Münzen mitgenommen. Es sieht so aus, als hätte sie das ganze Geld in der Kasse gelassen." Es wäre nicht allzu viel gewesen, vielleicht ein paar hundert Euro.

Nicht genug, um es wert zu sein, hier einzubrechen oder sie zu töten.

„Es gibt auch eine Menge zerschlagener Gläser. Es sieht aus, als wäre jemand wütend gewesen und wollte es an ihrem Geschäft auslassen", flüsterte Delia.

Mein Herz sank, als ich die völlige Zerstörung des Ladens wahrnahm. Es würde Monate dauern, bis ich all die zerstörten Tränke neu herstellen könnte, und es würde mehr kosten, als der Laden wahrscheinlich hatte. Ich wusste nicht, wann ich in der Lage sein würde, den Rest der Ware zu ersetzen.

Andererseits war es möglich, dass es gar nicht mein Problem sein würde. Trina hatte nie darüber gesprochen, was sie für ihren Ruhestand tun würde oder wem sie das Geschäft hinterlassen könnte. Es war sicherlich zu früh in meiner Ausbildung, als dass sie daran denken würde, dass ich es übernehme.

„Thea schaut sich gerade den Vorbereitungsraum an", sagte Delia.

Wir gesellten uns zu Thea und husteten wegen des Geruchs von Isopropylalkohol.

„Haben sie hier auch jede Flasche zerschlagen?", fragte Delia.

Ich ließ meine Taschenlampe über die Lagerregale gleiten und sah die gleiche Zerstörung wie im Hauptladen. Überall zerbrochenes Glas, Tränke und Kräuter herumgeworfen und so viele verschwendete Vorräte.

„Ich stimme Delia zu. Jemand war stinksauer und beschloss, alles für Trina zu ruinieren", sagte Thea.

„Ich denke, das haben sie in dem Moment getan, als sie ihren Schädel einschlugen. Das hier war Overkill", sagte ich.

Thea drückte meine Hand. „Willst du rausgehen und untersuchen, was draußen passiert ist?"

Nein, ich wollte nicht, aber ich wusste, dass wir es tun mussten. „Wir können uns dem Blutfleck oder der Stelle, wo sie hingeschleift wurde, nicht nähern, aber wir sollten ins Gewächshaus gehen."

„Das ist okay für mich", sagte Delia. „Ich will dem Ort, wo sie gestorben ist, nicht zu nahe kommen. Es jagt mir Schauer über den Rücken, selbst von hier drüben."

Wir gingen nach draußen und ich schloss die Tür ab. Delia schnippte mit den Fingern und der Zauber über der Apotheke verschwand.

„Kannst du diesen Zauber noch einmal für das Gewächshaus wirken?", fragte ich.

„Kann ich, aber es ist alles aus Glas, also sollten wir schnell sein. Der Zauber verblasste schon im Laden, und wir waren nur vielleicht zehn Minuten dort. Ich muss die Intensität für das Gewächshaus erhöhen. Ich kann den Zauber nur ein paar Minuten halten. Danach laufen wir Gefahr, gesehen zu werden", sagte Delia.

Richtig. Wir mussten schnell sein. Sobald ich spürte, dass der Zauber wirkte, öffnete ich die Gewächshaustür. Der Geruch von Alkohol traf mich wie ein Schlag und ich prustete.

„Was zum Teufel?", fragte Delia.

„Mehr Alkohol. Aber warum?", fragte ich.

Wir gingen hinein, und als wir unsere Taschenlampen auf die welkenden Pflanzen richteten, war es offensichtlich.

„Wer würde so etwas tun?", rief ich. Jede einzelne Pflanze war mit Alkohol übergossen worden und starb nun ab. Ich ließ meine Taschenlampe die beiden Gehwege entlang laufen, die sich durch das Gewächshaus zogen, und sah nichts als sterbende Pflanzen.

„Lass uns gehen, bevor wir zu viel davon einatmen", sagte Thea.

Delia schnippte mit den Fingern, um den zweiten Dunkelheitszauber aufzuheben. Wir gingen schnell, liefen wieder um den Rand des Innenhofs, schlüpften unter dem Absperrband durch und gingen schweigend weiter.

Nach ein paar Minuten verließ der Alkoholgeruch meine Nase und die Benommenheit in meinem Kopf klärte sich. „Was ist letzte Nacht passiert?", fragte ich, aber niemand antwortete mir. Meine Cousinen waren genauso ratlos wie ich.

Wir kehrten in ihr Büro zurück und gingen hinein. Es war der beste Ort, um ungestört zu reden. „Ich weiß nicht, was dort passiert ist, aber jemand war wirklich wütend. Ich konnte es in der Luft spüren, selbst einen Tag danach", sagte Delia.

„Konntest du etwas Spezifisches spüren? Wie wer es war oder wonach sie suchten?", fragte ich.

Delia schüttelte den Kopf. „Es verblasst auch schnell. Bis zum Morgen werde ich nichts mehr spüren können."

„Haben wir irgendetwas herausgefunden?", fragte Thea.

„Der Mörder hat nach etwas gesucht – das Büro war ein einziges Chaos, und überall lagen Akten herum. Ich müsste erst mal aufräumen, bevor ich feststellen könnte, was fehlt", sagte ich.

„Sobald die Polizei fertig ist, lassen sie dich bestimmt rein zum Aufräumen. Du wirst das ja machen müssen, oder? Zu viele Leute verlassen sich auf dich und Trina" – Thea hielt kurz inne – „jetzt wohl nur noch auf dich, für das, was sie brauchen."

Meine Schultern sackten bei dem Gedanken zusammen, dass die Leute sich auf mich verlassen würden. Klar, Trina ließ mich viel von der einfachen Arbeit machen, aber für alles verantwortlich zu sein, schien zu viel.

Ich sprang vom Sofa auf. „Ich muss los. Sehen wir uns morgen zum Mittagessen?"

Bevor sie überhaupt antworten konnten, rannte ich zur Tür hinaus, als könnte ich vor meiner Verantwortung gegenüber Trinas Kunden davonlaufen.

Einen Block vom Laden entfernt durchbrachen blaue Lichter die Dunkelheit der Nacht, als ein Auto neben mir anhielt. Ich ging weiter, während das Auto mein Tempo hielt.

„Entschuldigung", sagte der Fahrer durch das offene Beifahrerfenster.

Ich drehte mich um und sah einen Mann, der mir einen Ausweis entgegenhielt. „Ich bin Detective Steve Palmer. Kann ich kurz mit Ihnen sprechen?", fragte er.

Ich blieb stehen. „Es ist kalt, machen Sie's kurz."

Er lächelte. „Im Auto ist es warm. Ich fahre Sie nach Hause."

Ein warmes Auto klang gerade ziemlich verlockend, aber eine Fahrt mit der Polizei, nachdem ich gerade in einen Tatort eingebrochen war, schien nicht die klügste Entscheidung zu sein. Andererseits, würde ich verdächtig wirken, wenn ich sein Angebot nicht annähme? Sollte ich einen Anwalt anrufen? Konnte ich mir einen Anwalt leisten? Wahrscheinlich nicht. Es gab keine gute Lösung, also entschied ich mich zumindest dafür, dem eisigen Wind zu entkommen.

„Guten Abend, Detective Palmer. Streifen Sie oft durch die Straßen von Portsmouth auf der Suche nach Frauen, die Sie nach Hause fahren können?"

Jetzt, da ich im Auto saß, konnte ich mehr von seinen Gesichtszügen erkennen. Wenn er lächelte, bildeten sich Fältchen um seine braunen Augen. Er sah aus wie Mitte zwanzig, hatte kurzes braunes Haar und einen ernsten Fall von Fünf-Uhr-Schatten. Er lachte. „Nein. Aber letzte Nacht gab es in der Gegend einen Mord, und ich hoffte, der Täter würde zum Tatort zurückkehren."

Meine Augen weiteten sich. Ich hatte das gar nicht bedacht, als wir unseren Plan ausgeheckt hatten, die Apotheke nach Hinweisen zu durchsuchen. Ich hoffte, meine Bestürzung würde wie Trauer über Trinas Tod wirken und nicht wie Panik darüber, fast erwischt worden zu sein.

„Ja, ich weiß. Ich war Trinas Lehrling."

„Interessant", murmelte er, während er ein Notizbuch aus seiner Jackentasche zog und aufschlug. „Sie sind Isabella Proctor?"

„Ja."

„Was für ein Zufall. Ich wollte Sie später heute sprechen, aber jetzt kann ich Ihnen Fragen stellen, während ich Sie nach Hause fahre."

Er legte den Gang ein und fuhr in Richtung meiner Wohnung. Ich hatte ihm meine Adresse nicht genannt, aber er wusste offenbar schon, wohin er fahren musste.

„Ich übernehme den Fall von Detective Wheeler, weil sie vorzeitig in die Wehen gekommen ist. Haben Sie eine Ahnung, wer Mrs. Bassett tot sehen wollte? Sie haben am engsten mit ihr zusammengearbeitet, und ich dachte, Sie könnten wertvolle Einblicke haben."

Ich drehte mich zu ihm. „Ja, die habe ich. Tatsächlich habe ich eine Liste. Trina hatte in der letzten Woche Probleme mit mehreren Leuten. Sowas ist mir vorher nie aufgefallen. Ihr Ex-Mann Frank steht ganz oben auf meiner Liste, aber Caroline Arneson und Mrs. Williams haben ihr heute gedroht. Wir haben eine problematische Kundin namens Agatha, von der Trina schwor, sie sei keine Gefahr, aber ich bin mir da nicht so sicher. Trina hatte gestern Abend einen späten Termin, den ich nicht kenne, und ich habe gehört, wie jemand am Telefon Geld von ihr verlangte."

Er bog auf meinen Parkplatz ein. „Das ist eine beachtliche Liste. Ich werde dem nachgehen. In der Zwischenzeit, Miss Proctor, passen Sie auf sich auf. Es ist offensichtlich, dass Sie sich viele Gedanken gemacht haben, aber es ist am besten, wenn Zivilisten das Ermitteln der Polizei überlassen. Mordermittlungen sind nichts für Amateure – die können dabei verletzt werden."

Ich stieg aus seinem Auto aus. Amateur. Ha! Er hatte keine Ahnung, wie gut ich mich im Notfall selbst schützen konnte.

Kapitel 8

Ich ging direkt hoch in meine Wohnung. Als ich die Tür aufschloss, war es dunkel, und im ganzen Gebäude herrschte Stille. Ich schaltete das Licht im Wohnzimmer an und sah mich um, froh, zu Hause zu sein.

Abby hatte aufgeräumt, bevor sie ins Bett gegangen war - das Geschirr stand im Abtropfgestell und auf den Teppichen waren Staubsaugerspuren zu sehen.

Ich war zu aufgedreht, um schlafen zu gehen, also ließ ich mir ein Bad ein und gab etwas Ringelblumenöl hinzu. Der zarte Duft war genau das, was ich brauchte, um den angestauten Stress loszuwerden. Ich glitt ins Wasser, bis mein Kinn die Oberfläche berührte, und zwang alle meine Muskeln, sich zu entspannen. Die Anspannung in meinen Schultern löste sich, und ich ließ das heiße Wasser seine eigene Art von Magie auf meine Muskeln wirken.

Wenn der Mörder nach etwas suchte, dann weil Trina es ihm nicht geben wollte. Oder ihr. Oder ihnen. Trina hatte strenge Regeln für die Tränke, die wir anboten, und sie würde nicht davon abweichen. Für mich sah es so aus, als hätte sie den Killer im Laden abgewiesen, wo sie versuchten, sie einzuschüchtern, indem sie Dinge zerstörten. Als das nicht funktionierte, jagten sie sie nach draußen, töteten sie und beschlossen dann, das Büro zu durchsuchen.

Ich musste aufhören, so zu denken, sonst würde ich nie einschlafen können. Ich schnippte mit der Hand in Richtung der Kerze auf der Ablage, um sie anzuzünden, und schaltete das Badezimmerlicht auf die gleiche Weise aus. Ich starrte auf die Kerze und meditierte in der Badewanne.

Wie üblich schlief ich während meiner Meditation ein und wachte fröstelnd und schrumpelig auf. Ich schaltete das Licht an und ließ das Wasser ab. Eine schnelle heiße Dusche zum Aufwärmen, und ich wäre bereit für eine gute Nachtruhe.

Zwei Minuten nach Beginn meiner Dusche klopfte Abby an die Badezimmertür. „Isabella, ich muss mich für die Arbeit fertig machen. Bist du bald fertig?"

Oh, verflixt! Ich hatte keine Ahnung, dass ich so lange geschlafen hatte. „Ja - gib mir zwei Sekunden zum Abtrocknen." Ich sprang aus der Dusche, trocknete mich notdürftig ab, wickelte ein Handtuch um mich, schnappte meine schwarzen Schleichklamotten und öffnete die Tür.

„Du bist wieder in der Badewanne eingeschlafen, oder?", fragte sie.

„Ja, bin ich. Aber jetzt gehe ich ins Bett."

Der Sonnenschein, der durch die gelben Vorhänge fiel, erfüllte mein Schlafzimmer mit einem warmen Licht, das mich weckte. Ich streckte mich und genoss das warme, gemütliche Gefühl, in meine Decken eingewickelt zu sein. Ich war ausgeruht und hatte eine Million Fragen darüber, was mit Trina passiert war. Als ich gestern Nacht einschlief, hatte ich beschlossen, dass ich heute mit Chief Dobbins sprechen sollte, um zu sehen, ob ich Informationen aus ihm herausbekommen könnte. Ich würde ihn nicht direkt fragen, mir alles zu erzählen, was er wusste, aber ich war gut darin, Leute zum Reden zu bringen.

Nachdem ich meine Wohnung verlassen hatte, traf ich Mrs. Thompson auf der Treppe. Heute trug sie ihren roten Wollmantel mit passenden Handschuhen und Stiefeln.

„Hallo, Isabella", sagte sie.

„Hallo, Mrs. Thompson. Lassen Sie mich Ihnen mit dieser Tasche helfen."

Ich nahm ihr die volle Einkaufstasche ab - mit achtundsiebzig Jahren brauchte sie die nicht selbst die Treppe hochzuschleppen. Normalerweise kaufte sie jeden zweiten Tag ein und sagte, der Spaziergang tue ihr gut. Sie muss diese Wohnung wegen ihrer Nähe zum Supermarkt ausgesucht haben.

„Danke, Liebes. Ich habe mich entschieden, mehr als üblich zu kaufen, weil ein Sturm vorhergesagt ist, und ich denke, ich werde für den Rest der Woche nicht aus der Wohnung kommen."

„Klingt bedrohlich. Sagen Sie mir Bescheid, wenn Ihnen etwas ausgeht, und ich besorge es für Sie", sagte ich. Sie war wie die Oma, die ich nie hatte - süß, liebevoll und freundlich. Meine Oma hingegen war oft das emotionale Äquivalent zum Treten auf einen Legostein.

Ich brachte ihre Einkäufe in ihre Wohnung und stellte sie auf den Esstisch. Ihre Wohnung hatte den gleichen Grundriss wie meine, aber die antiken Möbel, Vorhänge und Kunstwerke ließen ihre im Vergleich zu der billigen Erste-Wohnung-Ästhetik von Abby und mir wie ein Zuhause aussehen. „Kann ich sonst noch etwas für Sie tun, während ich hier bin?", fragte ich. Manchmal hatte sie ein Glas, das sie nicht öffnen konnte, oder brauchte mich, um ein Stück Porzellan vom obersten Regal herunterzuholen. Das Leben muss schwierig sein, wenn man nur knapp über 1,50 Meter groß ist.

„Nein, Liebes. Aber danke der Nachfrage."

Jameson, ihre schwarze Kurzhaarkatze, rieb sich an meinem Bein, und ich beugte mich hinunter, um ihn zu streicheln. Er schnurrte, als ich ihn zwischen den Ohren kraulte. „Wer ist ein braver Junge?", fragte ich, was mir noch mehr Schnurren einbrachte. Ich richtete mich auf. „Ich sehe euch beide bald wieder."

Auf dem Weg nach draußen hörte ich Musik aus der Wohnung auf der anderen Seite von meiner. Heute hörten die Stanleys Sinatra. Mrs. Stanley sagte, Sinatra sei die Musik gewesen, zu der sie damals ausgegangen waren, und sie fühlten sich immer jung, wenn sie ihn hörten.

Draußen verstand ich, wovon Mrs. Thompson gesprochen hatte. Ich konnte riechen, dass es in ein paar Stunden schneien würde. Zuerst einmal ging ich zu Chief Dobbins.

Die Polizeistation von Portsmouth war eine seltsame Mischung aus modern und klassisch. Das Gebäude selbst war eines dieser alten Backsteinkolosse aus dem 18. Jahrhundert, komplett mit massiven Säulen, die die große Eingangstür flankierten, und einem Wartebereich, der das georgianische

Äußere widerspiegelte. Hinter dem Empfangsbereich war es jedoch elegant und modern.

Die Empfangsdame rief den Chef an, um mich anzukündigen, und er kam sofort heraus, um mich zu begrüßen. Der Chef war etwa so alt wie die Tanten, was Sinn ergab, da ich ziemlich sicher war, dass er und Tante Lily vor langer Zeit miteinander ausgegangen waren. Er hatte das Aussehen von zu vielen Donuts und zu wenig Verfolgungsjagden auf der Straße, das viele Männer mittleren Alters bekommen, und die sich spannenden Knöpfe an seinem Hemd zeigten, dass er sich damit noch nicht abgefunden hatte. Er lächelte mich warmherzig an. Ich fand das ein bisschen seltsam, aber wer war ich, darüber zu urteilen. Er brachte mich persönlich zu seinem Büro, und ich fühlte mich besonders, als würde er mit mir angeben. Als ich das Büro betrat, schloss er die Tür. Belobigungen, Auszeichnungsplaketten und Fotos des Chefs mit prominenten Persönlichkeiten bedeckten die Wände seines Büros. Ein Laptop und zwei große Monitore standen auf dem Eichenschreibtisch, hinter dem er Platz nahm.

Nachdem ich mich gesetzt und sein Angebot für Kaffee angenommen hatte – wie hatte ich es geschafft, meine Wohnung ohne Frühstück oder Kaffee zu verlassen – kam ich zur Sache. „Also, Chef, ich habe mich gefragt, wie lange es dauern wird, bis Sie die Untersuchung in der Apotheke abgeschlossen haben. Ich würde den Laden gerne zumindest so lange geöffnet halten, dass unsere Kunden das bekommen, was sie brauchen, bis sie einen anderen Kräuterkundigen finden können."

Chief Dobbins nickte. „Lobenswert. Aber ich bin nicht sicher, ob das machbar sein wird. Sie haben keinen guten Blick in den Laden werfen können, aber es ist nicht viel übrig, was nicht zerstört wurde. Und die Pflanzen im Gewächshaus sind wahrscheinlich inzwischen alle tot."

Das wusste ich, also war es an der Zeit, mein Talent aus dem Schauspielunterricht in der High School hervorzuholen und Überraschung vorzutäuschen.

„Wirklich? Es muss doch einige Dinge geben, die gerettet werden können. Ich meine, es würde lange dauern, alles zu zerstören. Und die Pflanzen können ein paar Tage Vernachlässigung aushalten, bevor sie welken."

Er schüttelte den Kopf. „Fast alles wurde zerschlagen, und über die Pflanzen wurde Alkohol gegossen. Sie waren gestern schon am Sterben."

Ich bedeckte meinen Mund mit meiner Hand und täuschte Schock vor. „Wer würde so etwas tun? Ich meine, war es nicht schlimm genug, dass sie ... sie Trina getötet haben, ohne auch noch ihr Geschäft zu zerstören?"

Er beugte sich verschwörerisch vor. „Sie haben das nicht von mir, aber ich denke, das war von Anfang an der Plan. Eine Person nimmt sich nicht so viel Zeit, um mitten in der Nacht, nachdem sie jemanden getötet hat, etwas zu zerstören, es sei denn, sie hegt einen ernsthaften Groll."

Ich dachte einen Moment darüber nach. Ich konnte mir nicht vorstellen, was Trina getan hatte, um so viel Wut zu provozieren.

„Sind Sie sicher, dass das die Reihenfolge der Ereignisse war? Ich meine, wie können Sie feststellen, wann der Laden zerstört wurde?"

Der Chef lehnte sich in seinem Stuhl zurück und verschränkte die Finger hinter seinem Kopf, bereit, mir einen Vortrag zu halten. „Interessieren Sie sich für Polizeiarbeit? Wir können immer mehr junge Frauen bei der Polizei gebrauchen. Es gibt uns einen besseren Ruf in der Stadt – Sie wissen schon, es sieht aus, als würden wir einen sanfteren Ansatz verfolgen."

Ich interessierte mich nicht für Polizeiarbeit, weil sie sich mehr auf den Buchstaben des Gesetzes als auf Gerechtigkeit konzentrierte. Aber das musste er jetzt nicht wissen. „Ich habe das Gefühl, dass mir viele Möglichkeiten offenstehen, und während Polizeiarbeit nichts war, was ich in Betracht gezogen hatte, ist ein näherer Blick auf das, was Sie tun, viel interessanter, als ich je erwartet hätte." Und meine Mutter sagte, ich sei nicht diplomatisch.

Er stützte seine Ellbogen auf den Schreibtisch. „Es gibt ein paar Hinweise, die darauf hindeuten, dass sie zuerst getötet wurde."

Ich weitete meine Augen, sagte aber nichts. Der beste Weg, jemanden dazu zu bringen, Informationen mit einem zu teilen, ist, ruhig zu sein und sie die Stille füllen zu lassen.

„Hinweis Nummer eins: Sie hatte kein Glas oder Öl an ihren Schuhen. Hinweis Nummer zwei: Wir haben eine ziemlich genaue Todeszeit basierend auf ihrer Körpertemperatur, und das war etwa fünfundvierzig Minuten vor der Zeit auf der kaputten Uhr in ihrem Büro. Gegen ein Uhr dreißig in dieser Nacht. Hinweis Nummer drei: Wenn sie hereingekommen wäre und jemanden gesehen hätte, der ihr Geschäft zerstört, hätte sie versucht, sich zu wehren, und abgesehen von ihrer Kopfverletzung hatte sie keine anderen Verletzungen."

Das schien sicherlich eine Menge Beweise zu sein. Warum war mir das nicht aufgefallen? Ich dachte gerade darüber nach, was ich übersehen hatte, als der Chef sagte: „Es tut mir leid. Das muss zu viel für Sie sein, so kurz danach darüber nachzudenken. Lassen Sie mich Sie in die Lobby bringen und Sie hier rausbringen."

Blattvertrauen

Es war ihr Körper, wurde mir klar. Wenn ich ihre Schuhe oder ihre Hände untersucht hätte, hätte ich vielleicht das Fehlen von Beweisen bemerkt. Ich fühlte mich nutzlos; alles, was ich tat, war, bei ihr zu sitzen und auf die Polizei zu warten, als ich nach Hinweisen hätte suchen können. Nächstes Mal. Oh Göttin, ich hoffe, es gibt kein nächstes Mal. Wenn ich das nie wieder tun müsste, wäre das großartig.

Kapitel 9

Gut, dass mich der Chef rechtzeitig weggeschickt hatte, denn ich musste um drei zur Arbeit. Wenn ich mich beeilte, würde ich gerade noch pünktlich einstempeln.

In der Küche von The Fancy Tart runzelte Bethany die Stirn. „Hast du Abbys Nachricht nicht bekommen? Du hättest heute nicht kommen müssen."

Das war nett, aber ich brauchte das Geld. Außerdem würde ich nicht die ganze Zeit heulen oder mich an Trina hinter den Büschen erinnern, wenn ich meinen Kopf beschäftigt hielt.

„Nein, hab ich nicht. Ich bin lieber hier, halte mich beschäftigt und helfe aus."

Bethany nickte, als würde sie verstehen, wie ich mich fühlte. „Na gut, dann kannst du mir beim Aufräumen der Küche helfen. Wir sind mit dem Backen fertig, und sobald alles sauber ist, gehe ich nach Hause. Fang mit den Arbeitsflächen an."

Die Küchenarbeitsflächen zu reinigen und zu desinfizieren war die geistloseste Aufgabe in der Bäckerei. Ich schnappte mir Papiertücher und eine Sprühflasche mit Desinfektionsmittel vom Regal mit den Reinigungsmitteln. Das Desinfektionsmittel zischte aus der Düse und rieselte auf den Tisch. Ich riss ein Papiertuch von der Rolle und wischte rhythmisch die Edelstahl-Arbeitsfläche ab.

„Ich habe Trina kennengelernt, als sie die Apotheke eröffnet hat. Sie wusste, wie man ihre Produkte herstellt, und ging davon aus, dass sich der Rest des Geschäfts von selbst regeln würde." Bethany kicherte. „Da lag sie so was von falsch!"

„Was ist passiert?", fragte ich.

„Ich konnte nicht zusehen, wie die junge Frau ihren Traum wegwarf, nur weil ihr ein bisschen Rat fehlte, also half ich ihr. Im ersten Jahr, als die Apotheke geöffnet war, verbrachte ich mehr Zeit damit, in ihrem Geschäft zu arbeiten als in meinem eigenen."

„Und wer führte die Bäckerei?", fragte ich.

Bethany seufzte. „Mein Mann lebte damals noch, und mein Sohn redete noch mit uns. Sie führten die Bäckerei, während ich mit Trina arbeitete."

Ich hatte keine Ahnung, dass Bethany Trina so gut kannte. „Trina hat nie erwähnt, dass du ihr beim Aufbau geholfen hast. Sie schien immer so gut darin zu sein, alles im Geschäft zu managen."

„Sie hat die geschäftliche Seite schnell begriffen, und sie war noch nie jemand, der zugibt, Hilfe zu brauchen."

Vielleicht war es das, was sie umgebracht hat. Wenn sie um Hilfe gebeten oder mir gesagt hätte, was das Problem war, hätten wir gemeinsam daran arbeiten können, es zu lösen. Schließlich war sie Familie, und ich bin mir sicher, Oma oder die Tanten hätten auch mitgeholfen.

„Weißt du, wie man ihr Geschäft führt?", fragte ich.

„Ich kann die Bücher führen und den Bestand verwalten. Warum?"

Ich hörte auf, den Tisch zu putzen, und schaute auf. „Wir haben Kunden, die sich auf uns verlassen, und ich fürchte, ich werde ihnen nicht allein helfen können. Ich habe mich gefragt ..."

Bethany schüttelte den Kopf. „Du greifst den Dingen zu weit vor. Hat sie dir gesagt, dass du das Geschäft erben würdest? Oder hast du ihr Testament gesehen?"

„Nein. Wir haben nie darüber gesprochen."

„Es besteht eine gute Chance, dass sie es ihrem Ex-Mann hinterlässt. Sein Geschäft würde gut zu ihrem passen."

Daran hatte ich nicht gedacht. Frank und Trina waren lange genug geschieden, dass sie den Kreis geschlossen und wieder Freunde geworden waren. Sein kleines Versandhandelsgeschäft für Kristalle wäre eine gute Ergänzung zur Apotheke gewesen. „Das ist ein guter Punkt. Ich fühle mich trotzdem für die Kunden verantwortlich."

Omar, einer der Neueinstellungen, steckte seinen lockigen Kopf durch die Tür. „Wir brauchen vorne etwas Hilfe."

„Ich gehe", sagte ich. Es wäre für Bethany schneller, die Küche fertig zu putzen, als Kunden zu bedienen.

Die erste Person, die ich bediente, war Frau Newcomb, Trinas Lieblingskundin. Sie war Mitte sechzig und hatte eine raue Stimme vom Rauchen. Trina stellte für sie ein honigbasiertes Halsmittel her, das laut Frau Newcomb besser wirkte als alles, was ihre Ärzte ihr gaben.

„Da bist du ja, Schätzchen", krächzte Frau Newcomb. „Ich hoffte, dich heute zu sehen, weil ich dir sagen wollte, wie leid mir dein Verlust tut. Unser Verlust. Ich habe mich auf unsere gemeinsamen Dienstagnachmittage verlassen, einfach nur zum Plaudern." Sie blickte in die Ferne, bevor sie fortfuhr: „Und du, was wirst du jetzt tun? Du hältst das Geschäft doch offen, oder?"

Während wir uns unterhielten, bediente Omar mehrere andere Kunden. Ich dachte oft, Frau Newcomb würde ewig reden, wenn sie nicht zum Husten pausieren müsste. Ich packte ihre übliche Bestellung in eine Tüte. „Danke. Das bedeutet mir viel. Kaffee-Kuchen-Muffin?"

Sie nahm die Tüte aus meiner Hand. „Pass auf dich auf, Schätzchen. Wenn du irgendetwas brauchst, ruf mich sofort an. Trina würde wollen, dass ich mich um dich kümmere."

Sie ging zur Kasse und ich wandte mich für einen Moment von der Schlange ab, um Tränen wegzublinzeln. Man merkt wohl erst, wie sehr sich Menschen um einen sorgen, wenn es Probleme gibt.

Ich wandte mich wieder den Kunden zu und sah Frau Thompson als Nächste in der Schlange.

„Wie schön, Sie wiederzusehen", sagte ich. „Was darf ich Ihnen heute Nachmittag bringen?"

„Ich hätte gerne ein schönes Rhabarbertörtchen und eine Tasse Rooibos-Tee. Nach all dem, was in letzter Zeit passiert ist, muss ich mich entspannen und eine Weile still sitzen."

„Warum setzen Sie sich nicht, ich bringe Ihnen Ihre Bestellung", bot ich an.

Sie wählte einen kleinen Tisch in der Ecke, weg von der Tür. „Der beste Platz an kühlen Tagen", sagte ich, als ich ihr den Tee und den Snack vor sie hinstellte. „Keine Zugluft, und man kann leicht in Ruhe sitzen, wenn man möchte." Ich legte ein kleines, eingewickeltes Päckchen auf den Tisch. „Ein paar Leckereien für Jameson direkt aus der Küche."

Sie tätschelte meine Hand. „Du bist zu gut zu uns. Eines Tages muss ich auch mal etwas Nettes für dich tun. Lass dich von mir nicht von deiner Arbeit abhalten."

Ich kam rechtzeitig zur Theke zurück, um Agatha, der letzten Person in der Schlange, bei ihrer Bestellung zu helfen. Anscheinend wollte sie ein Eclair, aber ihre unsichtbare Freundin Alice meinte, sie sollte ab und zu mal einen Salat essen. Agatha bestand darauf, dass sie das tun würde, wenn sie nicht in einer Bäckerei wären, und sagte, es wäre unhöflich, nach etwas zu fragen, das wir nicht anbieten. Ich hatte diese Gespräche oft genug gehört, um zu wissen, dass das Eclair gewinnen würde. Ich legte eines auf einen Teller für sie. Sie wählte allerdings immer ein anderes Getränk. Ich wartete darauf, dass sie oder sie beide sich entschieden.

Ich machte mir Sorgen um Agatha. Manchmal schien sie nicht zu wissen, was sie tat.

Am Ende gewann heiße Salz-Karamell-Schokolade gegen koreanisches Salatwasser. Ich machte ihre Schokolade und brachte sie zur Kasse. „Setzen Sie sich, ich bringe Ihnen Ihre Bestellung." Ich hatte ein paar Fragen an sie, wo sie in der Nacht war, als Trina getötet wurde.

Nachdem sie einen Tisch gewählt hatte, stellte ich ihre Schokolade vor sie hin.

„Wann wird die Apotheke wieder öffnen?", fragte sie.

„Ich bin nicht sicher. Die Polizei untersucht sie noch nach Hinweisen. Ich denke aber, sie sollte in den nächsten Tagen öffnen. Brauchen Sie etwas?"

Sie nickte. „Ja. Ja, das tue ich. Ich brauche etwas Ashwagandha, weil" - ihre Stimme wurde vor Wut lauter -

„Alice in meinem Kopf zu laut wird. Salatwasser zu einem Eclair? Das ist falsch."

Ich setzte mich ihr gegenüber an den Tisch, in der Hoffnung, sie beruhigen und ihr ein paar Fragen stellen zu können. „Ich kann Ihnen helfen, sobald der Laden öffnet. Ich verspreche, ich rufe Sie an, und Sie können vorbeikommen, um abzuholen, was Sie brauchen. Darf ich Ihnen eine Frage stellen?"

Sie blinzelte verwirrt. „Agatha oder Alice?"

„Nun, ich denke, Sie beide. Können Sie mir sagen, wo Sie in der Nacht waren, als Trina getötet wurde?"

„Ich war zu Hause und schlief unter meinem Bett. Ich weiß nicht, wo Alice war."

„Warum haben Sie unter Ihrem Bett geschlafen? Das kann doch unmöglich so bequem sein wie auf der Matratze, oder?"

Sie lachte. „Alice sagt auch, das Bett sei bequemer. Deshalb besteht sie darauf, darauf zu schlafen. Solange ich ihr das Bett überlasse, lässt sie mich bis zum Morgen in Ruhe." Ihre Augen weiteten sich und sie flüsterte: „Das bedeutet, sie hat kein Alibi. Glaubst du, sie hat es getan?"

Mein Herz schmerzte für Agatha. Was auch immer mit ihr nicht stimmte, Trina hatte es nicht mit einem Trank beheben können. Es war Zeit für sie, traditionellere Medizin in Anspruch zu nehmen. „Ich weiß nicht. Können Sie sie fragen?"

Agatha schloss für einen Moment die Augen, öffnete sie wieder und sagte: „Alice sagt, sie war die ganze Nacht zu Hause. Ich weiß nicht, ob ich ihr glaube. Sie ist hinterlistig und hat schon früher Ärger gemacht."

„Wie macht sie Ärger ohne Sie?"

Agatha sah mich an, als wäre ich ein Idiot. „Das kann sie nicht. Wir teilen uns den Körper, also bin ich überall dabei, wo sie hingeht. Ich erinnere mich nicht daran, irgendwohin mit ihr gegangen zu sein, es sei denn, ich stelle fest, dass ich andere Kleidung trage oder dass etwas nicht stimmt."

„Was meinen Sie mit ‚nicht stimmt'?"

„Zum Beispiel, wenn jemand sagt, er hätte mich irgendwo gesehen, woran ich mich nicht erinnern kann."

„Haben Sie Mitbewohner? Vielleicht wüssten die, ob Sie in dieser Nacht ausgegangen sind."

Agatha blickte auf ihren Kakao. „Keine Mitbewohner. Alice vertreibt sie."

Es war offensichtlich, dass ich nicht viel mehr aus Agatha herausbekommen würde. Vielleicht könnte Palmer das, oder vielleicht wäre sie klarer, sobald ich ihre Tränke aufgefüllt hätte.

„Sobald ich kann, besorge ich dir, was du brauchst. In der Zwischenzeit geh zu meiner Oma. Sie hat einen großen Heilkräutergarten und kann dir helfen."

Sie sah mich misstrauisch an. „Ich nehme nicht einfach so von jedem Medizin an."

„Wenn du Trina kennst, kennst du wahrscheinlich auch meine Oma, Esther Proctor."

Agathas Gesicht hellte sich auf. „Du bist Esthers Enkelin? Kein Wunder, dass du überall rot umrandet bist."

„Du kannst meine Aura sehen?"

Sie schnaubte. „Nicht ich, Dummerchen. Alice kann Auren sehen, nicht ich. Sie sagt, deine Aura ist rot." Sie beugte sich zu mir und flüsterte: „Das ist nicht gut. Du gehst zu viele Risiken ein und bist in Gefahr."

Mein Mund wurde trocken, denn sie könnte Recht haben. „Ich, äh, ich muss jetzt gehen. Ich habe noch andere Arbeit zu erledigen." Ich ging unsicher in die Küche und setzte mich auf einen Hocker.

„Was ist los?", fragte Bethany, während sie ihren Arm durch den Ärmel ihres Mantels schob. Sie war auf dem Weg nach Hause, und ich wollte sie nicht mit meiner Theorie belasten, dass Agatha Trina getötet haben könnte. „Es ist nichts."

Bethany zog ihren Mantel aus und kam zu mir herüber. Sie nahm meine Hand in ihre. „Du solltest nicht lügen."

Bevor ich ihr antworten konnte, klingelte mein Handy. Meine Mutter war am Telefon und sprach schnell und leise. „Ich kann dich nicht verstehen. Sprich langsamer und lauter."

„Oma hat mehr von deinem Trank genommen und macht eine Szene. Wir sind im The Crispy Biscuit. Triff uns zu Hause – wir brauchen Hilfe, um sie zu beruhigen."

Der Trank, den ich für Oma gemacht hatte, enthielt nichts, was für starke Wechselwirkungen bekannt war. Tatsächlich wurden alle Zutaten in Lebensmitteln verwendet. Andererseits neigte meine Mutter zwar oft zu Überreaktionen, aber sie geriet nicht leicht in Panik. Wenn sie sagte, dass sie Hilfe brauchten, dann waren die Dinge schlimm. „Ich bin bei der Arbeit. Ich komme so schnell ich kann. Braucht ihr Hilfe, um sie nach Hause zu bringen?"

„Nein. Komm einfach schnell nach Hause."

Bethany runzelte die Stirn. „Probleme?"

Ich steckte mein Handy in die Tasche. „Meiner Oma geht es nicht gut, und ich muss zu ihr. Es tut mir leid, ich verspreche, ich hole die Stunden nach."

Sie zog ihren Mantel aus. „Geh, mach dir keine Sorgen um uns."

Ich kam vor dem Rest der Familie zu Hause an und begann, Omas Zimmer zu durchsuchen. Sie wäre wütend, wenn sie wüsste, dass ich das tat, aber ich musste herausfinden, was die Wechselwirkung verursacht hatte. Ich durchsuchte ihre Schubladen, ihren Schrank, ihr Badezimmer und sogar unter ihrem Bett, fand aber nichts Verdächtiges.

Wo würde Oma etwas verstecken? Bevor ich etwas finden konnte, hörte ich Oma schreien, als meine Mutter und Tanten sie die Auffahrt hochführten.

Ich eilte hinunter in die Küche, um zu sehen, wie die Tanten Oma ins Haus zwangen.

„Wir können ihn nicht zurücklassen. Schließt die Tür nicht, bis wir ihn reingelassen haben", jammerte Oma.

„Ich habe keine Ahnung, wovon sie spricht. Es ist kein Mann bei uns, und niemand ist uns nach Hause gefolgt", sagte meine Mutter.

„Halluzinationen?", fragte ich.

„Ja", sagte Tante Lily.

Tante Nadia und meine Mutter schafften es schließlich, Oma auf einen Stuhl zu zwingen, weil sie zustimmten, die Küchentür offen zu lassen. Oma starrte schweigend auf die Tür, als würde sie darauf warten, dass jemand hereinkam.

„Was ist los?", fragte ich.

„Als sie darauf bestand, dass wir einen Platz für ihn am Tisch freihalten sollten, waren wir etwas besorgt. Je länger es dauerte, bis er auftauchte, desto aufgeregter wurde sie. Sie ließ uns nicht bestellen, bis er da war. Wir einigten uns darauf, zuerst einige Vorspeisen zu bestellen, aber als sie anfing zu schreien, dass wir die Restauranttür offen halten müssten, wussten wir, dass wir gehen mussten", erzählte Tante Nadia. Oma wandte den Blick von der Tür zu mir. „Bist du das, Isabella?" Ich zog den Stuhl vor Oma heran und setzte mich. Ich nahm ihre kalten, klammen Hände in meine. „Ja, Oma, ich bin's. Kannst du mir sagen, auf wen wir warten?" Oma zog ihre Hände abrupt aus meinen. „Er hat mir seinen Namen nicht gesagt, weil es ein Geheimnis ist. Ich weiß, dass er uns wichtige Dinge zu sagen hat – Dinge, die Leben retten werden." Der Wind knallte unsere offene Küchentür zu und wir zuckten alle zusammen. „Er ist da", flüsterte Oma. Sie schloss die Augen und begann zu zittern. Ich ergriff wieder ihre Hand, und sie drückte sie fest. Nach einer Minute hörte sie auf zu zittern und öffnete die Augen. „Er ist weg. Wir können die Tür schließen." Tante Lily schloss die Tür und verriegelte sie dann, etwas, das wir zu Hause kaum jemals taten. Die Schutzzauber auf unserem Haus waren Jahrhunderte alt und hielten uns sicher. „Mama, geht es dir gut?", fragte meine Mutter. Oma setzte sich auf. „Ich glaube schon. Er sagte, ich sei in Gefahr." „Was für eine Gefahr?", fragte Tante Nadia. „Ich weiß es nicht. Er ging zu schnell", sagte Oma. Sie sackte in ihrem Stuhl zusammen und konnte kaum die Augen offen halten. „Helft mir ins Bett. Ich muss mich ausruhen." Tante Lily half ihr auf, und sie und ich stützten Oma jeweils von einer Seite, als wir sie langsam in ihr Schlafzimmer brachten. Sie legte sich mit einem erleichterten Seufzer auf ihr Bett. „Vielleicht geht es mir morgen besser." Ich wollte noch eine Antwort von ihr. „Oma, mit wem hast du gesprochen?" Sie antwortete nicht, weil sie bereits fest eingeschlafen war. Tante Lily zog mich aus dem Schlafzimmer. „Was war sonst noch in diesem Trank, den du ihr gegeben hast?" „Nichts. Es war Zitrone, Rosmarin und Wacholder in heißem Wasser." „Bist du sicher?" „Was willst du damit sagen? Denkst du, ich habe das getan?" Tante Lily fuhr sich mit den Fingern durchs Haar. „Nein. Ich denke nicht. Es ist nur, dass es ihr gestern noch gut ging, und dann hat sie deinen Trank genommen." Ich runzelte die Stirn. „Aber es ging ihr nicht gut. Sie war erschöpft und überhaupt nicht sie selbst. Das Problem liegt bei dem, was auch immer sie in diesen Zustand versetzt hat, und wie es mit meinem Trank interagiert. Ihr müsst das Haus durchsuchen und alles Neue finden, das sie vielleicht einnimmt, bevor es zu spät ist."

Kapitel 10

Nachdem ich sichergestellt hatte, dass es den Tanten auch ohne mich gut ging, machte ich mich auf den Weg. Ich wollte eigentlich zurück ins Café gehen, bis mir klar wurde, dass meine Familie wahrscheinlich das Restaurant verlassen hatte, ohne zu bezahlen. Ich meine, wer würde sie schon aufhalten, wenn sie versuchten, eine tobende Frau aus dem Lokal zu bringen?

Sie waren im The Crispy Biscuit gewesen, einem beliebten Lokal, das den ganzen Tag über Frühstück servierte. Ich stieß die Glastür auf und wurde sofort vom Duft nach Speck und Kaffee umhüllt. Waren sie Konkurrenz für The Fancy Tart? Irgendwie schon, obwohl wir keine vollständigen Mahlzeiten zum Hinsetzen anbieten wie das Biscuit.

Das Biscuit hatte auch eine ganz andere Atmosphäre. Die rot-weiß gepolsterten Sitznischen waren gemütlich und ergänzten die eklektische und sich ständig ändernde Kunstsammlung an den Wänden. Ein wunderschönes

Ölgemälde einer Meereslandschaft konnte neben einem Samt-Elvis hängen. Man wusste nie, was man als Nächstes zu sehen bekam.

An der Bedienungsstation war ich froh, meine Freundin Emma zu sehen.

„Hey, Isabella, wie geht's deiner Oma?", fragte Emma.

Es war gut, eine verständnisvolle Freundin zu haben. „Sie ruht sich jetzt aus. Sie nimmt ein neues Medikament und hat eine Reaktion darauf." Das kam der Wahrheit nahe genug.

Emma runzelte die Stirn. „So was passiert. Ich hoffe, sie kriegt das schnell in den Griff. Sie sah wirklich aufgebracht aus."

Ich drückte kurz ihren Arm. „Danke. Ich bin sicher, das wird sie. Die Tanten werden sich um sie kümmern. Ich bin eigentlich hier, um ihre Rechnung zu bezahlen. Ich kann mir nicht vorstellen, dass jemand daran gedacht hat, Geld auf dem Tisch zu lassen, als Oma anfing zu schreien, oder?"

„Nein, haben sie nicht. Sie haben nicht viel bestellt, also habe ich es aus meinem Trinkgeld bezahlt."

Ihre Freundlichkeit brachte mich zum Lächeln. Klar, wir sind schon seit der sechsten Klasse befreundet, aber das Trinkgeld ist so früh im Jahr nicht besonders gut. „Wow, das ist wirklich nett von dir. Wie viel war es denn?"

Sie hob abwehrend die Hand, als wolle sie mein Geld nicht annehmen, und ich schob einen Zwanzig-Dollar-Schein zwischen zwei ihrer Finger.

„Nein, das ist nicht nötig. Und es war nicht so viel", sagte sie. Sie versuchte, mir den Schein zurückzugeben. Ich steckte meine Hände in die Taschen.

„Wenn du weiter redest, gebe ich noch mehr dazu", warnte ich.

Sie lächelte. „Na gut. Das zahl ich dir irgendwann zurück."

Das großzügige Trinkgeld war fair, denn wenn es eine Störung gibt, gehen andere Leute schnell weg, und das Trinkgeld leidet darunter. So konnte ich wenigstens helfen, das Problem auszugleichen, das Oma verursacht hatte.

„Also, macht deine Oma so was öfter? Ich kann mich nicht erinnern, dass sie der Typ fürs Herumschreien war", fragte Emma.

Ich schüttelte den Kopf. „Nein. Sie war in letzter Zeit müde, und bis heute war sie so klar im Kopf wie du und ich. Es wird wohl eine Weile dauern, bis sie wieder ausgeht. Was hat sie denn gesagt?"

„Es war das Seltsamste. Es war, als hätte sie Alzheimer und dachte, jemand, den sie früher kannte, würde zu ihnen stoßen. Sie bestand darauf, ein weiteres Gedeck aufzulegen, und als diese imaginäre Person nicht auftauchte, wurde sie unruhig und verlangte, dass wir die Tür offen lassen. Sie seufzte. „Ich mag deine Oma, aber es ist zu kalt draußen, um die Tür offen zu lassen. Als wir es nicht taten, rastete sie aus."

Emmas Stimme brach vor Traurigkeit. Natürlich wollte sie Oma nicht verärgern, aber sie hatte auch ihre Pflichten. „Verständlich."

„Deine Mutter und die Tanten mussten sie praktisch hier rausschleifen. Sie sagte immer wieder, dass er sie nicht finden könne, wenn sie gingen."

Ich runzelte die Stirn. Halluzinationen waren nie gut. „Na ja, nochmals danke. Ich weiß es zu schätzen, dass du dich so um meine Familie kümmerst."

Wie konnte ich herausfinden, was mit Oma nicht stimmte? Ich wünschte, ich könnte Trina fragen, was zu tun sei. Ich schob meine eiskalten Hände in die Manteltaschen und ging zum The Fancy Tart. Es gab nichts, was ich tun konnte, um Oma zu helfen, also konnte ich mich wenigstens um meine Verantwortung gegenüber der Arbeit und Bethany kümmern.

Gedanken über Omas Verschlechterung und Trinas Tod wirbelten in meinem Kopf, und ich hörte Mrs. Williams nicht rufen, bis sie mich auf dem Bürgersteig eingeholt hatte.

„Oh, tut mir leid. Ich war wohl in Gedanken." Ich blieb stehen, weil sie außer Atem war.

Sie legte ihre Hand auf meinen Arm. „Ich wollte Ihnen sagen, wie sehr es mir leidtut, wegen, na ja, Sie wissen schon."

Tat es ihr leid? Jetzt war der perfekte Moment, sie nach dem Streit mit Trina zu fragen. „Danke. Es ist so eine sinnlose Tragödie. Ich fühle mich, als wäre keiner von uns hier mehr sicher. Tatsächlich ist mir aufgefallen, dass sie sich in letzter Zeit mit Leuten gestritten hat – mit vielen Leuten."

Mrs. Williams versuchte, überrascht auszusehen, aber ich wusste es besser. Ich hatte gehört, wie sie Trina bedroht hatte. „Was meinen Sie?", fragte sie.

Ich nahm ihre Hand in meine. „Leute wie Sie, die in den Laden kommen und Trina sagen, sie hätte bis zu der Nacht, in der sie getötet wurde, Zeit gehabt, etwas in Ordnung zu bringen."

Sie versuchte, ihre Hand loszureißen. Ich ließ nicht los. „Ich wusste nicht, dass Sie das gehört haben."

„Hatten Sie einen Grund, sie zu töten?"

Zu meiner Überraschung lachte sie. „Wegen einer Doppelbelastung auf meiner Kreditkarte? Das scheint es doch nicht wert zu sein, oder?"

„Das hängt wohl davon ab, wie hoch der Betrag war."

„Zehn Dollar. Wenn sie die Belastung nicht rückgängig gemacht hätte, hätte ich meine Kreditkartenfirma angerufen. Die hätten sich darum gekümmert, aber ich glaube nicht, dass sie wegen eines Zehn-Dollar-Problems Auftragskiller losschicken." Sie riss ihre Hand aus meiner. „Ehrlich, was ihr jungen Leute euch erlaubt. Ihr habt keinen Funken Anstand. Sie können darauf wetten, dass ich nicht in die Apotheke zurückkehren werde, nicht wenn Sie mich des Mordes beschuldigen. Und erwarten Sie einen Anruf von meiner Kreditkartenfirma."

Sie ging weg und murmelte etwas über die Jugend von heute.

Ich hätte mir Sorgen machen sollen, eine Kundin zu verlieren. Tat ich aber nicht. Ich würde nie wieder jede einzelne Blume für sie aussuchen müssen.

Bevor ich zu The Fancy Tart kam, rief Trinas Anwalt an, um die Testamentseröffnung anzukündigen. Ich musste dabei sein, weil ich, wie er es ausdrückte, ein Hauptbegünstigter war. Trina und ich hatten nie über ihr Testament gesprochen, und ich war überrascht, dass ich darin vorkam. Sie war erst vierundfünfzig, als sie starb; ich schätze, sie dachte nie, dass sie es mir sagen müsste.

Die Bäckerei war leer, bis auf Omar. Wir schlossen um fünf Uhr abends, und die Stunde davor war normalerweise tot.

„Hey, Omar. Ich bin zurück."

Omar sah mich an und schüttelte den Kopf. „Oh nein. Bethany hat mir strenge Anweisungen gegeben, falls du zurückkommst." Er griff in die Auslage und nahm zwei Eclairs heraus, die er in eine Tüte steckte. „Ich sollte dir diese geben und dich nach Hause schicken."

Ich lächelte und nahm die Tüte. Ich war noch nie jemand, der Eclairs ablehnt. Irgendwann würde ich die Hüften dafür haben, aber nicht heute. Heute konnte ich sie ohne Strafe essen.

„Sie sagte, du solltest nach Hause gehen und dich entspannen."

Ich faltete die Tüte oben zusammen. „Da hat sie nicht Unrecht. Ich erzähle dir alles, wenn ich dich das nächste Mal sehe."

„Oh, noch eine Sache. Du hattest eine Nachricht von deiner Großmutter."

Von Oma? Sie hatte vor einer Stunde noch tief geschlafen. Omar reichte mir einen Zettel, auf dem stand: „Ich habe ein Nickerchen gemacht und fühle mich jetzt viel besser."

Ich war erleichtert, dass es ihr besser ging, und war sicher, dass die Tanten heute Abend ein Auge auf sie haben würden. Ich steckte den Zettel in meine Tasche, dankte Omar und machte mich auf den Weg nach Hause, zu einem guten Film und zwei Eclairs zum Abendessen.

Am nächsten Morgen verließ ich meine Wohnung früh, da ich vor dem Sturm, vor dem Mrs. Thompson mich gewarnt hatte, noch in den Supermarkt wollte.

Detective Palmer stand in meiner Einfahrt, an seinen unmarkierten Dodge Charger gelehnt. Mir war gar nicht aufgefallen, wie gut er in seiner Lederjacke und Jeans aussah, als er mich nach Hause gefahren hatte. Der Pullover, den er trug, war eng genug, um zu zeigen, dass er ein Mann war, der das Training im Fitnessstudio ernst nahm. Ich schüttelte den Gedanken aus meinem Kopf. Solange er mich als Verdächtige sah, konnte ich ihn nicht als etwas anderes als einen Polizisten behandeln.

„Guten Morgen, Detective. Wie kann ich Ihnen helfen?", fragte ich.

Er richtete sich auf und öffnete seine Beifahrertür. „Miss Proctor, ich möchte, dass Sie mit mir zur Wache kommen. Wir haben einige Fragen."

Das klang bedrohlich, und ich zögerte. Je eher er mich ausschloss, desto eher würde er Trinas echtem Mörder auf der Spur sein. Ich biss mir auf die Lippe. „Okay. Ich werde etwas Kaffee brauchen, bevor wir dort ankommen."

„Wir haben Kaffee auf der Wache", sagte er.

Ich runzelte die Stirn. „Sie vergessen, wo ich arbeite. Verbranntes, einen Tag altes braunes Wasser wird nicht ausreichen. Ich brauche echten Kaffee." Ich lächelte in der Hoffnung, dass er auf meinen neckenden Ton eingehen würde. „Ich brauche Kraft, um weitere Ihrer Fragen zu beantworten."

Er schien das als Kompliment aufzufassen, denn er lächelte mich an. „Okay. Wir holen uns zwei im Drive-through." Er deutete mir, mich auf den Beifahrersitz zu setzen.

Ich nehme an, es war gut, dass er mich nicht auf dem Rücksitz sitzen ließ, wie einen echten Verdächtigen. Andererseits dachte er vielleicht, ich stelle keine Gefahr für ihn dar, und das Risiko, mich vorne sitzen zu lassen, sei gleich null. So oder so war ich froh, nicht schuldig auszusehen, während wir fuhren.

„Danke. Vielleicht könnten wir auch frühstücken?"

Eine seiner Augenbrauen hob sich. „Von The Fancy Tart?"

„Wo sonst? Denkst du, ich bin eine Gebäck-Verräterin?"

„Natürlich nicht. Ich würde nicht von jeder beliebigen Bäckerei Gebäck nehmen. Ich nehme dein Angebot an und erhöhe auf einen großen Kaffee, geht auf mich."

Das lief gut. Ein bisschen flirtender Schlagabtausch hat noch nie geschadet, bevor man seine Handlungen verteidigen muss. Ich war ein wenig überrascht, dass er darauf einging. Wir hielten bei The Fancy Tart für Kaffee und Plunder und waren in weniger als fünfzehn Minuten auf der Wache.

Er führte mich in einen trostlosen Verhörraum. Ein Tisch, zwei Stühle, ein digitales Aufnahmegerät und ein Einwegspiegel waren alles, was sich in dem industriell grauen Raum befand. Die Neonlampe über dem Tisch summte.

Er deutete auf den Stuhl, der zum Spiegel zeigte. „Setzen Sie sich."

Wir setzten uns beide, und ich zwang mein rasendes Herz, langsamer zu schlagen.

„Ich werde dieses Gespräch für spätere Referenzen aufzeichnen", sagte er, nachdem er das Aufnahmegerät eingeschaltet hatte.

„In Ordnung. Fragen Sie mich alles, was Sie möchten."

Er nahm einen Bissen von seinem Plunder, den ich ihn aus der Tüte auswählen ließ, und lehnte sich dann zurück, entspannte sich. Wir haben alle genug Polizeiserien gesehen, um zu wissen, dass der Verhörraum einer Bühne gleichkam und dass alles nur ein Schauspiel war. Er entspannte sich, um mich zu ermutigen, mich auch zu entspannen. Es funktionierte auch.

„Zuerst sollten wir einfach reden, die Grundlagen über Ihr Leben festhalten. Können Sie Ihren vollen Namen und Ihren Beruf für das Band angeben?"

„Sie fangen mit den einfachen Fragen an? Mein Name ist Isabella Prudence Proctor. Bitte machen Sie sich nicht über Prudence lustig. Es ist nicht meine Schuld. Wenn Sie meine Mutter wegen eines so schrecklichen zweiten Vornamens mit Verhaftung drohen wollten, könnte noch ein Gebäckstück für Sie herausspringen", sagte ich.

Er lachte. „Und Ihr Beruf?"

„Ich arbeite an der Theke im The Fancy Tart Café hier in Portsmouth."

„Noch andere Jobs?", fragte er.

„Ich bin eine Auszubildende, Entschuldigung, ich war eine Auszubildende bei Trina Bassett in der Portsmouth Apotheke."

„Sonst nichts?", fragte er nach.

„Nein. Sonst nichts." Wann hätte ich Zeit für einen dritten Job gehabt? Vielleicht wenn ich für eine Schlafstudie bezahlt würde.

„Ich habe Sie in der Bäckerei arbeiten sehen, wahrscheinlich öfter, als es gut für meine Gesundheit ist. Erzählen Sie mir von der Ausbildung", sagte er.

Ich seufzte. Ich wollte nicht über Trina sprechen; ihr Tod war in meinem Herzen noch zu frisch. „Es gibt viele Wege, um Kräuterkundlerin zu werden, und ich habe mich für den Weg der Ausbildung entschieden. Es half, dass Trina eine entfernte Verwandte war und bereit war, mich zu unterrichten."

„Und was hat sie Ihnen bezahlt?"

„Wie bei vielen Ausbildungen hat sie mich nicht bezahlt. Andererseits habe ich sie auch nicht dafür bezahlt, dass sie mich unterrichtet hat. Es war eine für beide Seiten vorteilhafte Vereinbarung, die keinen Geldtransfer beinhaltete."

Er sah mich skeptisch an. „Da gibt es viel Spielraum für sie, Sie auszunutzen in dieser Situation."

„Ich nehme an, den gab es, aber das war nicht meine Erfahrung. Sie war geduldig mit mir, war nicht verärgert, als ich von zu Hause auszog und einen anderen Job finden musste, um die Rechnungen zu bezahlen."

„Als Sie bei ihr als Auszubildende anfingen, lebten Sie noch bei Ihrer Familie?"

Ich nickte.

„Bitte antworten Sie für das Band", erinnerte er mich.

„Oh, Entschuldigung. Ja. Als ich die Ausbildung begann, lebte ich zu Hause und brauchte keinen anderen Job."

„Warum sind Sie ausgezogen? War es nicht einfacher, zu Hause zu leben?", fragte er.

Ich nahm einen Schluck Kaffee. „Es war einfacher aus finanzieller Sicht. Es war nicht einfach aus persönlicher Sicht. Ich weiß nicht, wie lange Sie zu Hause gelebt haben, nachdem Sie achtzehn wurden. Für mich war es schwierig. Meine Mutter und Tanten sind alle aus dem gleichen Holz geschnitzt, und sie erwarteten, dass ich genauso sei wie sie. Das bin ich nicht, und wir stritten oft."

Er lehnte sich vor. „Inwiefern sind Sie anders?"

„Ich möchte mehr Dinge erkunden, mehr Orte sehen, mehr tun, als das Leben hier in Portsmouth mir erlauben würde. Die älteren Generationen in meiner Familie verstehen das nicht."

Er lächelte. „Ich habe mit achtzehn mein Studium begonnen. Ich ging in diesem ersten Sommer nach Hause und war unglücklich. Meine Eltern wollten mich behandeln, als wäre ich noch ein kleines Kind, während ich in diesem Jahr viel erwachsener geworden war. Danach habe ich nie wieder länger als ein paar Nächte im Haus meiner Eltern verbracht."

„Du weißt also, wie ich mich fühle. Was du wahrscheinlich nicht weißt: Meine Familie hat ein genetisches Problem. Frauen bringen fast immer Zwillinge zur Welt, und einer der Zwillinge stirbt sehr jung. Als überlebender Zwilling meiner Mutter bin ich für sie besonders kostbar, und sie war immer überfürsorglich."

„Das klingt schrecklich. Ist es bei deinen Tanten genauso?"

„Ja. Jede meiner beiden Cousinen hat auch eine verstorbene Schwester."

Er nahm einen Schluck Kaffee und sah mich einen Moment lang an, echte Besorgnis in seinen Augen. „Ich möchte nicht unhöflich sein, aber warum bekommen sie weiterhin Kinder? Es klingt nicht so, als ob der Schmerz es wert wäre", sagte er.

„Warum bekommt irgendjemand Kinder? Weil sie sie wollen, unabhängig von ihrer Gesundheit oder wie lange sie mit ihnen zusammen sein können."

„Denkst du, du wirst Kinder haben?", fragte er.

Ich warf einen Blick auf das Aufnahmegerät. „Ich glaube kaum, dass das eine Information ist, die du für das Verhör brauchst, oder?"

Er verschränkte die Finger hinter seinem Kopf. „Nein. Du hast Recht. Ich habe meine Neugier die Oberhand gewinnen lassen. Es tut mir leid für die Verluste deiner Familie."

Ich versuchte, mich zu bedanken, aber ich hatte einen Kloß im Hals und konnte nichts sagen.

„Also, Trina hat dich überhaupt nicht bezahlt, stimmt das?", fragte er und klang nun viel offizieller.

„Nein. Sie hat mich nicht bezahlt."

„Und wie hat dich das fühlen lassen?", fragte er.

Ich hatte nie darüber nachgedacht, wie es mich fühlen ließ. Es war einfach so, wie es war. „Als ich anfing, bei The Fancy Tart zu arbeiten, war ich ständig erschöpft. Ich hatte noch nie einen Job gehabt, bei dem ich um vier oder fünf Uhr morgens anfangen musste, und es war schwierig, sich daran zu gewöhnen. Als ich nachgab und um neun ins Bett ging, wurde es viel besser. Ich schätze also, ich war am Anfang verärgert, aber so fühle ich mich schon lange nicht mehr."

„Neun? Das scheint früh."

„Nicht für jemanden, der um fünf Uhr morgens wach und gut gelaunt sein muss", sagte ich.

Er beugte sich vor und starrte mir mit einem Blick in die Augen, der jegliche Freundlichkeit verloren hatte. „Und du warst wütend auf Trina, weil sie dich nicht bezahlt hat, sodass du den schwierigen Bäckereijob kündigen konntest."

Sein Tonwechsel erschreckte mich. Er sagte das, als ob er es völlig glaubte und als ob ich es auch glauben sollte.

„Nein. Überhaupt nicht. Ich mag den Bäckereijob. Jetzt, wo ich mich daran gewöhnt habe, mag ich es, früh auf zu sein und den Sonnenaufgang zu sehen. Ich vermisse es nicht, bis Mitternacht wach zu sein und meine Zeit zu verschwenden, bis ich müde genug bin, um einzuschlafen. Wenn ich den Bäckereijob nie angenommen hätte, hätte ich diese Dinge nie über mich selbst gelernt." Ich versuchte, nicht defensiv zu klingen, aber ich mochte nicht, worauf diese Frage hinauslief.

„Wir haben Zeugen, die dich in der Nacht des Mordes in der Apotheke gesehen haben."

Ich sagte nichts, weil er mich nichts gefragt hatte. Außerdem log er mich glatt an, es sei denn, es waren Zeugen, die mich um sechs Uhr abends gesehen hatten, als Trina noch am Leben war. Mein Gesicht wurde rot, als mir klar wurde, dass er log, um zu sehen, ob ich gestehen würde.

Er wartete darauf, dass ich sprach. Stattdessen nahm ich einen Bissen vom Plunderstück und einen Schluck Kaffee. Ich würde mich von ihm zu nichts einschüchtern lassen.

Schließlich sagte er: „Was hast du dazu zu sagen?"

Runde eins ging an mich. „Um welche Uhrzeit haben sie mich gesehen?", fragte ich.

„Sie waren sich nicht sicher, irgendwann nach zehn."

„Deine Zeugen irren sich. Oder sie lügen. Oder es gibt sie gar nicht. Um zehn Uhr an diesem Abend war ich in meiner Wohnung und schlief tief und fest", schnappte ich.

Er stand auf und lehnte sich über den Tisch. „Nennst du mich einen Lügner?", sagte er, während sein Gesicht rot wurde.

Ich wich vor ihm zurück, erschrocken über seinen plötzlichen Temperamentsausbruch. In meinem Kopf hörte ich die frühe Mahnung meiner Mutter, mein Temperament zu zügeln. Ich beruhigte mich und fand die Wahrheit in der Situation. Die Wahrheit war, dass ich zu Hause im Bett lag und schlief, und er lag falsch.

„Wie gesagt, deine Zeugen irren sich. Ich weiß, dass du mir nicht die Wahrheit sagen musst, und ich denke, die ganze Zeit mit Kaffeetrinken und Gebäckessen war deine Art, mich weich zu klopfen, damit ich dir vertraue."

„Mein Zeuge lügt nicht."

Interessant. Zeuge, nicht Zeugen. Er log mich definitiv an. „Jetzt ist es nur noch ein Zeuge? Er irrt sich trotzdem."

Er setzte sich auf seinen Stuhl, nahm den Notizblock und den Bleistift, die er mit in den Raum gebracht hatte, und warf sie vor mich hin. „Schreib auf, wo du warst und was du an diesem Abend gemacht hast. Schreib auch auf, womit du Trina auf den Kopf geschlagen hast und warum du die Frau töten wolltest, die so freundlich zu dir war."

Hatte er mir überhaupt nicht zugehört? Wieder erinnerte ich mich an die Warnung meiner Mutter, als ich das Kribbeln von Magie über meine Haut spürte. Nach einem tiefen, reinigenden Atemzug wurde mir klar, dass er mir meine Rechte nicht vorgelesen hatte. Ich war nicht verhaftet. Ich war nicht verpflichtet, irgendeine seiner Fragen zu beantworten, geschweige denn ein falsches Geständnis zu schreiben.

Ich nahm all meinen Mut zusammen und stand auf. So sehr es mich auch erschreckte, trat ich nahe an ihn heran und sah ihm in die Augen. „Das werde ich nicht tun. Wenn ich nicht verhaftet bin, gehe ich jetzt. Wenn du noch andere vernünftige Fragen hast, Fragen, die dich zu Trinas Mörder führen, stehe ich zur Verfügung."

Ich ging zur Tür und hoffte, dass sie nicht verschlossen war, denn ich würde wie eine Idiotin aussehen, wenn ich nicht in der Lage wäre, alleine hinauszugehen.

In dem Moment, als meine Hand den Knauf berührte, bewegte er sich, und die Tür schwang auf. Erleichterung durchströmte mich, bis ich Chief Dobbins sah, mit einem gehetzten Gesichtsausdruck.

Kapitel 11

„Ich nehme an, es ist in Ordnung, wenn ich jetzt gehe?", fragte ich.

Polizeichef Dobbins trat zur Seite der Verhörraum-Tür. „Natürlich. Sie sind nicht verhaftet. Bevor Sie gehen, würde ich gerne noch ein paar Minuten mit Ihnen sprechen."

Ich sah ihn skeptisch an. Offensichtlich konnte ich Palmer nicht trauen, warum sollte ich also ihm vertrauen? „Ich verspreche Ihnen, Sie können jederzeit gehen. Ich möchte Ihnen nur ein wenig über Detective Palmers Vorgehen erklären."

Ich dachte mir, es würde mich schon nicht umbringen, seiner Erklärung zuzuhören. Immerhin hatte er mir beim letzten Gespräch verraten, wann Trina gestorben war; vielleicht würde er noch mehr Informationen preisgeben.

„Führen Sie den Weg", sagte ich.

Nachdem er die Tür zu seinem Büro geschlossen hatte, sagte er: „Bitte setzen Sie sich. Kann ich Ihnen etwas anbieten?"

Ich schüttelte den Kopf, als ich mich auf die Armlehne des Besucherstuhls setzte. „Abgesehen von meinem Plunderstück, das ich im Verhörraum gelassen habe, nein. Ich würde lieber so schnell wie möglich von hier verschwinden."

Er setzte sich hinter seinen Schreibtisch. „Ich habe das Gespräch durch den Einwegspiegel beobachtet. Ich war wahrscheinlich genauso überrascht wie Sie, als Palmer plötzlich vom Plaudern dazu überging, Sie des Mordes zu beschuldigen. Ich verlange von meinen Detectives nicht, ihre Verhörtechniken mit mir zu besprechen. In diesem Fall wünschte ich, er hätte es getan, denn ich hätte ihn gewarnt, dass seine Technik bei einer Proctor-Frau nicht funktionieren würde."

Bei einer Proctor-Frau? Wie gut kannte er meine Familie?

„Das schätze ich. Sagen Sie mir, hat er die Wahrheit gesagt, als er behauptete, er hätte einen Zeugen?", fragte ich.

„Wie gesagt, wir besprechen keine Verhöre. Palmer ist erst seit ein paar Monaten hier. Er kam aus Boston, und dort machen sie die Dinge anders. Sie gehen davon aus, dass jeder Verdächtige schuldig ist, und fordern sie dann auf zu gestehen."

„Bekommen sie nicht viele falsche Geständnisse? Ich fühlte mich dort eingeschüchtert. Eine ängstlichere Frau würde alles tun, um von diesem wütenden Mann wegzukommen."

Der Chef stützte seine Arme auf den Schreibtisch. „Viel weniger, als Sie sich vorstellen können. Und wenn jemand sein Geständnis widerrufen will, geschieht das fast sofort, nachdem er den Verhörraum verlassen hat. Wenn sie länger warten, sind wir sicher, dass wir einen starken Fall haben."

„Also muss ein Krimineller nur hartnäckiger sein als Ihr Detective, und er kann einfach gehen?"

Der Chef lachte. „Nein, keineswegs. Wenn wir in diesem Fall starke Beweise hätten, würden wir sie nutzen, um ihren Mörder zu finden."

Mir gefiel nicht, wie sich das anhörte. Geständnisse durch Einschüchterung zu erzwingen, schien in Portsmouth unnötig zu sein.

„Isabella. Äh, Miss Proctor, Sie wissen, dass ich eine lange Geschichte mit Ihrer Familie habe, und ich hoffe, Sie verstehen, dass ich alle Proctor-Frauen, einschließlich Ihnen, sehr schätze."

Ich nickte langsam und fragte mich zum millionsten Mal, warum die Tanten nicht über ihre Vergangenheit sprachen.

„Ich verstehe, warum Sie über Ihr Verhör verwirrt und wütend sein könnten, und ich wollte es Ihnen erklären. Ich würde es hassen, wenn Sie durch diese eine Erfahrung die Idee, der Polizei beizutreten, verwerfen würden", sagte er.

Zeit für ein wenig Manipulation. „Ich fürchte, Detective Palmer hat das bereits für Sie erledigt. Meine Tanten werden von meiner Behandlung hier sehr enttäuscht sein."

Der Chef wurde blass.

Ich machte eine weitere Pause, bevor ich fortfuhr. „Ich nehme an, wir könnten uns auf etwas einigen, und ich müsste es ihnen nicht erzählen."

Der Chef lehnte sich vor. „Fahren Sie fort."

„Erstens würde ich gerne wissen, ob es einen Zeugen gab, denn deren Aussage ist eine Lüge, oder sie haben zumindest jemand anderen für mich gehalten. Meine Mitbewohnerin wird Ihnen bestätigen, dass ich um zehn zu Hause und im Bett war. Und zweitens bin ich neugierig auf Ihre Aussage, dass Sie keine handfesten Beweise haben. Ich meine, gibt es keine Fingerabdrücke oder DNA-Proben oder so etwas?"

„Palmer hat mir nichts von irgendwelchen Zeugen erzählt."

Aha! Jetzt wusste ich, wie Palmer aussah, wenn er log. Die Haut des Chefs errötete und er versuchte, sich durch Einschüchterung seines Zeugen aus der Affäre zu ziehen, nachdem er ertappt worden war. Das könnte in Zukunft nützlich sein.

„Normalerweise hätten wir physische Beweise am Körper oder am Tatort. Wir haben Trinas Fingerabdrücke und gingen davon aus, dass Ihre das andere Set waren, das wir an der Kasse und im Vorbereitungsraum gefunden haben. Verständlich, da Sie dort gearbeitet haben. Trinas waren auch überall. Wir fanden viele andere Abdrücke auf den Gläsern, alle einzigartig. Wenn der Laden nicht von einem Mob verwüstet wurde, dann trug der Täter Handschuhe. Es gab einen öligen Stiefelabdruck auf einem Stück Papier, der von Timberland-Sicherheitsstiefeln der Größe 44 stammte."

Timberland-Stiefel gab es in New Hampshire wie Sand am Meer. Selbst unter Berücksichtigung der Größe war das kein besonders hilfreicher Hinweis.

„Es gab auch keine Spuren des Mörders auf dem Stein mit ihrem Blut", fuhr er fort.

Plötzlich begann sich mein Kopf zu drehen. Ich hatte nicht an eine Mordwaffe gedacht oder was es sein könnte. Ich fühlte mich dumm und naiv, wie ein kleines Mädchen, das dachte, es sei erwachsen.

„Fräulein Proctor, geht es Ihnen gut?" Der Chef rief seiner Sekretärin zu, ein Glas Wasser zu holen. Als sie es mir reichte, war ich mir nicht sicher, ob ich es bei mir behalten könnte.

„Nehmen Sie kleine Schlucke", sagte sie. „Ich verspreche Ihnen, Sie werden sich besser fühlen."

Der erste Schluck wühlte in meinem Magen, blieb aber drin. Ich nahm noch einen Schluck und beschloss, mein Glück nicht mit einem dritten herauszufordern.

„Ich lasse Sie nach Hause fahren", sagte der Chef.

„Das wäre sehr nett."

Weitere Informationen von ihm zu bekommen, musste warten. Zu meinem Entsetzen rief er Palmer über die Gegensprechanlage und sagte ihm, er solle mich nach Hause fahren.

„Nein, danke. Ich kann ein Taxi nehmen."

Palmer klopfte und betrat das Büro. Er setzte sich auf die Kante des Schreibtisches des Chefs und reichte mir meinen Kaffee und das Gebäck. „Es tut mir leid wegen des Verhörs. Anschuldigungen waren in meiner alten Abteilung gängige Praxis. Ich dachte nicht, dass Sie ein Verbrechen gestehen würden, das Sie nicht begangen haben, aber wenn Sie auch nur einen Hauch von Schuld in sich gehabt hätten, hätte ich Sie zum Geständnis bringen können."

Ich starrte ihn mit zusammengezogenen Augenbrauen an, während Magie meine Finger kitzelte. Ich musste mich beruhigen, sonst würde ich unbeabsichtigt einen Zauber wirken.

„Es ist eigentlich ein Kompliment", fuhr er fort.

„Sie kommen mit Frauen nicht gut zurecht, oder, Detektiv? ‚Ich glaube nicht, dass ich Sie zu sehr einschüchtern kann' ist nicht die Art von Kompliment, die Frauen gerne hören", schnaubte ich.

Hinter ihm prustete der Chef. „Da hat sie dich erwischt, Steve."

„Sie haben wahrscheinlich recht", sagte er. „Lassen Sie mich das wiedergutmachen, indem ich Sie nach Hause fahre. Ich verspreche, kein Verhör und keine Einschüchterung."

Es wurde spät und ich wollte wieder nach Oma sehen, also nahm ich sein Angebot an. Die Polizei als meinen persönlichen Taxiservice zu haben, schien mir gerade eine gute Verwendung von Steuergeldern zu sein.

„In Ordnung. Sie können mich stattdessen zum Proctor-Haus bringen."

Das erregte die Aufmerksamkeit des Chefs. „Sie werden Ihrer Tante Lily doch nichts davon erzählen, oder?"

„Oma fühlt sich nicht wohl, ich bezweifle, dass Sie zur Sprache kommen werden." Hatte ich ein schlechtes Gewissen, weil ich ihn anlog? Nicht im Geringsten. Ich hatte absolut vor, es ihnen zu erzählen.

„Gut. Palmer, ich erwarte Sie umgehend zurück. Wir müssen Ihre Vorstellung von Verhörtechniken anpassen."

Auf dem Weg zum Auto fragte Palmer: „Was ist los mit Ihnen und dem Chef? Ich habe noch nie erlebt, dass er sich so für einen einzelnen Zeugen oder Verdächtigen interessiert."

„Und was bin ich? Zeugin oder Verdächtige?"

„Sie sind keine Verdächtige. Und Sie sind keine Zeugin, obwohl das Finden der Leiche Sie involviert."

„Er hat die Vorstellung, ich sei an Polizeiarbeit interessiert und wolle der Truppe beitreten. Ich habe es nicht übers Herz gebracht, ihm etwas anderes zu sagen."

Palmer lachte. „Nicht bei der Art, wie er Sie wie ein Fabergé-Ei behandelt, das ist sicher. Wie kam er auf die Idee?"

„Er hat mein Interesse an dem Fall mit einem Interesse an Polizeiarbeit verwechselt. Alles, was ich will, ist herauszufinden, wer Trina getötet hat."

Palmer blieb stehen. „Tun Sie das nicht. Es ist gefährlich, und Sie wollen nicht zwischen einen Mörder und seine Flucht in die Freiheit geraten. Wenn jemand einmal getötet hat, wird er wieder töten, um frei zu bleiben."

Ich schnaubte. „Ich bezweifle, dass ich wichtig genug bin, dass jemand mich töten wollen würde."

Er berührte meinen Arm und ich sah zu ihm auf. Ich war überrascht von der Besorgnis in seinen Augen. „Ich meine es ernst, Isabella. Rufen Sie mich an und ich kümmere mich darum. Versprechen Sie es mir."

Ich wollte nichts versprechen, was ich nicht vorhatte zu tun. „Ich verspreche, Sie anzurufen, wenn ich denke, dass ich in lebensgefährlicher Gefahr bin."

Er musste nicht wissen, dass ich meistens auf mich selbst aufpassen konnte.

Kapitel 12

Palmer und ich sprachen während der kurzen Fahrt zu meinem Elternhaus nicht miteinander. Das flirtende Geplänkel, das wir auf dem Weg zur Polizeiwache gehabt hatten, wurde durch eine unangenehme Stille ersetzt, die nur vom Klicken des Blinkers unterbrochen wurde.

Als wir am Haus ankamen, sprang ich aus dem Auto. „Danke für die Fahrt. Ich weiß das zu schätzen."

„Denk dran, was du versprochen hast. Keine Mörderjagd."

Ich winkte, während ich zum Haus ging, nicht willens, meine Beinahe-Lüge zu wiederholen.

Thea öffnete die Haustür, als ich ankam. „Wer war das?"

Ich verdrehte die Augen. „Detektiv Palmer. Was für ein Idiot!"

Sie schloss die Tür hinter mir. „Seit wann lässt du dich von gutaussehenden Typen herumfahren? Und dann noch von Polizeidetektiven?"

Ich verzog das Gesicht. „Dir wäre sein Aussehen egal, wenn er dich des Mordes beschuldigt hätte."

Theas Augen weiteten sich. „Niemals! Warum sollte er das denken?"

„Laut dem Polizeichef ist es einfacher, eine schuldige Person zum Geständnis zu bringen, als die Beinarbeit zu machen und Beweise zu finden. Da ich nicht zusammengebrochen bin, haben sie entschieden, dass ich unschuldig bin."

Thea runzelte die Stirn. „Natürlich haben sie das. Du bist es doch, oder? Ich meine, sie befragen dich doch nicht, weil du etwas Falsches getan hast, oder?" fragte sie zögernd.

Ich hielt einen Moment inne. Dachte Thea, ich wäre zu einem Mord fähig?

„Nicht dass du jemanden töten würdest, aber hast du dich mit ihr gestritten oder so?"

Ich boxte sie leicht gegen die Schulter. „Sei nicht dumm." Verzweifelt das Thema zu wechseln, bevor sie darauf zurückkam, wie gutaussehend Palmer war, sagte ich: „Was steht heute an?"

Wir gingen in die Küche und Delia sagte: „Trinas Beerdigung ist in drei Tagen, und wir fangen an, uns vorzubereiten."

Tante Nadia drehte sich vom Spülbecken um, um mich anzusehen. „Oh, Isabella, du bist da. Gut. Du kannst anfangen, das Geschirr abzutrocknen."

Wir sechs, alle außer Oma, arbeiteten den ganzen Nachmittag daran, Essen für die Leute vorzubereiten, die kommen würden, um ihr Beileid auszusprechen.

Thea saß am Tisch. „Und wir haben gute Neuigkeiten. Wir fünf haben das Haus durchsucht. Es war nichts in den Badezimmern oder in Omas Zimmer. Wir haben Tee in der Küche gefunden, den keiner von uns probiert hatte."

„Oma hat Tee mit der Post bekommen?" fragte ich, während ich den Salat aus dem Kühlschrank nahm.

„Er kam vor ein paar Wochen von ihrer Freundin Hope aus Sewall," sagte Tante Nadia.

Oma hatte viele Freunde in Hexengemeinschaften auf der ganzen Welt, die ich nie kennengelernt hatte. Sewall war eine Stadt weiter nördlich, versteckt vor Nicht-Hexen. Die meisten Hexen in New Hampshire lebten dort, weil sie ihre Fähigkeiten nicht verbergen mussten.

„Sie hat ihn in den Schrank gestellt und ich habe ihn völlig vergessen. Der Tee enthält Salvia. Salvia! Kein Wunder, dass sie dachte, sie würde Geister sehen," fuhr Tante Nadia fort.

Ich war mir nicht sicher, ob Salvia Omas Erschöpfung erklärte. Es war ein starkes Halluzinogen und in mehreren Bundesstaaten nicht legal. Warum sollte Hope Oma vergiften wollen? „Woher wusstet ihr, was in dem Tee war?" fragte ich. „Ich meine, ihr habt ihn doch nicht an jemand anderem getestet, oder?"

Tante Nadia holte ein Blech mit Brownies aus dem Ofen. „Natürlich nicht. Wir kennen ein paar Identifikationszauber. Nachdem deine Mutter ihn getestet und gesehen hatte, dass er vergiftet war, haben wir ihn weggeworfen. Es macht keinen Sinn, das Schicksal herauszufordern, indem man ihn herumliegen lässt."

„Ist er noch draußen in der Tonne?"

Tante Nadia nickte. „Sollte ganz oben liegen."

Zuerst wurde Oma vergiftet, dann wurde Trina ermordet. Ob die beiden Fälle zusammenhingen? Ich war mir nicht sicher. Eines wusste ich jedoch: Die Polizei war nicht bereit, sich mit Magie auseinanderzusetzen, und sie würde meine Hilfe brauchen. Ich trat nach draußen und blickte auf die Einfahrt. Es lag noch etwas Schnee auf dem Boden, und die Pflanzen in den Gärten schlummerten noch. Ich öffnete den Deckel der Mülltonne, nahm ein Stück Zeitung aus dem Recycling und hob die Teedose auf. Falls Salvia an der Außenseite des Behälters war, wollte ich es nicht an mir haben. Ich öffnete die Dose und schnupperte vorsichtig. Zitrusmischung.

Ich schloss die Augen und konzentrierte mich auf den Tee und seine Zutaten. Dieser Vorgang war bei weitem nicht so mystisch, wie es klang. Es war, als würde man versuchen, alle Instrumente in einem Musikstück herauszuhören, nur eben mit Essen oder Getränken. Als ich das zum ersten Mal lernte, schmeckte mir das Essen scheußlich, weil ich die einzelnen Zutaten – Mehl, Ei, Salz, was auch immer – schmeckte und nicht die Kombination. Es dauerte drei Wochen, bis ich lernte, diese Fähigkeit an- und auszuschalten, bevor ich wieder etwas essen konnte, das aus mehr als einer Zutat bestand. Jetzt hielt ich sie ausgeschaltet, es sei denn, ich brauchte sie wirklich.

Tante Nadia hatte recht. Der Tee enthielt Salvia. Ich hatte in der Apotheke ein wenig darüber gelernt, und es war nichts, was wir führten. Eines der Probleme war, dass es kontraindiziert war bei Ernährungsweisen, die viele gängige Lebensmittel wie Zitrone und Knoblauch enthielten. Und der Trank, den ich für Oma gemacht hatte, enthielt Zitrone. Kein Wunder, dass sie so heftig darauf reagiert hatte.

Ich warf den Tee in den Müll und schloss den Deckel. Oma würde sich um Hope kümmern, wenn sie dazu bereit war. Jetzt musste ich herausfinden, wie ich mit meiner Intuition einen Trank für Oma hergestellt hatte, der ihr schadete. Ich hätte meine eigene Oma umbringen können, und ich hätte es vielleicht getan, wenn sie im Restaurant nicht ausgerastet wäre.

Meine Brust zog sich zusammen, als mich Schuldgefühle überwältigten. Ich sank auf die Stufen neben der Mülltonne und saß mit dem Kopf in den Händen da. Ich wollte nicht darüber nachdenken, und ich wollte nicht ins Haus gehen und mich meiner Familie stellen. Sie mussten wissen, dass das alles meine Schuld war. Und wenn Oma bleibende Schäden davontragen würde, würde ich mir das nie verzeihen.

Offensichtlich war ich noch nicht bereit, selbstständig Tränke herzustellen, und ich war sicher nicht bereit, die Apotheke zu führen. Ich hoffte, Trina hatte sie jemandem Qualifizierterem vermacht; vielleicht einer Hexe aus Sewall. Ich würde für sie vorübergehend als Managerin arbeiten, bis sie jemand anderen fänden, der den Laden führen könnte. Dann würde ich gehen, in der Bäckerei arbeiten und ein Leben ohne Magie führen. Mir sollte nicht mehr Verantwortung als das anvertraut werden.

Ich zitterte bereits, als meine Mutter nach draußen kam.

„Ich dachte, ich würde dich hier finden", sagte sie.

Ich wandte den Kopf von ihr ab und brach in Tränen aus.

Sie setzte sich neben mich auf die Stufen und legte einen Arm um meine Schultern. „Es gab keine Möglichkeit, das zu verhindern."

Ich schniefte. „Aber ich ... aber ich ..."

„Hör mir zu. Es gab keine Möglichkeit für dich zu wissen, dass deine Großmutter vergiftet wurde, als du deinen

Trank gemacht hast. Niemand hätte das wissen können. Nicht ich, nicht Trina, niemand. Schluss damit, dich für etwas verantwortlich zu machen, das nicht deine Schuld war. Deshalb machst du nie, niemals einen Trank für eine Person, die du nicht kürzlich gesehen hast. Um sicher zu gehen, sollten sie direkt vor dir stehen."

„Es war meine Schuld", flüsterte ich.

„Nein. War es nicht. Es ist die Schuld der Person, die deine Großmutter töten wollte. Selbst ohne deinen Trank wäre sie in den nächsten Monaten gestorben, und wir hätten geglaubt, es sei aus natürlichen Gründen."

„Aber –"

„Keine Abers." Sie zitterte. „Lass uns reingehen. Ich mache dir eine Tasse Kakao zum Aufwärmen, und wir reden weiter."

Als ich nicht antwortete oder mich bewegte, fuhr sie mich an. „Tu, was ich dir sage, Isabella."

Mit einundzwanzig Jahren war ich immer noch nicht immun gegen die „Mutterstimme", also stand ich auf und folgte ihr in die Küche. Außerdem war ihre heiße Schokolade köstlich.

Sie beschäftigte sich damit, Kakao zu machen, während ich am Tisch saß. „Du musst deine Perspektive ändern. Wenn du Oma den Trank nicht gegeben hättest, hätten wir das Gift nie gefunden. Du hast sie gerettet."

Als wolle sie unterstreichen, was sie sagte, betrat Oma die Küche. Sie hatte wieder Farbe in den Wangen, und ihre Augen waren hell und klar. „Da ist ja mein kluges Mädchen."

Ich schenkte ihr ein schwaches Lächeln. „Ich fühle mich gerade nicht besonders klug. Vielleicht hatte ich einfach ein bisschen Glück."

Oma setzte sich neben mich an den Tisch. „Papperlapapp. Du hast genau das gemacht, was ich brauchte, um gesund zu werden. Ich muss dir sagen, dass ich mich jetzt besser fühle als seit Wochen. Sei kein Dummkopf und mach dich nicht fertig deswegen."

Meine Mutter stellte eine Tasse Kakao vor mich hin. Ich pustete darauf, wusste aber, dass er noch zu heiß zum Trinken war.

„Ich habe dich halluzinieren lassen", sagte ich.

Oma presste die Lippen zusammen. „Das reicht jetzt mit diesem selbstmitleidigen Unsinn von dir, junge Dame. Ich bin auf den Beinen und gesund dank deines Handelns. Hope ist diejenige, die sich dafür verantworten muss, nicht du."

Sie nahm einen Schluck von meinem Kakao. „Wenn Trina noch am Leben wäre, was würde sie sagen?"

„Das ist einfach. Sie würde mir sagen, ich solle mich nicht selbst beschuldigen, wenn die Dinge gut ausgehen. Ich sollte den Sieg annehmen und aus der Erfahrung lernen", sagte ich, ohne selbst zu glauben, was ich da sagte.

„Genau richtig", sagte Oma.

Ich saß eine Minute lang still da und beobachtete, wie Oma meinen Kakao trank. Sie schien sich viel besser zu fühlen. Keine Halluzinationen, kein Reden mit imaginären Freunden. Erleichterung durchströmte mich, als ich meinen Arm um sie legte und sie drückte.

Um fünf Uhr reichte mir Tante Nadia den Brotteig, der im Kühlschrank gewesen war.

Ich sah Oma an. „Wie hast du den gemacht?"

Sie lächelte. „Nachdem deine Mutter und deine Tanten einen Reinigungszauber über mich gesprochen hatten, fühlte ich mich viel besser."

„Ich bin erleichtert. Wir haben uns Sorgen um dich gemacht", sagte ich.

„Es braucht mehr als ein bisschen Gift, um mich außer Gefecht zu setzen. Keine Brötchen zum Abendessen zu haben, würde mich grantig machen, und das will niemand. An die Arbeit."

Ich küsste ihre Wange und tat, was sie sagte.

Als wir am Esstisch saßen, sprachen wir sieben darüber, wie viel besser sich Oma fühlte. Jedes meiner Familienmitglieder betonte, dass sie jetzt vielleicht tot wäre, wenn ich den Trank nicht gebracht hätte. Als sie schließlich anfingen, auf mich anzustoßen, musste ich dem Einhalt gebieten.

„Detective Palmer hat mich heute befragt", sagte ich in einem verzweifelten Versuch, sie davon abzuhalten, mich weiter zu loben.

Tante Lily stellte ihr Weinglas ab und wartete darauf, dass ich fortfuhr. Wenn ich nicht vorsichtig war, würde der Chef morgen früh eine Standpauke von ihr bekommen.

„Warum?", fragte meine Mutter. „Sie haben dich doch schon befragt." Ihre Stimme wurde lauter und höher. „Du bist doch kein Verdächtiger, oder? Denn wenn du es bist, marschiere ich geradewegs dort hin und sage Dobbins meine Meinung."

Wie sollte ich das so erklären, dass ich die ganze Wahrheit sagte und den Chef nicht in allzu große Schwierigkeiten brachte? „Nein, Mom, das ist nicht nötig. Die Polizei musste einige Nachfragen stellen, und ich wollte helfen. Ich will Trinas Mörder genauso sehr finden wie jeder andere, also war ich froh, dass sie mich von ihrer Verdächtigenliste gestrichen haben."

„Du warst verdächtig?", fragte Delia. „Trina war immer gut zu dir. Hast du ihnen das gesagt? Hast du ihnen gesagt, dass sie zur Familie gehört?"

Am Tisch brach Geplapper aus, und ich musste lauter sprechen, um gehört zu werden. „Hey! Es ist okay. Wir haben alle das gleiche Ziel hier. Lasst uns nicht durchdrehen wegen dem, was die Polizei tut. Sie folgen dem üblichen Muster, die dem Opfer nahestehenden Personen zu befragen, und es ist normal, dass sie früh mit mir sprechen wollten."

Meine Großmutter murmelte immer noch etwas über Dobbins, obwohl der Rest des Tisches ruhig war.

„Lasst mich euch erzählen, was ich erfahren habe", sagte ich.

Das brachte sogar Oma zum Schweigen.

„Leider nicht viel. Trina wurde gegen ein Uhr dreißig morgens getötet. Der Mörder hinterließ keine physischen Beweise draußen und nur einen deutlichen Stiefelabdruck im Büro. Der Laden wurde nach ihrem Tod verwüstet, und ihr Mörder zerstörte fast alles in einem Wutanfall."

Tante Lily schnaubte. „Natürlich war der Mörder wütend. Man bringt Leute ja nicht aus Freude um, oder?"

„Ich meine wütender als üblich, schätze ich. Das ist der Eindruck, den Detective Palmer mir vermittelt hat."

„Ist er derjenige, der dich abgesetzt hat?", fragte Delia.

Offenbar hatte Thea geplaudert. Ich verdrehte die Augen. „Ja. Er ist derjenige, der mich verhört hat, und um das wieder gutzumachen, hat er mich hierher gefahren. Glaubt mir, er ist noch lange nicht fertig damit, das Verhör wiedergutzumachen."

Die Augen meiner Mutter wurden vor Wut eisig, und bevor sie etwas sagen konnte, klingelte mein Handy.

„Hallo Isabella. Hier ist Detective Palmer."

„Guten Abend, Detective. Wie kann ich Ihnen helfen?", sagte ich laut genug, dass alle am Tisch mich hören konnten, während ich in den Flur ging.

„Ich wollte Ihnen mitteilen, dass der Tatort – ich meine, die Apotheke – fast fertig untersucht ist und Sie morgen früh hineingehen können."

„Gut. Danke. Ich kann dann alles aufräumen?"

„Ja. Wir sind fertig. Allerdings würde ich es schätzen, wenn Sie mich anrufen, falls Sie etwas Fehlendes oder Verdächtiges finden. Ich bin sicher, Sie möchten uns in jeder Hinsicht helfen."

Ich runzelte die Stirn. Ich war nicht so begeistert davon, ihnen zu helfen, wie ich es war, den Mörder selbst zu finden. Wenn der Mörder eine andere Hexe war, könnte die Polizei in Gefahr sein, vor der sie sich nicht schützen konnte. „Wenn mir etwas einfällt, rufe ich an. Aber wenn Ihre Vorstellung von Hilfe mehr Befragungen wie heute beinhaltet, bin ich nicht interessiert."

Er seufzte. „Was das angeht. Glauben Sie mir, ich habe genug Ärger von Chief Dobbins für das heutige Verhör bekommen. Ich brauche nicht noch mehr Probleme, also behandle ich Sie – Ihre ganze Familie – von nun an mit Samthandschuhen."

Ich hatte ein wenig Mitleid mit ihm. „Warum? Was hat er gesagt?"

„Der Chief hat mir unmissverständlich klar gemacht, dass Sie und Ihre Familie niemals jemanden töten würden."

„Er hat recht. Hat er nicht gesagt, warum?"

„Nein. Tatsächlich wollte ich Sie dasselbe fragen. Warum wird Ihre Familie von genaueren Untersuchungen verschont?"

Ich hatte keine Ahnung. Ich bin sicher, Tante Lily könnte es ihm sagen, aber bisher waren ihre Lippen versiegelt.

„Miss Proctor?", fragte er nach, als ich nichts sagte.

„Oh, Entschuldigung. Ich dachte über Ihre Frage nach. Sie müssten den Chief danach fragen."

„Rufen Sie unbedingt an, wenn Sie etwas finden, das wir übersehen haben", sagte er, bevor er auflegte.

Ich kehrte ins Esszimmer zurück und fand meine Familie an der Tür, die versuchte, mein Gespräch zu belauschen.

„Der Laden kann morgen wieder geöffnet werden. Ich muss reingehen und alles aufräumen."

„Alles?", fragte meine Mutter. „Der Ort war verwüstet. Du wirst alles wegwerfen und von vorne anfangen müssen."

Ich zuckte bei dem Gedanken zusammen. „Ja, das werde ich. Das Aufräumen wird mir Zeit geben, Hinweise zu finden, die die Polizei übersehen hat."

Alle Hinweise, die sie übersehen hätten, wären magiebedingt, und die Polizei war nicht darauf vorbereitet, mit einem übernatürlichen Mörder umzugehen. So sehr Palmer auch dachte, er würde mich beschützen, beschützte ich auch ihn.

Kapitel 13

Ich wachte früh auf, oder zumindest früher, als ich es an einem Tag getan hätte, an dem ich nicht in die Bäckerei musste. Sechs Uhr morgens fühlte sich für mich immer noch wie ein Luxus an. Ich zog meine schlechtesten Klamotten an, bereit, beim Aufräumen der Apotheke richtig dreckig zu werden.

Der von Mrs. Thompson vorhergesagte Sturm hatte fünf Zoll schweren Schnee hinterlassen und Portsmouth in ein Märchenwunderland verwandelt. Die Schneepflüge waren die ganze Nacht im Einsatz gewesen, sodass Straßen und Bürgersteige bereits geräumt waren. Als ich bei der

Ich hielt bei The Fancy Tart für ein Frühstück und einen Snack für zwischendurch an und um nach Bethany zu sehen. Ich musste meine Stunden für die nächste Woche kürzen, um die Apotheke für denjenigen einzurichten, der das Geschäft erben würde. Es war wahrscheinlich nicht meine

Verantwortung, aber ich konnte den Gedanken nicht ertragen, Trinas Lebenswerk in Trümmern zu sehen, und es kam nicht in Frage, unsere Kunden im Stich zu lassen.

Omar begrüßte mich und machte sich sofort daran, mir ein Getränk zuzubereiten. Er reichte mir einen Sumatra-Kaffee. „Den brauchst du. Und beschwer dich nicht über den Zucker darin. Wenn du sehen würdest, wie schlecht du aussiehst, würdest du mir danken."

Ich versuchte zu lächeln und nahm den Kaffee. Die Wahrheit war, er hatte recht. Heute Morgen hatte mir nicht gefallen, was ich im Spiegel gesehen hatte. Ich hatte tiefe Augenringe und konnte mich nicht zum Lächeln bringen. Wie ein oder zwei zusätzliche Päckchen Zucker das beheben sollten, wusste ich nicht, aber es war nett, dass er versuchte, mich aufzumuntern. Die warme Tasse taute meine kalten Finger auf und das Aroma des Kaffees ließ mir das Wasser im Mund zusammenlaufen.

„Kann ich ein Ei mit Käse auf einem English Muffin und ein Eclair bekommen?", fragte ich.

Er hob eine Augenbraue. „Was isst du zuerst?"

„Das Ei mit Käse. Das Eclair ist für später."

Er gab meine Sandwich-Bestellung an die Küche weiter und packte das Eclair für mich ein. „Wie geht's dir?"

„Die Polizei hat die Apotheke freigegeben und ich gehe rein, um aufzuräumen."

„Ich habe gehört, dass drinnen alles ziemlich zerstört wurde. Das ist eine Menge zu tun."

„Ja, nun, es gibt sonst niemanden, der es machen könnte. Trina hatte nicht viel enge Familie. Ihr Ex-Mann ist nicht zuverlässig, und ihr Neffe auch nicht. Ich glaube nicht, dass der Laden zerstört ist. Der gesamte Bestand muss aber ersetzt werden. Am schlimmsten wird es sein, das Gewächshaus zu reinigen. Die Pflanzen sind gestorben, und

Trina und ich haben viel Arbeit in sie gesteckt. Es ist, als würde man ein Haustier verlieren, nur dass es Hunderte von Pflanzen waren." Ich runzelte die Stirn bei diesem Gedanken. So viel Arbeit ruiniert, weil jemand wütend war. Es war sinnlos.

„Es tut mir leid, dass du das alles machen musst." Er reichte mir meine Bestellung. „Geht aufs Haus."

Ich vermutete, dass er in dem Moment, in dem ich in die Küche kam, meine Mahlzeit selbst bezahlen würde, und nahm mir vor, etwas Nettes für ihn zu tun, wenn ich dieses ganze Durcheinander geregelt hätte.

In der Küche blickte Bethany von der riesigen Rührmaschine auf, der sie gerade Mehl hinzufügte. „Oh, ich hatte nicht erwartet, dich heute zu sehen."

„Ich stehe nicht auf dem Dienstplan. Ich wollte mit dir darüber sprechen, diese Woche weniger Stunden zu arbeiten. Die Polizei hat die Apotheke freigegeben, und ich muss sie aufräumen und wieder zum Laufen bringen."

Sie schaltete den Mixer aus und wischte sich die Hände an ihrer Schürze ab. „Du willst sie weiter betreiben?"

„Ja. Ich werde zumindest versuchen, unsere Stammkunden zu versorgen, bis derjenige, der das Geschäft erbt, übernehmen kann."

„Komm heute Abend vorbei, dann habe ich einen überarbeiteten Dienstplan fertig. Ruf mich an, wenn ich dir sonst irgendwie helfen kann."

Ich lächelte und bedankte mich, bevor ich mich auf den Weg machte, um die Spuren von Trinas Mord zu beseitigen und so zu tun, als stünden mir nicht die Tränen in den Augen. Ich machte mir nichts vor, und ich bezweifelte, dass ich irgendwelche Kunden täuschen würde, die vorbeikämen.

Da ich wusste, dass der anhaltende Alkoholgeruch in der Apotheke meinen Appetit ruinieren würde, aß ich mein Frühstück auf dem kurzen Weg dorthin.

Ich ließ meinen Kaffee und das Eclair an der Hintertür der Apotheke stehen und nahm mir zuerst das Gewächshaus vor. Ich schloss die Tür auf und trat ein. Der Geruch von Alkohol hatte sich in den letzten Tagen verflüchtigt, und alles, was ich sah, waren tote Pflanzen. Ich nahm sie eine nach der anderen heraus und warf sie in den Müllcontainer. Ich kümmerte mich nicht darum, die kleinen Plastiktöpfe aufzuheben. Die Tontöpfe behielt ich zum Umtopfen, auch wenn es noch viele Monate dauern würde, bis die neuen Pflanzen, die ich kaufen würde, sie benötigen würden.

Bei jedem Gang zum Müllcontainer kam ich an den Büschen vorbei, hinter denen ich Trina gefunden hatte. Nach einer halben Stunde hatte ich mich daran gewöhnt, immer wieder an dieser Stelle vorbeizugehen, und ich hörte auf zu erschaudern.

Ich arbeitete schnell und versuchte, die Reinigung so schnell wie möglich zu erledigen.

„Isabella, wir sind gekommen, um zu helfen", sagte meine Mutter.

Meine ganze Familie stand am Ende der Gasse, in Arbeitskleidung mit Handschuhen und Stiefeln, und ich brach in Tränen aus. Mir war nicht bewusst gewesen, wie sehr es mich belastete, mit dieser Aufgabe allein zu sein, und wie sehr es sich wie eine Last anfühlte.

Meine Mutter eilte zu mir. „Du musst im Leben nie alles alleine machen, Schatz. Du hast immer deine Familie."

Meine Tanten, Cousinen und Großmutter schlossen sich ihr zu einer Gruppenumarmung an und ließen nicht los, bis ich aufhörte zu weinen.

„Du hast einen guten Anfang gemacht. Warum macht ihr nicht alle mit den Pflanzen weiter? Ich werde den Tatort untersuchen", sagte Oma.

Ich gab schnelle Anweisungen, die Tontöpfe aufzuheben, und gesellte mich dann zu Oma draußen bei den Büschen. „Wonach suchst du?"

„Die Polizei ist nicht so schlau. Denen kann viel entgehen, und wenn es hier irgendwelche Hexerei gab, könnte ich sie vielleicht spüren."

Meine Cousinen und ich hatten vor zwei Nächten dasselbe versucht, ohne Erfolg. Oma war allerdings in allem besser als wir. Wenn es etwas zu entdecken gab, war ich sicher, dass sie es spüren würde.

„Trina wurde dort drüben getötet", sagte ich und zeigte auf die Stelle, wo der ganze Kies weggeschaufelt worden war.

Oma bewegte sich in die Mitte der Stelle und schloss die Augen. Sie brauchte keine seltsamen Handbewegungen oder Zauberstäbe, um ihre Kräfte zu aktivieren. Sie stand einfach da, öffnete sich dem Universum und lauschte.

Sie stand zehn Minuten lang still. Ich wurde es leid, ihr zuzusehen, weil ich nicht spüren konnte, was sie spürte. Ich ging zum Gewächshaus, um zu helfen, und war überrascht, was fünf zusätzliche Leute in so kurzer Zeit geschafft hatten. Das Gewächshaus war schon fast zur Hälfte leer.

Ich griff nach einem großen Topf und wollte ihn gerade nach draußen bringen, als Delia sagte: „Isabella, schau!" Sie zeigte auf eine kleine Rosmarinpflanze, die noch grün war. „Sie lebt noch."

„Wie ist das passiert?", fragte ich.

„Sie versteckte sich hinter dieser größeren Pflanze, und der Idiot, der das alles angerichtet hat, muss sie übersehen haben."

Ich hob die Pflanze auf und drückte sie an meine Brust. Kitschig und sentimental, aber es fühlte sich richtig an. Zu wissen, dass etwas diesen Albtraum überlebt hatte, gab mir Hoffnung. „Ich bringe sie in den Laden."

Oma war immer noch bei der Sache, also ließ ich sie in Ruhe. Ich kramte in meiner Tasche nach den Schlüsseln für den Laden und öffnete dann die Tür. Der Gestank von Alkohol und Fäulnis schlug mir entgegen. All die Tränke und Zutaten hatten sich in den letzten Tagen zu einem gigantischen, üblen Geruch vermischt, den ich nicht einatmen wollte.

Ich stellte die Pflanze neben die Kasse, umging das meiste Chaos auf dem Boden und öffnete das Vorderfenster. Ich drehte mich um und inspizierte den Laden. Fingerabdruckpulver bedeckte die flachen Oberflächen und verlieh dem normalerweise hellen und sonnigen Verkaufsraum eine düstere Atmosphäre. Es war gut, dass meine Familie hier war, sonst hätte es eine Woche gedauert, alles komplett zu reinigen.

In der Stille konnte ich das Piepen des Anrufbeantworters hören. Ich ging zurück ins Büro und drückte die Taste, um die Nachrichten abzuhören:

„Hier ist Hansons Reinigung. Wir bedauern Ihren Verlust und möchten Ihnen in dieser traurigen Zeit unsere Dienste anbieten. Wir stehen für alle Ihre tatortbezogenen Reinigungsbedürfnisse zur Verfügung. Bitte rufen Sie an, um zu besprechen, wie wir Ihnen helfen können."

Wow. Ich hatte keine Ahnung, dass Reinigungsfirmen jetzt auch Katastrophengeier waren. Ich löschte die Nachricht und ging zur nächsten über.

„Nur weil Trina tot ist, heißt das nicht, dass ich nicht erwarte, mein Geld zurückzubekommen. Sprich mit Frank und kläre das."

Mein Herz raste. Ich erkannte die Männerstimme nicht, und ich hatte nicht so viel Geld. Ich speicherte die Nachricht und würde Detective Palmer beim nächsten Mal davon erzählen.

Ich schloss die Bürotür, bevor jemand hereinkam. Ich wollte diejenige sein, die alle Papiere durchging und nach Hinweisen suchte, die die Polizei übersehen hatte.

Als ich wieder nach draußen ging, gab Oma allen Anweisungen, ohne selbst tatsächlich zu arbeiten.

„Etwas gespürt?", fragte ich.

Sie schüttelte den Kopf. „Das war der banalste Mord, den ich je gespürt habe. Überhaupt keine Magie dabei. Nicht einmal magische Verteidigung, was bedeutet, dass Trina nicht wusste, dass sie in Gefahr war."

Es gab also keinen Grund anzunehmen, dass es ein hexenbezogener Mord war. Vielleicht war ihr Tod ein zufälliger Gewaltakt.

„Ich gehe rein und bringe das Büro in Ordnung", sagte ich.

„Die könntest du gebrauchen", sagte Thea, als sie mir meinen Kaffee und das Eclair reichte.

„Danke. Da bin ich mir sicher."

Ich öffnete die Bürotür und begutachtete das Chaos. Ich wusste nicht, wo ich anfangen sollte. Ich würde nicht feststellen können, was fehlte, bis das Büro aufgeräumt war. Ich nahm zuerst den Schreibtisch in Angriff, inspizierte jede Schublade, bevor ich sie zurück in den Schreibtisch schob. Ich tastete die Innenseite des Schreibtisches ab, um nach versteckten oder angeklebten Dingen zu suchen. Ich fand nichts. Das Neu-Einordnen der Unterlagen war eine aufschlussreiche Erfahrung für mich. Das Geschäft lief finanziell gesehen ziemlich gut, obwohl nie viel Geld auf der Bank war. Hatte Trina nicht das ganze eingenommene Geld eingezahlt? Wo war das Geld hingegangen? Wie viel hatte Frank ihr abgenommen?

Ich erstellte eine Liste aller unserer Lieferanten. Wir hatten nicht viele, da wir angefangen hatten, unsere eigenen Pflanzen anzubauen. Ich würde sie kontaktieren und so viel nachbestellen müssen, wie ich mir leisten konnte.

Irgendwann waren meine Familienangehörigen hereingekommen und hatten begonnen, den Verkaufsbereich zu reinigen. Es war schön, sie bei mir zu haben, zu lachen und die Stimmung angesichts dieses hässlichen Durcheinanders aufrechtzuerhalten.

Ich war mit den losen Papieren fast fertig, als ich einen leeren Ordner mit der Aufschrift „Experimentell" fand. Nichts von dem, was ich abgelegt hatte, schien in diesen Ordner zu gehören, also legte ich ihn auf den freigeräumten Schreibtisch. Was hätte hier hineingehört? Trina hatte mir gesagt, dass sie sich an die alten Rezepte und das alte Wissen hielt. Sie sagte, sie sei keine Experimentatorin und wüsste von zu vielen Menschen, die durch missglückte Tränke verletzt wurden.

Trotzdem ... was war in diesem Ordner gewesen?

Ich beendete das Wegräumen der Papiere und wandte mich dann den alten, in Leder gebundenen Büchern zu, die Trinas Bücherregale gefüllt hatten. Ich blätterte jedes einzelne durch, auf der Suche nach Notizen oder fehlenden Seiten. In Drostows Buch der Tränke und Heilkünste war der gesamte Abschnitt über Liebestränke herausgerissen.

Wir haben nie Liebestränke, unendliche Geldbeutel oder ähnliche Dinge hergestellt. Ich überprüfte den Abschnitt über unendliche Geldbeutel, und er war intakt. Wurde Trina wegen eines Liebestranks getötet, oder hatte sie diesen Abschnitt selbst entfernt? Ihr Tod erschien mir nicht mehr wie ein zufälliger Mord.

Ich nahm das Buch mit zum Verkaufstresen und war erstaunt, wie viel Arbeit geleistet worden war.

„Wow!", rief ich aus. Der Boden war sauber und gewischt, der gesamte Laden war frei von Fingerabdruckpulver, und die Tanten hatten die Regale mit allem aufgefüllt, was noch im Vorbereitungsraum übrig war. „Ich kann nicht glauben, wie viel ihr geschafft habt. Ihr habt hart gearbeitet."

„Wir sind schon seit Stunden hier", sagte Thea.

Ich warf einen Blick auf meine Uhr. Es war bereits Mittag, und ich hatte keine Ahnung gehabt, dass die Zeit so schnell vergangen war. Meine Mutter und Großmutter waren dabei, die wenigen Waren, die wir noch verkaufen konnten, umzuräumen, und meine Tante Lily putzte die Fenster.

„Lasst mich euch zum Mittagessen einladen", sagte ich. „Das ist das Mindeste, was ich tun kann."

„Geht nicht, wir haben zu Hause schon das Mittagessen am Kochen. Warum kommst du nicht stattdessen nach Hause?", sagte Tante Nadia.

Ich war gerade dabei, ja zu sagen, als Mrs. Thompson an die Tür klopfte. Widerwillig öffnete ich ihr die Tür.

„Habt ihr geöffnet?", fragte sie und ließ ihren Blick über die größtenteils leeren Regale schweifen.

„Nicht offiziell. Aber da Sie schon hier sind, wie kann ich Ihnen helfen?"

Sie tätschelte meinen Arm. „Danke, Liebes. Ich brauche mehr von dem Nierentonikum für Jameson. Kannst du das herstellen?"

Ich holte das Formularbuch der aktuellen Patienten heraus und fand Jamesons Seite. Ich hatte die Süßholzwurzel, die sein Trank benötigte, nicht vorrätig. „Ich kann das jetzt nicht für Sie herstellen. Ich kann heute Abend etwas vorbeibringen", sagte ich ihr. Ich wusste, dass ich mit dem Rezept im Formularbuch keine Fehler bei dem Trank machen würde.

„Danke, Liebes. Er ist nicht so munter wie sonst", sagte sie.

Als sie den Laden verließ, kam die Briefträgerin herein. „Schön zu sehen, dass ihr geöffnet habt", sagte sie. „Meine Ischias macht sich wieder bemerkbar, und ich brauche etwas mehr von dieser Kurkuma-Lösung. Habt ihr welche?"

„Einen Moment", sagte ich und schaute in den Vorbereitungsraum. Er war ebenfalls aufgeräumt und gefegt. Meine Familie konnte eine Menge schaffen, wenn sie sich etwas vornahm.

„Nein, wir haben keine mehr. Wir haben im Moment von den meisten Dingen nichts mehr. Ich rufe an, wenn ich eine neue Lieferung bekomme."

Sie runzelte die Stirn. „Ich schätze, damit muss ich mich zufriedengeben. Ich habe Ihre Post für die letzten paar Tage zurückgehalten. Hier ist sie", sagte sie und reichte mir einen dicken Stapel Umschläge.

Ich nahm die Post entgegen. „Ich empfehle sanftes Yoga und ein Bad mit Epsom-Salz. Ich bestelle später heute Vorräte, und ich werde sicherstellen, dass Ihre auf der Liste stehen. Essen Sie heute Abend auch eine knoblauchhaltige Mahlzeit."

„Epsom-Salz? Das werde ich auf dem Heimweg besorgen. Was das Yoga angeht, jedes Mal, wenn ich es versuche, lande ich auf dem Wohnzimmerboden, und meine Kinder lachen mich aus."

Ich lächelte. In den ersten paar Wochen, in denen ich Yoga machte, ging es mir genauso. „Ich kenne das Gefühl. Bleiben Sie dran, und Sie werden besser werden. Mir ging es auch so."

Nachdem sie gegangen war, wandte sich Tante Lily zu mir. „Du bist ein Naturtalent hier. Die neuen Besitzer würden gut daran tun, dich einzustellen, und nicht als Lehrling."

Eine großartige Sache an meiner Familie war, dass ich immer darauf vertrauen konnte, was sie sagten. Sicher, sie waren unterstützend und liebevoll, aber Komplimente mussten verdient werden. Wenn Tante Lily sagte, dass ich gut in etwas war, dann war ich es auch. Ich strahlte sie an. „Danke, Tante. Ich hoffe, sie werden es auch."

Ich war überrascht zu sehen, dass sie fertig waren. Sie mussten ein paar Zauber angewandt haben, als niemand hinsah. „Ich schätze, wir sind hier mit dem Aufräumen fertig. Ich bin mir nicht sicher, was ich als Nächstes tun soll."

„Als Nächstes drehst du das Schild an der Tür auf ‚Geöffnet' und lässt Kunden herein", sagte Tante Nadia. „Wir werden dir aus dem Weg gehen. Kommst du heute Abend zum Essen vorbei?"

Meine Familie liebte mich, und ich wusste, dass sie verärgert waren, dass ich ausgezogen war. Jedes Abendessen in letzter Zeit war eine weitere Ausrede für meine Mutter gewesen, mich unter Druck zu setzen, nach Hause zu ziehen. Ich hatte nicht die Energie, mich damit auseinanderzusetzen. Nach Hause zu gehen, sollte keine Visionen des General Ackbar „Es ist eine Falle!"-Memes hervorrufen. „Vielleicht morgen Abend", sagte ich.

„Okay. Komm morgen vorbei und ich mache etwas Besonderes", sagte sie.

Nachdem sie gegangen waren, drehte ich das Schild um und schloss die Tür auf. Ich beendete die Bestandsaufnahme und versuchte, ein paar Tränke zu finden, die ich herstellen könnte, aber ohne Erfolg.

Die Post bestand aus den üblichen Rechnungen und Flyern, und einem an mich adressierten Umschlag in Trinas Handschrift. Tränen stiegen mir in die Augen und ich legte ihn beiseite. Sie hatte mir noch nie zuvor geschrieben. Mit einem tiefen Atemzug öffnete ich den Umschlag.

Liebe Isabella,

Dies ist nicht der erste Brief, den ich dir geschrieben habe, wenn ich das Gefühl hatte, mein Leben sei in Gefahr. Ich hoffe, ich kann ihn wie all die anderen wegwerfen, die ich geschrieben habe. Dieses Mal aber spüre ich die Hand des Todes um mein Herz, und ich fürchte, sie wird nicht loslassen.

Du hattest Recht, mich wegen des Telefonats und der Person zu hinterfragen, die du für einen verärgerten Kunden hieltest. Es war mein Ex-Mann. Es schmerzt mich zu sagen, dass er in großen finanziellen Schwierigkeiten steckt und der Betrag, den ich jeden Monat vom Geschäft erübrigen kann, nicht mehr ausreicht. Wenn ich ihn nicht über Wasser halten kann, weiß ich nicht, was er tun wird.

Ich habe dieses Geschäft gegründet, als wir noch verheiratet waren, aber er denkt, dass ich ihm, da wir geschieden sind, das ganze Geld zurückzahlen muss, das wir investiert haben, um die Apotheke zum Laufen zu bringen.

Er ist nicht die einzige Person, um die ich mir Sorgen mache. Caroline Arneson droht mit rechtlichen Schritten. Seit Jahren will sie ihr Geschäft in unseren Bereich erweitern, aber ich war nicht bereit, den Mietvertrag aufzugeben. In den letzten sechs Monaten ist sie ziemlich hartnäckig geworden.

Mein Neffe James ist nicht von höchster Integrität. Er hat früher für mich gearbeitet, und kurz bevor du meine Lehrlinge wurdest, habe ich ihn gefeuert, weil er aus der Kasse gestohlen hat. Er ist wütend auf mich und auf dich. Sei vorsichtig in seiner Nähe. Er denkt, er hätte ein Anrecht auf den Laden, obwohl er überhaupt keine magischen Fähigkeiten hat.

Schließlich gibt es Kunden, die wütend sind, weil ich ihnen nicht die Tränke geben will, die sie wollen. Du weißt, welche Art von Tränken ich meine. Es gibt in letzter Zeit eine stärkere Präsenz des Bösen in der Stadt, und wir müssen uns alle davor schützen. In einem verzweifelten Versuch, sie loszuwerden, habe ich mit Tränken experimentiert, die ihnen geben, was sie wollen, aber zu einem hohen Preis. Die Tränke werden sie schlechter zurücklassen als zuvor. Ich habe noch keinen davon verwendet. Du findest sie in der Experimentalmappe im Büro.

Benutze sie nur im äußersten Notfall und wende sie niemals bei dir selbst an.

Es war eine Freude, dich zu unterrichten, Isabella, und ich vertraue darauf, dass du im Leben durch deine Entschlossenheit, dein Mitgefühl und deinen Verstand erfolgreich sein wirst.

Ich hoffe, du musst das nie lesen,

Trina

Kapitel 14

Am nächsten Morgen kam ich um halb acht zur Arbeit, bereit, den Tag anzugehen und Trina stolz zu machen. Ich wusste, dass ich ihre Anwesenheit noch lange vermissen würde, aber mich auf ihre Erinnerung zu konzentrieren, half mir, meine Einsamkeit zu lindern. Ich war erfreut, Lieferungen vorzufinden, die an die Hintertür gelehnt waren. Ich tat mein Bestes, nicht auf die Büsche beim Gewächshaus zu schauen, als ich die Pakete aufhob und in den Vorbereitungsraum brachte.

Über die Hälfte der Bestellungen, die ich gestern aufgegeben hatte, waren bereits da, und ich würde heute viele Tränke herstellen können. Ich holte die Zutaten heraus, die ich brauchte, und machte mich an die Arbeit. Als mein Wecker um zehn vor klingelte, um die Tür aufzuschließen, freute ich mich, ein paar Leute draußen warten zu sehen.

„Guten Morgen, allerseits. Wie Sie sehen können, gibt es nicht viel Vorrat in den Regalen, und im Gewächshaus ist nichts. Ich tue mein Bestes, um alle Vorräte aufzufüllen, auch wenn es etwas Zeit brauchen wird. Ich arbeite auch daran, Bestellungen für all unsere treuen Kunden so schnell wie möglich zu erfüllen. Wenn ich nicht habe, was Sie brauchen, nehme ich gerne Ihre Bestellung auf und stelle es so bald wie möglich her."

„Unsere" treuen Kunden – von wem redete ich da? Ich war allein hier, obwohl es sich falsch anfühlte zu sagen, meine treuen Kunden. Es würde eine Weile dauern, bis sie sich wie meine anfühlten.

Mrs. Thompson war die erste, die an die Theke trat.

„Was kann ich heute für Sie tun?"

„Nichts für mich, Liebes. Ich habe etwas, das dir gefallen könnte." Sie griff in ihre Handtasche und zog ein Foto von Trina in einem schlichten silbernen Rahmen heraus, lächelnd in der Sonne.

Ich nahm das Bild entgegen und erinnerte mich an die Freude, die Trina daran hatte, sonnige Tage draußen zu verbringen. „Vielen Dank. Wann wurde das aufgenommen?"

„Letztes Jahr am Market Square Day. Sie hatte einen Stand im Prescott Park und hatte die Zeit ihres Lebens."

Das hatte sie wirklich. Ihr breites Lächeln stand im Kontrast zu den kontrollierteren Lächeln, die sie in den letzten Monaten gezeigt hatte.

„Sie wirkt glücklicher, als ich sie seit langem gesehen habe", sagte ich.

„Ich dachte, du würdest ihr Foto gerne hier als Andenken an sie haben", sagte Mrs. Thompson.

„Wie aufmerksam von Ihnen. Ich bin sicher, Trina würde sich geehrt fühlen, wie sehr Sie sie mochten. Haben Sie eine Idee, wo wir es hinstellen könnten?"

„Ja, das habe ich. Ich dachte, wir könnten es auf die Theke stellen. Es wäre schön, eine Kerze daneben anzuzünden, um ihm eine Gedenkstimmung zu verleihen."

„Was für eine schöne Idee", sagte ich.

Ich stellte das Foto auf die Theke und nahm eine weiße Stabkerze in einem kurzen silbernen Kerzenhalter und platzierte sie neben dem Foto. Ich kramte in der Schublade nach Streichhölzern, aber es gab keine.

„Sie haben nicht zufällig Streichhölzer dabei, oder?", fragte ich.

Mrs. Thompson lächelte und nahm eine kleine Streichholzschachtel aus ihrer Handtasche. Sie zog ein Streichholz heraus, und es fing Feuer, ohne die Schachtel zu benutzen. Meine Augen weiteten sich, erstaunt über das, was Mrs. Thompson mir gezeigt hatte. Sie war eine Hexe. Mehr noch, sie war eine Hexe in der Stadt, von der meine Familie nichts wusste, und das war selten.

Sie zündete die Kerze an und blies das Streichholz aus. „Komm mal vorbei, dann können wir uns unterhalten."

Ich war sprachlos und hatte Angst, etwas zu sagen. Sie trat aus der Reihe und ich wandte mich dem nächsten Kunden zu. Nur war sie nicht hier, um etwas zu kaufen.

Caroline Arneson richtete sich zu ihrer vollen Größe auf. Ihr übermäßig toupiertes blondes Haar und die acht Zentimeter hohen Absätze brachten sie mit viel Glück auf eine Höhe von eins dreiundsechzig. „Sind Sie die neue Besitzerin hier?"

Die anderen Leute in der Schlange verstummten und starrten uns an.

„Nein", sagte ich.

„Wer bezahlt Sie dann? Warum haben Sie geöffnet?"

Ich setzte ein falsches Lächeln auf, wissend, dass sie diesen Laden haben wollte. „Es schien das Richtige zu sein.

Ich fühle mich den Kunden dieses Geschäfts verpflichtet, weil wir einen wichtigen Dienst für die Gemeinde leisten. Und wie Sie sehen, denken sie das auch. Kann ich Ihnen etwas anbieten? Falls nicht, bediene ich den nächsten Kunden in der Schlange."

Ich wollte nicht, dass sie an meinem ersten Tag allein Ärger machte, und hoffte, sie würde schnell gehen.

Stattdessen drehte sie sich zu den anderen im Laden um. „Kauft, was ihr könnt, denn dieses Geschäft wird nicht mehr lange hier sein. Arneson's Dry Goods wird bald hierher expandieren."

Sie wandte sich mir zu. „Du bist raus. So oder so. Pack deine getrockneten Blumen und toten Blätter zusammen und verschwinde."

Sie hatte schon seit Jahren versucht, in den Raum der Apotheke zu expandieren, und ich ließ mich von ihren Drohungen nicht beunruhigen. Mit unerschütterlichem Lächeln sagte ich: „Das müssen Sie mit dem neuen Besitzer klären. Einen schönen Tag noch und danke für Ihren Besuch."

Höflich bis zum Schluss. Trina und meine Mutter wären stolz auf mich gewesen, dass ich mich nicht auf ihr unhöfliches Niveau herabgelassen hatte.

Der Nächste in der Schlange war Herr Schmidt, der nach einem Haartonikum fragte. Er war ein großer, dünner Mann, der trotz seiner achtzig Jahre noch einen Schopf dichtes, weißes Haar hatte. Seine Rezepturseite verriet mir, dass ich die Zutaten hatte und es in zwei Tagen fertig sein würde.

„Hören Sie nicht auf Caroline. Sie ist verbittert, weil niemand ihren billigen Touristenkram kaufen will, und kein noch so großer zusätzlicher Platz wird daran etwas ändern."

Ich grinste Herrn Schmidt an. Ich hatte den Reiz ihrer Sachen auch nie verstanden. „Kommen Sie in zwei Tagen wieder, dann ist es für Sie fertig", sagte ich ihm.

Um elf hatte ich den stetigen Strom von Kunden abgearbeitet und brauchte eine Pause. Ich ging nach hinten, um weitere Lieferungen reinzuholen, hatte aber nur Zeit, sie im Vorbereitungsraum abzustellen, bevor die Türglocke läutete.

Ein Mann im grauen Anzug kam herein und stellte seinen Aktenkoffer auf den hinteren Tresen. Ich hatte ihn noch nie zuvor getroffen, aber sein billiger Anzug und das zurückgegelte Haar schrien förmlich billiger Anwalt. „Guten Morgen. Kann ich Ihnen helfen?"

Er öffnete seinen Aktenkoffer und nahm einen dicken Stapel Papiere heraus. „Sind Sie die Besitzerin?"

„Die frühere Besitzerin ist kürzlich verstorben und ihr Testament wurde noch nicht verlesen, falls sie überhaupt eines hat", antwortete ich.

„Ich verstehe. Ich bin George Fiske und vertrete Arneson Enterprises. Ich habe einige rechtliche Dokumente, die ich dem Besitzer dieses Etablissements zustellen muss."

Das schien mir sein Problem zu sein. „Sie müssen zur Testamentseröffnung gehen, um herauszufinden, wem Sie sie zustellen müssen. Bis dahin haben Sie wohl Pech gehabt."

Er runzelte die Stirn. „Ich mag Ihren Ton nicht, junge Dame. Wer ist Ihr Vorgesetzter hier?"

Trina war erst seit ein paar Tagen tot, und schon war Caroline Arneson bereit zuzuschlagen. Ich hatte nicht das Gefühl, dass ich zu diesem Kerl übermäßig höflich sein musste. „Ich habe diese Frage bereits beantwortet. Es ist niemand hier außer mir. Ich nehme an, im Moment gibt es keinen Chef, also können Sie Ihre Papiere nehmen und ..."

Ich hatte vorhin bei Caroline so einen guten Job gemacht, höflich zu bleiben, dass ich an dieser Stelle aufhörte und es ihm überließ, sich vorzustellen, was ich sagen wollte. Zumindest konnte ich nicht für das in Schwierigkeiten geraten, was er dachte, ich könnte sagen.

„Warum arbeiten Sie dann überhaupt? Ich verstehe das nicht. Dieses Geschäft sollte gar nicht geöffnet sein."

Ich versuchte, den Ärger, den er bei mir verursachte, wegzuatmen. „Nun, sehen Sie, manche Unternehmen bieten einen positiven Dienst für die Gemeinschaft an und bemühen sich, anderen zu helfen. Anderen zu helfen ist oft schon Belohnung genug. Ich bin hier, um das Andenken meiner lieben Freundin und Mentorin zu ehren und weiterhin unsere Kunden zu bedienen. Ich nehme an, Anwälte machen so etwas nicht?"

Sein Gesicht wurde rot und er drehte sich um und ging hinaus.

Ich musste Stellung beziehen. Es spielte keine Rolle, wie lange ich dieses Geschäft führen würde; ich konnte nicht zulassen, dass Caroline versuchte, mich hinauszudrängen. Ich schloss die Tür meines Ladens ab und ging nebenan zu ihrem.

Caroline Arneson unterhielt sich in einer Ecke ihres Ladens mit Fiske, als ich eintrat, und ignorierte dabei völlig mehrere Leute, die an der Kasse warteten. Mehr Platz würde diesen schlechten Kundenservice nicht wettmachen.

Ich ging auf sie zu. „Redet ihr über mich?"

Sie hatte den Anstand, etwas verlegen auszusehen, bevor ihr Anwalt das Wort ergriff. „Dies ist ein vertrauliches Gespräch. Bitte gehen Sie."

Nun, ich wusste nicht viel über das Anwalt-Mandanten-Privileg, aber wenn sie vor Fremden sprachen, konnte es kein Geheimnis sein.

Ich trat einen Schritt zurück und musterte ihren Verkaufsbereich. Sie verkaufte den kitschigsten Touristenkram, das war schon immer so gewesen. Nichts in ihrem Laden kostete mehr als etwa acht Dollar; nichts war mehr als etwa zwei Dollar wert. Ich nahm ein Strandtuch mit eingewebtem „Portsmouth" in die Hand. Es war dünn gewebt, und ich konnte Licht hindurchscheinen sehen, als ich es gegen das Fenster hielt. Irgendein armer Tourist würde sich damit abtrocknen wollen, nur um festzustellen, dass es kein Wasser aufsaugte.

Ich ging weiter zur Wand mit Schlüsselanhängern. Ja, eine ganze Wand voller Hummer, Brücken, Staatssymbole und Strandgänger. Anscheinend verkauften sie sich gut genug. Warum sonst würde sie fünfzehn Fuß vom Boden bis zur Decke dafür verwenden?

Während ich sie inspizierte, ging ihr Anwalt und sie schnauzte: „Nur zahlende Kunden", während sie die wenigen Leute in der Schlange abkassierte.

Ich nahm einen Hummer-Schlüsselanhänger, als ob ich ihn kaufen wollte, und wartete, bis alle anderen gegangen waren.

„Was willst du?", fragte sie, als sich die Tür hinter dem letzten Kunden schloss.

„Ich will, dass du mich in Ruhe lässt. Die Apotheke zieht im Moment nicht um – sie kann nicht. Lass es ruhen, bis das Testament verlesen wird", sagte ich.

Sie runzelte die Stirn. „Du kannst mir das Grundstück als De-facto-Eigentümerin überschreiben – du bist im Moment die Einzige, die Verantwortung übernimmt."

Das klang definitiv nicht wahr, und ich wollte auf keinen Fall die Art von Ärger, die mit dem Unterschreiben von rechtlichen Dokumenten einhergeht, die ich nicht unterschreiben sollte. „Hör zu, ich bin sicher, du kannst das mit dem neuen Besitzer klären. Ich will nur nicht, dass du hereinkommst und mein Geschäft störst."

Sie antwortete nicht, also nahm ich an, dass sie Dinge erfand, um ihren Willen durchzusetzen.

Ich legte den billigen Schlüsselanhänger auf den Tresen. „Weißt du, du hast ein starkes Motiv, Trina zu töten. Du hast Trina jahrelang bedrängt umzuziehen, und jetzt, wo sie weg ist, ist es deine erste echte Chance, es zu verwirklichen. Du hast sie schon so sehr belästigt, dass sie darüber nachgedacht hat, die Polizei einzuschalten."

Ihre Augen verengten sich. „Du denkst, ich hätte sie getötet? Sei nicht albern."

Ich lächelte über ihr Unbehagen. „Nun, die Polizei sucht nach ein paar Dingen, oder? Mittel, Motiv und Gelegenheit. Ich habe gerade dein Motiv erklärt. Die Gelegenheit ist einfach mit dem gemeinsamen Innenhof, und was die Mittel angeht – jeder hätte in einem Wutanfall diesen Stein aufheben können." Sie wurde blass, als ich fortfuhr. „Es sei denn, du hast natürlich ein Alibi?"

„Ich ... ich habe eins", stotterte sie. „Ich war bei der Wohltätigkeitsauktion der Junior League. Mindestens hundert Leute haben mich dort gesehen."

Junior League – wahrscheinlich etwas superlangweiliges, wo jeder zu viel mittelmäßigen Wein trank und auf Dinge bot, die sie nicht wollten, nur um andere zu beeindrucken. Ich verdrehte die Augen bei dem Gedanken.

„Wer saß an deinem Tisch?", fragte ich.

Sie biss sich auf die Lippe. „Ich begann den Abend am Tisch mit Mark Goodwin, John und Clara Post und Elizabeth Childress."

„Was ist mit ihnen passiert?"

Sie wurde empört, als sie sprach. „Ich dachte, diese Leute wären meine besten Freunde, anscheinend nicht. Wir hatten alle eine wunderbare Zeit vor der Auktion, und dann entfernten sie sich vom Tisch und gesellten sich zu anderen. Sie quetschten sich an andere Tische, anstatt bei mir zu sitzen", schmollte sie.

Das schien seltsam und bei weitem nicht so anständig, wie ich mir solche Veranstaltungen vorgestellt hatte. „Warum?"

„Es ist ja nicht so, als hätte ich viel mehr getrunken als die anderen", sagte sie defensiv.

„Nachdem sie gegangen waren, saßt du allein? Es klingt, als hättest du für eine Weile weggehen und dann zurückkehren können. Niemand hätte es bemerkt."

Sie schüttelte den Kopf. „Ich habe bei einigen Auktionen kräftig mitgeboten und ich bin sicher, es gibt eine Aufzeichnung von der, die ich gewonnen habe. Das sollte meinen Namen reinwaschen."

Ich hatte keine Chance, einen Blick auf diese Liste zu werfen. Die Spendenbeträge für wohltätige Zwecke schienen keine öffentlichen Informationen zu sein. Das musste ich Detective Palmer überlassen. „Ich bin sicher, die Polizei kann Ihren Namen reinwaschen."

Sie packte meinen Arm. „Bitte nicht. Gehen Sie nicht zur Polizei."

Ich zog eine Augenbraue hoch, sagte aber nichts und wartete darauf, dass sie fortfuhr.

„Mein Mann ist Sergeant bei der Polizei in Portsmouth, und wenn er Wind davon bekäme, wie viel ich getrunken habe und wie ich mich benommen habe, nun, er wäre sehr sauer auf mich."

Die Lage wurde schnell ernst. Bei vierzig Prozent häuslicher Gewalt in Polizeifamilien und noch mehr, die nicht gemeldet werden, könnte Caroline in Gefahr sein.

„Wenn Sie mir beweisen können, dass Sie dort waren und Trina nicht getötet haben, lasse ich die Sache fallen."

Ihre Augen füllten sich mit Tränen. „Kann ich Ihnen vertrauen, dass Sie mein Geheimnis bewahren?"

Das war eine heikle Frage. „Wenn Sie nicht vorhaben, ein anderes Verbrechen zu gestehen, um aus dieser Sache rauszukommen, dann wahrscheinlich."

Sie drückte meinen Arm fester. „Sie müssen mir versprechen, dass das unter uns bleibt. Ich habe keine Gesetze gebrochen."

Mein Herz raste. Stand ich Trinas Mörder gegenüber? Ich musste ihr Alibi sehen, um es zu wissen. „Okay, gut. Wenn Sie mich anlügen, schwöre ich, dass ich meine Großmutter auf Sie hetze."

Sie wurde blass. „Das tue ich nicht. Ich verspreche es." Sie ging zum Computer hinter ihrem Verkaufstresen und öffnete ihre E-Mails. „Dieses Video kam heute Morgen. Mein Mann würde die Decke hochgehen, wenn er es sieht."

Sie klickte auf Play, und ich sah, wie sie sich über einen viel jüngeren Mann hängte. Sie war betrunken und versuchte ständig, ihn zu küssen. Der arme Kerl war sichtlich peinlich berührt und gab sein Bestes, um beider Würde zu wahren. Es war ein kurzer Clip, und die Uhr im Hintergrund zeigte deutlich 12:02 Uhr.

„Wer ist der Typ?", fragte ich.

„Er ist einer der Junggesellen, die versteigert wurden. Ich bin ziemlich sicher, dass ich ihn ersteigert habe."

Ich sah mir sein Gesicht genauer an, erkannte ihn aber nicht. „Sie haben einen Kerl bei der Auktion gekauft? Ja, ich bin sicher, kein Ehemann wäre darüber glücklich. Und ist das nicht illegal?"

„Ich habe nur ein Abendessen mit ihm ersteigert, das ist alles. Und ich muss für das Essen bezahlen."

„Wer hat das Video gemacht?"

„Ich wünschte, ich wüsste es. Ich habe versucht, zurückzumailen, aber es kam zurück. Sie wollen hunderttausend Euro, um alle Kopien davon zu löschen."

Ich pfiff leise durch die Zähne. „Das ist eine Menge Geld. Haben Sie so viel?"

Sie schüttelte den Kopf. „Mein Mann würde es merken, wenn so viel Geld fehlen würde."

Ich war hin- und hergerissen. Einerseits war diese Frau lange Zeit gemein zu mir und Trina gewesen. Andererseits hatte sie Angst vor ihrem Mann und einen dummen Fehler gemacht, als sie betrunken war. Wenn er es herausfände, würde es mich nicht überraschen, wenn er seine Wut an ihr auslassen würde. „Ich weiß nicht, was ich sagen soll."

„Wenn Sie nichts über das Video sagen und mich nicht als Verdächtige erwähnen, werde ich Sie und die Apotheke nie wieder belästigen."

Was für ein Schlamassel. Meine Verdächtige war eine misshandelte Frau, und jetzt musste ich ihr Geheimnis bewahren. Geschäft war eine Sache, aber man lässt eine Frau nicht in Gefahr zurück. „Versprechen Sie das?"

„Es ist nicht das erste Mal, dass ich meinen Mann verärgert habe, und ich kann mit dem größten Teil seines Zorns umgehen."

Ich fühlte mich hilflos und schwach. „Ich mag es nicht, Sie so zurückzulassen. Wenn ich irgendetwas für Sie tun kann, rufen Sie bitte an." Ich schrieb meine Nummer für sie auf. „Ich meine es ernst. Passen Sie auf sich auf."

Ich ging zu meinem eigenen Laden, besorgt um sie und Trinas Mörder kein Stück näher.

Trinas Ex-Mann, Frank, wartete vor der Tür auf mich. Ich wollte ihn umarmen und ihm sagen, wie leid es mir um seinen Verlust tat, aber er sah wütend aus. Ich schloss die Tür auf und wir gingen beide hinein.

„Frank, es tut mir leid", sagte ich.

„Danke. Du leitest den Laden?"

„Ja, da sonst niemand dazu in der Lage ist. Inoffiziell. Mein Plan ist es, dem neuen Besitzer zu helfen und meinen Job zu behalten, wenn möglich."

„In dem Fall können wir vielleicht eine Vereinbarung treffen."

„Klar, was brauchst du?"

Er ging zum Tresen. „Ich habe Trina das Geld geliehen, um diesen Laden zu eröffnen, und sie hat mich wöchentlich zurückgezahlt. Ich möchte diesen Zahlungsplan beibehalten. Ich kann nicht warten, bis alles mit dem Testament geklärt ist."

Das war nicht die Art, wie Trina ihre Vereinbarung in ihrem Brief beschrieben hatte. Versuchte er, noch mehr aus mir herauszuholen, als er von Trina bekommen hatte? Ich musste ihn hinhalten. „Oh, äh, sicher. Nun, zumindest denke ich, dass das in Ordnung ist. Ich muss mir die Bücher ansehen und schauen, was ich mir leisten kann. Wir haben bei dem Einbruch viel Ware verloren, und ich muss sie ersetzen, wenn ich die Kunden zufriedenstellen will."

Ich musste wirklich mit jemandem über Geld sprechen. Etwas Ware aus meinen eigenen Ersparnissen zu bezahlen war eine Sache, aber es gab keine Möglichkeit, dass ich Frank Geld geben konnte.

Frank klopfte mit den Knöcheln auf den Tresen. „Ich komme in ein paar Tagen wieder und erwarte die vollen tausend. Trina hat aufgehört zu zahlen, und du hast gesehen, was mit ihr passiert ist."

Meine Augen weiteten sich und mein Herz raste. Ich nickte, zu verängstigt, um etwas zu sagen.

„Wir sehen uns bald."

Ich griff nach dem Hocker und setzte mich. Hatte er mir gedroht? Hatte er gestanden, Trina getötet zu haben?

Kapitel 15

Sobald Frank gegangen war, wählte ich Detective Palmers Handynummer. Meine Hände zitterten, und ich musste zweimal wählen, bevor ich die richtige Nummer erwischte.

Palmer meldete sich mit: „Hey, Isabella. Kann ich dich zurückrufen? Ich bin gerade mitten in etwas drin."

Nicht einmal ein Hallo. Er musste wirklich beschäftigt sein. Ich wollte schon ja sagen, aber es gab keine Möglichkeit, dass ich schlafen könnte, wenn ich ihm nicht von Franks Drohung erzählte. Zumindest konnte er mir sagen, ob es etwas war, worüber ich mir Sorgen machen sollte oder nicht. „Frank, Trinas Ex-Mann, hat mir wegen Geld gedroht, und ich habe Angst, dass er mir etwas antut."

Der abgelenkte Ton in seiner Stimme verschwand. „Ist er jetzt bei dir?"

„Nein. Ich bin allein."

„Okay. Bleib, wo du bist. Verriegle die Türen und Fenster, und ich bin in drei Minuten da. Lass niemanden rein, bis ich da bin."

Ich nickte, obwohl es keine Rolle spielte, dass ich ihm nicht geantwortet hatte, denn er hatte schon aufgelegt. Ich verriegelte die Vorder- und Hintertür, schaltete die Lichter aus und setzte mich unter den Schreibtisch im Büro, umarmte meine Knie und sagte mir selbst, dass Palmer jeden Moment hier sein würde. Seine sofortige Reaktion ließ mich erkennen, dass ich die Drohung ernster hätte nehmen sollen.

Es dauerte nicht lange, bis ich Klopfen an der Vordertür hörte und Palmers Stimme meinen Namen rief. Ich rollte meine Schultern, um die Anspannung zu lösen, die ich seit dem Auflegen des Telefons verspürt hatte, kroch unter dem Schreibtisch hervor und öffnete die Tür.

„Bist du immer noch allein?", fragte er.

Meine Lippe zitterte, als ich nickte.

Er legte seinen Arm um meine Schulter und zog mich an sich. „Ich habe jemanden, der die Rückseite des Gebäudes überprüft, und wir haben eine Fahndung nach Frank herausgegeben. Du bist jetzt sicher, und du brauchst dir keine Sorgen zu machen."

Seine Beruhigung war alles, was ich brauchte, um meine Abwehr vollständig fallen zu lassen, und die Tränen flossen. Ich hasste es, wenn ich so schwach wurde. Meine Cousinen und ich hatten jahrelang Selbstverteidigungskurse besucht, und ich dachte, ich könnte mich einigermaßen gut verteidigen, obwohl ich es nie musste. Ich rieb mir die Augen und versuchte, meinen Geist zu beruhigen. „Danke. Ich fühle mich jetzt viel besser."

„Ich muss eine Aussage aufnehmen. Gibt es irgendwo einen Ort, wo wir uns hinsetzen und reden können?", fragte er.

Ich führte ihn ins Büro, und wir setzten uns in die Besucherstühle. Ich fühlte mich immer noch nicht wohl dabei, Trinas Stuhl zu benutzen.

Palmer zog einen Notizblock heraus. „Lass dir Zeit und erzähle mir so detailliert wie möglich, was passiert ist."

Ich erklärte die Drohung und wie ich keine Ahnung hatte, woher ich tausend Dollar pro Woche nehmen sollte. An diesem Punkt brach ich wieder zusammen. Ich wollte nicht wie Trina sterben.

Er reichte mir ein Taschentuch vom Schreibtisch. „Du musst das Geld nicht bezahlen. Du schuldest es ihm nicht, ihr Nachlass schon, und ich bin sicher, es lässt sich etwas regeln. Trina hatte vielleicht eine Vereinbarung mit ihm, aber du nicht. Bei so einer Drohung schlage ich vor, dass du eine einstweilige Verfügung beantragst, damit er sich von dir fernhalten muss."

Ich trocknete meine letzten Tränen und putzte mir die Nase. Ich holte tief Luft und versuchte, mich gerader hinzusetzen. Palmer hatte Recht. Ich besaß den Laden nicht einmal, und es gab keine Möglichkeit, mich zur Zahlung zu zwingen. Wenn ich ihn tatsächlich erben würde, dann könnten er und ich vielleicht zu einer Art Vereinbarung kommen, einer Vereinbarung, die ich mir leisten konnte, und das müsste durch unsere Anwälte geregelt werden. Der Gedanke, Anwälte in den Deal einzubringen, könnte ihn vielleicht vertreiben.

Die Türklingel läutete, und ich erstarrte. Palmer zog vorsichtig seine Waffe aus dem Holster und stand auf.

„Detective? Hier ist Kate", rief eine Frauenstimme.

Palmer steckte seine Waffe weg und ging aus dem Büro. „Irgendwas?"

Ich folgte ihm in den Verkaufsraum, wo eine Frau etwa in meinem Alter in Streifenuniform auf uns wartete. Ihre langen, dunklen Haare waren zu einem strengen Knoten im Nacken gebunden. Ihre Uniform und Ausrüstung zeigten keinerlei Abnutzung. Sogar ihre Stiefel quietschten.

„Gut. Verbringen Sie heute Nacht extra viel Zeit mit Streife in dieser Nachbarschaft, okay?"

„Jawohl, Sir", sagte sie.

Sie ging nach draußen und lief an Palmers Auto vorbei, das schräg geparkt war, zum Teil auf dem Bürgersteig. Ich gab ihm ein kleines Grinsen. „Ich sehe, Sie haben sich beim Parken nicht viel Zeit gelassen."

„Nicht, wenn ich denke, dass jemand in Gefahr ist."

In seiner Antwort lag eine Stärke, die mich sicher fühlen ließ, als würde er mich um jeden Preis beschützen. „Ich habe das Gefühl, ich habe die Sache aufgebauscht. Ich verspreche, ich werde die Tür abschließen, wenn ich nach Hause komme, und ich werde heute Abend nicht ausgehen." Ich hatte sowieso keine Pläne, obwohl er das nicht wissen musste.

„Lebst du allein?", fragte er.

„Nein. Ich wohne mit meiner besten Freundin Abby zusammen. Es gibt fünf weitere Wohnungen im Gebäude. Ich werde von anderen Menschen umgeben und sicher sein."

Er runzelte die Stirn. „Ich würde Sie lieber für die Nacht im Haus Ihrer Familie sehen."

Mein Herz sank, denn ich wusste, wenn es darauf ankäme, würde ich ihn mich dorthin bringen lassen. Ich müsste Franks Drohung erklären. Kombiniert mit Trinas Mord würden die Tanten in einen Beschützerwirbel geraten. „Wie wäre es, wenn ich in meine Wohnung gehe und verspreche anzurufen, falls irgendetwas verdächtig erscheint?"

Er runzelte die Stirn. „Sie missverstehen, was ein Polizist meint, wenn er sagt, er würde etwas lieber sehen. Es ist eine höfliche Art, einen Befehl zu formulieren. Holen Sie Ihre Sachen, ich bringe Sie jetzt zum Proctor House."

Wirklich? Ein Befehl? Ich holte tief Luft, um mit ihm zu diskutieren, dann dachte ich an Abby, Mrs. Thompson und all die anderen Menschen, die in meinem Gebäude wohnten. Verdienten sie es, in Gefahr gebracht zu werden, nur weil ich nicht mit meiner Familie reden wollte? Das schien nicht richtig. Zumindest war meine Familie mehr als fähig, sich selbst zu beschützen.

Ich ließ den Seufzer raus. „Okay, Sie haben gewonnen. Ich gehe zum Haus."

Es schien, als würde Palmer mich ewig irgendwohin fahren, um mich in Sicherheit zu bringen. Ich war mir nicht sicher, ob das Teil seines Jobs war, aber seine beschützende Präsenz tröstete mich. Obwohl ich ihn noch nicht lange kannte, begann ich, ihm zu vertrauen.

Als wir in sein Auto stiegen, sagte er: „Es ist am besten, wenn Sie vorerst Ihren normalen Aktivitäten nachgehen. Ich würde Ihnen gerne ein paar Tipps zum persönlichen Schutz geben, falls etwas passiert, wenn ich nicht in der Nähe bin."

„Ich bin mir nicht sicher, ob das nötig ist. Meine Cousinen und ich haben etwa zehn Jahre lang Selbstverteidigungskurse besucht und, obwohl ich schon länger nicht mehr dort war, nehme ich immer noch Krav Maga-Unterricht, wann immer ich kann."

Er sah mich mit weit aufgerissenen Augen an. Er war nicht der Erste, der von unserer Fähigkeit, uns körperlich zu verteidigen, überrascht war. Er wäre noch überraschter, wenn er wüsste, was wir mit ein paar Selbstverteidigungszaubern anstellen konnten.

„Krav Maga. Ich bin beeindruckt. Sie wirken nicht wie eine Frau mit einer blutrünstigen, keine-Gefangenen-Seite. Ich schätze, der Schein kann trügen."

Ich lachte. „Dass Leute mich unterschätzen, könnte meine größte Waffe sein."

„Wo trainieren Sie?"

„Wir gehen in ein Fitnessstudio in Greenland. Sie sind supernett, zumindest vor und nach der Session. Während der Session ist ihr Ziel, dich so weit wie möglich zu pushen. Es ist intensiv. Es hilft, Thea und Delia dabei zu haben, damit wir uns alle hinterher beschweren können."

„Das muss ich mir mal ansehen. Vielleicht können wir ja mal zusammen sparren."

Ich verdrehte die Augen. Ich war mir nicht sicher, ob er bereit wäre, mit mir oder irgendeiner Frau zu sparren. Er schien eher der Typ zu sein, der beschützt, als mich zu schlagen. „Sind Sie sicher, dass Sie dazu in der Lage sind, eine Frau anzugreifen?"

Als er an einem Stoppschild bremste, drehte er sich zu mir. „Kommen Sie mit einer Waffe auf mich oder jemanden, der mir wichtig ist, zu, und Sie werden sehen, wozu ich bereit bin, um andere zu beschützen."

Ich wusste, dass ich ihn nie darauf ansprechen würde - zumindest nicht außerhalb des Fitnessstudios.

Als wir beim Haus ankamen, parkte er und begleitete mich durch die Küchentür hinein. „Das wird langsam zur Gewohnheit", sagte ich. „Irgendwann müssen Sie mich mal alleine nach Hause kommen lassen."

„Sobald Sie außer Gefahr sind, können Sie kommen und gehen, wie Sie möchten. Im Moment ist es jedoch wichtig, dass Sie besondere Vorsichtsmaßnahmen treffen."

Meine Mutter warf ein Küchentuch auf den Tisch. „Und warum genau bist du jetzt nicht sicher, Isabella?"

Ich drehte mich zu meiner Mutter um. Ich hatte sie in der Ecke des Raumes nicht bemerkt und bereute es, so frei gesprochen zu haben. Ich warf Palmer einen verzweifelten Blick zu in der Hoffnung, er würde etwas, irgendetwas tun, um mich aus dieser Situation zu befreien. Vielleicht könnte ich ihn bitten, mich zu verhaften? Ich war mir sicher, dass eine Nacht im Gefängnis besser wäre, als meiner Mutter zu erklären, warum ich in Gefahr war.

Palmer zuckte mit den Schultern, als wollte er sagen, es sei nicht seine Aufgabe, mich durch meine Familie zu navigieren. Er hatte Recht, aber trotzdem - so lässt man ein Mädchen nicht im Stich.

„Es scheint, als hätte die Apotheke einige finanzielle Probleme, die ich lösen muss. Frank, Trinas Ex, denkt, ich sollte ihm tausend Dollar pro Woche geben. Und, nun ja, er hat mich irgendwie bedroht."

Ich setzte mich an den Tisch, weil das alles laut auszusprechen meine Knie weich werden ließ. Sicher, ich wusste, wie ich mich sowohl körperlich als auch magisch verteidigen konnte, aber ich musste es noch nie tun. Ich sah meine Mutter erst an, als ich hörte, wie sie ein Schluchzen unterdrückte. Sie setzte sich neben mich und zog mich in ihre Arme.

„Es ist okay, Liebling. Wir werden das gemeinsam als Familie lösen." Ohne mich loszulassen, wandte sie sich an Palmer. „Danke, dass Sie sich um sie gekümmert haben. Wir werden sicherstellen, dass von hier an nichts passiert."

Palmer räusperte sich. „Wir werden Frank im Auge behalten, und wenn er etwas versucht, werden wir da sein." Er hielt einen Moment inne. „Das bedeutet, dass wir keinerlei Einmischung von der Öffentlichkeit dulden können, ganz gleich wie gerechtfertigt sie sein mag. Gehen Sie ihm nicht nach, suchen Sie ihn nicht auf und kommunizieren Sie auf keinen Fall mit ihm."

Meine Mutter warf ihm einen versteinerten Blick zu. Sie mochte es gar nicht, wenn man ihr sagte, was sie zu tun hatte.

Palmer ließ sich von ihrem Starren nicht beeindrucken. „Das gilt für Sie alle. Die ganze Familie muss ihm aus dem Weg gehen, und denken Sie nicht, ich würde nicht jeden von Ihnen wegen Behinderung der Justiz verhaften, denn das werde ich, zu Ihrer eigenen Sicherheit."

„Natürlich, Detektiv", sagte meine Mutter in ihrem frostigsten Ton. „Nochmals vielen Dank."

Mit dieser Verabschiedung ging Palmer.

„Deine Großmutter und ich sind heute nach Sewall gefahren und haben mit Hope gesprochen. Sie hatte keine Ahnung, von welchem Tee wir redeten", sagte meine Mutter.

„Glaubst du ihr?", fragte ich.

„Ja. Sie ließ zu, dass wir ihr einen Wahrheitstrank gaben, und sie wusste nichts von dem vergifteten Tee."

„Das ist irgendwie eine Erleichterung. Aber wer hat ihn dann geschickt?", fragte ich.

„Ich weiß es nicht. Wir haben versucht, Spuren von Salvia zu finden, bevor wir Sewall verließen, aber das war eine Sackgasse. Von nun an werden wir viel vorsichtiger mit allem sein, was von anderen Leuten ins Haus kommt."

Ich reichte ihr Trinas Brief, den sie schweigend las. Sie stand auf und ich wappnete mich für den unvermeidlichen Sturm, den sie gleich entfesseln würde, aber er kam nie. Stattdessen rief sie den Rest der Familie zu einer Versammlung in die Küche.

Familienversammlungen in unserem Haus reichten von lustig bis ernst bis erschreckend. Das Einzige, worauf wir uns verlassen konnten, waren erhobene Stimmen und

Meinungsverschiedenheiten, selbst wenn es eine lustige Versammlung war.

Als Tante Lily, Tante Nadia, Oma, Thea und Delia am Tisch Platz genommen hatten, ergriff meine Mutter das Wort. „Isabella steckt in Schwierigkeiten." Sie hob die Hände, um Kommentare zu unterbinden, und fuhr fort: „Es ist nicht ihre Schuld. Trina hatte Probleme mit ihrem Geschäft, die erst nach ihrem Tod ans Licht kamen. Leider fallen sie jetzt Isabella zu."

„Was ist los?", fragte Oma.

„Frank hat Isabella gedroht, wenn sie ihm nicht jede Woche Geld gibt." Meine Mutter machte eine Pause, um das sacken zu lassen.

„Bringt das Geschäft so viel ein?", fragte mich Thea.

„Möglicherweise. Aber ohne Trina könnte das Geschäft anders laufen." Ich hatte heute nicht die Kraft, mich damit auseinanderzusetzen, vielleicht auch an keinem anderen Tag. Ich ließ meinen Tränen freien Lauf, während meine Familie um mich herum weiter redete.

„Es gibt noch mehr", sagte meine Mutter und reichte Trinas Brief an Oma weiter.

Delia, die auf der anderen Seite neben mir saß, legte ihren Arm um meine Schultern. „Glaubst du, wir können später darüber reden? Vielleicht Isabella erst mal zur Ruhe kommen lassen?"

Ich hob den Kopf und sah meine Familie an. Jeder war um mich besorgt, und ich wusste, jeder würde helfen. Hier fühlte ich mich beschützt. Nichts würde in diesem Kreis starker Frauen passieren, und es gab keinen bloßen Mann, der unsere Verteidigung durchbrechen könnte. Ich nahm das Taschentuch, das Delia mir reichte, und fasste mich.

„Nein, es ist okay. Je eher wir einen Plan haben, desto sicherer werden wir sein. Palmer will, dass ich mein Leben so normal wie möglich weiterführe und dabei so sicher wie möglich bleibe."

Oma stand auf, offensichtlich fühlte sie sich besser und energiegeladen, wenn die Familie Hilfe brauchte. „Dann ist es Zeit für eine Auffrischung in Selbstverteidigung. Wir haben diesen Bereich des Trainings vernachlässigt, weil wir dachten, wir bräuchten es nicht. Jetzt brauchen wir es."

Thea verdrehte die Augen. „Krav Maga sollte mich, Delia und Isabella sicher halten."

„Vielleicht gegen jemanden ohne Magie. Wir wissen nicht, wer euch als Nächstes bedrohen könnte", sagte Tante Lily.

„Was genau hat Frank gesagt?", fragte Tante Nadia.

„Er sagte, Trina habe aufgehört, ihn zu bezahlen, und wir haben gesehen, was mit ihr passiert ist", sagte ich.

Am Tisch wurde es für einen Moment still. „Er hat seine Ex-Frau getötet?", fragte meine Mutter schockiert.

„Klingt ganz danach. Palmer verdächtigt ihn bereits", sagte ich.

„Ob er sie nun getötet hat oder nicht, er bedroht dich, und wir müssen einige Regeln aufstellen", sagte Oma. „Diese Regeln sind nicht verhandelbar, denn sie dienen der Sicherheit der gesamten Familie. Eine Bedrohung für eine von uns ist eine Bedrohung für uns alle, also müssen wir alle so wachsam wie möglich sein. Ist das klar?"

Oma sah jeden von uns an, als wir nickten, und die Realität der gefährlichen Situation, in der wir uns befanden, traf uns. Wenn wir nicht alle auf der Hut wären, könnte er leicht eine von uns schnappen, um die anderen zu zwingen, alles zu tun, was er wollte. „Unsere erste Regel war immer, dass wir niemanden ohne seine Erlaubnis verzaubern, verhexen, bezaubern oder unter Drogen setzen. Das ist jetzt hinfällig. Trotzdem gehen wir verantwortungsvoll mit unserer Magie um und schaden anderen nicht damit. Die Kosten für uns selbst sind zu hoch. Wenn du denkst, du musst jemandem schaden, denk nochmal nach. Es gibt immer etwas anderes, was du tun kannst."

Ich war erstaunt. Dass Oma unsere erste Regel so drastisch änderte, war verblüffend. Sicher, die Absicht, niemandem zu schaden, war immer noch da, obwohl sich die Handlungen, die uns erlaubt waren, erweitert hatten.

„Wir sind alle noch dafür verantwortlich, unsere Kräfte geheim zu halten. Stell dir vor, du wirst von jemandem verfolgt. Was kannst du tun?", fragte Oma.

„Stolperzauber", meldete sich Delia.

„Genau. Du kannst ihn nicht so stolpern lassen, dass er in den Verkehr fällt, wo jemand anderes ihn anfahren könnte. Wir sind immer noch für unsere Handlungen und deren Konsequenzen verantwortlich. Also, Delia, wie lautet der Stolperzauber?"

Delia dachte einen Moment nach und sagte: „Tollpatschige Füße, euch ich befehle, lasst diesen Mann stolpern immer und immer wieder."

„Gut", sagte Oma. „Ihr könnt Verwirrungszauber, Unsichtbarkeit und Schildzauber verwenden, aber nur, wenn ihr sie bis zur Perfektion geübt habt. Das schließt euch Mädchen aus."

„Ich werde heute Abend Schutzzauber über jede von euch sprechen. Das wird helfen, ihn von uns fernzuhalten", sagte Tante Lily.

Meine Mutter nahm meine Hand und sagte: „Und bis das geklärt ist, geht niemand von uns allein irgendwohin. Ich möchte, dass du auch hier bleibst. Wir können dich besser beschützen."

Sie wusste nicht, dass ich dieses Gespräch bereits mit Palmer geführt hatte, also hob sie überrascht die

Augenbrauen, als ich sagte: „Ich denke, das ist eine gute Idee."

„Okay, jetzt, wo das geklärt ist, haben wir immer noch eine Zeremonie, zu der wir müssen", sagte Tante Nadia. „Ihr Mädchen geht euch fertig machen."

Ich hatte die Investiturzeremonie heute Abend völlig vergessen, und ich fühlte mich nicht danach. Es gab keine Möglichkeit, dass ich Oma bitten würde, sie zu verschieben. Ich wäre bei Frank sicherer, als wenn ich das täte.

Kapitel 16

Ich nahm meinen Umhang vom Bett. Der beerenrote Samt, den ich mit vierzehn ausgesucht hatte, war mir jetzt etwas zu grell, aber ich liebte die Farbe immer noch. Meine Cousinen hatten dunklere Farben gewählt, weil sie dachten, ihre älteren Ichs würden es dezenter bevorzugen. Mit vierzehn war es mir egal, was meinem älteren Ich gefallen würde. Ich zog den Umhang über den Kopf, traf meine Cousinen im Flur, und wir gingen schweigend in den Hinterhof. Diese Umhänge würden uns unser ganzes Leben lang begleiten, daher waren sie wie Einheitsgrößen-Abschlusskleider geschnitten.

Die Tanten hatten unseren Kessel auf der Feuerstelle aufgebaut, die wir normalerweise zum Marshmallow-Rösten nutzten. Flammen leckten an den Rändern empor, und ich atmete den wärmenden Duft des Feuers ein. Der kleine

Steintisch, den wir für alle Zeremonien verwendeten, war vor Oma aufgestellt, mit einem Athame darauf.

Wir sieben bildeten einen Kreis um den Kessel – Oma in Orange, Mama in Braun, meine Tanten in Marineblau und dann die drei jüngsten Hexen der Familie. Oma und ich waren offensichtlich die modischen Rebellen in der Familie.

Oma sprach einen Verschleierungszauber entlang der Grenze unseres Grundstücks, um neugierige Nachbarn fernzuhalten. „Fasst euch an den Händen", befahl sie.

Als sich die letzten beiden Hände verbanden, schoss eine türkisfarbene Flamme aus dem Holz unter dem Kessel. Als Nächstes würden wir uns erklären, nachdem Oma die Riten angerufen hatte. Wir Hexen liebten unsere Poesie, obwohl Oma sagte, sie hätte keine Zeit, jedes Mal, wenn wir etwas tun mussten, all diese blumigen Worte zu schreiben, also rief sie die Göttin auf ihre eigene Weise an.

Unorthodox? Ich nahm an, die Frau im orangefarbenen Umhang war ein bisschen unorthodox. Ich konnte nur hoffen, ihr mit jedem Jahr ähnlicher zu werden.

„Göttin, sei bei uns und segne diese Frauen, die sich deinen Künsten widmen", intonierte Oma.

Ich war zuerst an der Reihe, weil ich drei Tage älter war. Ich nahm das Athame vom Steintisch und wandte mich dem Kessel zu. „Ich wähle Zaubertränke", sagte ich und schnitt eine kleine Locke meines Haares ab. Ich ließ das Haar in den Kessel fallen, und beerenfarbener Dampf stieg auf.

Das war noch ein guter Grund, einen hellen Umhang zu wählen. Mein Dampf war hübsch. Delias und Theas würden marineblau und braun sein. Langweilig!

Ich kehrte in den Kreis zurück und meine Mutter drückte meine Hand dreimal kurz – unser Code für „Ich liebe dich". Ich drückte zurück und beobachtete, wie meine Cousinen ihre Erklärungen abgaben.

Thea wählte Psychometrie, und wir mühten uns, ihren dunkelbraunen Dampf zu sehen. Ich hatte Thea noch nie irgendwelche Lesungen oder Gefühle haben sehen, wenn sie mit Objekten in Kontakt kam. Ich schätze, sie würde es lernen. Delia wählte Zaubersprüche, und der Kessel stieß keinen Dampf aus. Das war schlecht. Delia hatte falsch gewählt. Delias Zaubersprüche waren nie gut, weshalb wir sichergingen, dass sie übte, bevor wir in die Apotheke einbrachen.

Sieben Jahre sind eine lange Zeit für eine Konzentration, und es würde sich noch länger anfühlen, wenn man den falschen Schwerpunkt wählte. Mein Herz sank für Delia; sie stand vor sieben schwierigen Jahren.

Niemand sonst trat vor, weil Omas Einsetzung im Juli, ihrem Geburtsmonat, sein würde, und die der Tanten im Oktober. Oma schloss die kurze Zeremonie mit einer weiteren Anrufung der Göttin. „Möge deine Weisheit diese Frauen für die nächsten sieben Jahre leiten, und mögen wir alle unsere Kräfte zum Wohle aller einsetzen."

Ich spürte ein Rauschen durch meine Knochen und dann ein Kribbeln auf meiner Haut. Ich keuchte und sah zu meiner Mutter. „Lasst uns essen gehen", sagte sie beiläufig.

Wir lösten den Kreis auf und gingen ins Haus.

Das Esszimmer war voll mit Essen, das Tante Nadia den ganzen Tag lang zubereitet hatte. Auf dem Sideboard standen Getränke und Desserts, während auf dem Tisch eine riesige festtagsähnliche Mahlzeit angerichtet war. Der Tag der Einsetzung war ein Familienfeiertag, und wir liebten es, mit Essen zu feiern.

Wir setzten uns und Oma erhob ihr Weinglas zu einem Toast. „Auf die abwesende Familie, mögen ihre Schatten immer über uns wachen."

Wir erwiderten: „Abwesende Familie."

Meine Mutter erhob ihr Glas. „Auf den nächsten Lernzyklus – mögen wir alle stärker, freundlicher und weiser werden."

„Hört, hört", antworteten wir.

Tante Lily stand auf. „Ich möchte ein paar Worte sagen."

Natürlich wollte sie das. Sie wollte immer „ein paar Worte" sagen, die uns mindestens eine weitere halbe Stunde vom Essen abhalten würden. Mein Magen knurrte hörbar – hatte ich einen Nachmittagssnack gegessen? Ich konnte mich nicht erinnern.

„Mach es kurz, Lily, die Mädchen sind hungrig", sagte Oma.

Tante Lily runzelte die Stirn, als sie sich setzte.

Oma verdrehte die Augen. „Jetzt schmoll nicht rum, Lily. Du kannst genauso gut reden, während wir essen. Niemand sagt, dass wir nicht hören wollen, was du zu sagen hast, aber es ist verdammt grausam, uns warten zu lassen, wenn dieser Braten darum bettelt, angeschnitten zu werden."

Nachdem wir unsere Teller mit Roastbeef, Kartoffelpüree, geröstetem Rosenkohl, Soße, Brot und Karotten gefüllt hatten, begann Tante Lily zu sprechen. „Ich bin stolz auf unsere jungen Hexen heute Abend. Ich weiß, ihr werdet eure Fähigkeiten nutzen, um anderen zu dienen."

Tante Lily war in dieser Hinsicht sehr konservativ. Sie fand, unsere Fähigkeiten für etwas anderes als anderen zu helfen einzusetzen, sei nicht richtig und ein Missbrauch der Gaben, die uns gegeben wurden. Infolgedessen waren wir nicht so reich oder berühmt wie andere Familien. Andererseits hatten wir auch bei weitem nicht die Probleme, die diese Familien hatten.

Ich wandte mich an meine Mutter und sagte: „Was war das, was ich am Ende gespürt habe?"

Sie wischte sich einen Krümel von der Lippe und sagte: „Wenn du besonders gut wählst, wirst du es, wie man so schön sagt, ‚im Blut' spüren. Ist es das, was du gefühlt hast?"

„Ich hab's im Blut gespürt und auf der Haut gekribbelt. Ist das gut?"

Sie nickte. „Das ist gut, weil deine Interessen mit deinen Fähigkeiten und deinem Talent übereinstimmen. Du wirst vielleicht feststellen, dass du die Zaubertränke nie verlassen wirst."

Interessant. Ich hatte immer gedacht, ich wäre die Art von Hexe, die sich nie auf nur eine Sache festlegt – dass ich ständig neue Interessengebiete wählen würde, nur um alles aufzumischen.

Nun, die Zeit würde es zeigen.

„Ich hab das nicht gefühlt", sagte Delia.

Tante Nadia drückte Delias Hand. „Wir alle haben Zeiten, in denen wir nicht so klug wählen, wie wir vielleicht hätten können. Das ist mir passiert, deinen Tanten und sogar Oma."

Delia blickte auf den Tisch. „Erste Wahl und ich mach's schon falsch. Kann ich nochmal rausgehen und was anderes wählen?"

„So funktioniert das nicht", sagte Tante Nadia. „Du musst damit klarkommen und so gut wie möglich lernen."

„Du solltest erwarten, dass deine Zauber oft schiefgehen, aber nicht immer so, wie du denkst", sagte Oma.

Wir beendeten das Abendessen in einer gedämpfteren Stimmung, und ich überlegte, wie ich Delia helfen könnte, bessere Zauber zu wirken. Vielleicht würde sie nicht so schlecht sein, wenn wir jeden Tag übten?

Anstatt lange aufzubleiben, gingen wir alle in unsere Zimmer, um über die schrecklichen Dinge nachzudenken, die unsere Familie bedrängten: Trinas Mord, Franks Drohungen, Delias Investiturwahl und Omas Vergiftung.

Kapitel 17

Trinas Beerdigung fand am folgenden Nachmittag im Proctor House, im schönen Gedenkgarten, statt. Ich schloss den Laden ab und wollte gerade losgehen, als Detective Palmer auf dem freien Parkplatz vor mir hielt.

„Kann ich dich mitnehmen?", fragte er.

Ich blickte zum Himmel. Dunkle, düstere Wolken verdeckten die Sonne, aber zumindest hielt der Graupel vorerst noch zurück. „Ich bin auf dem Weg zu meiner Mutter."

„Dachte ich mir. Ich nehme auch an der Trauerfeier teil. Steig ein."

Ich öffnete die Tür seines Toyotas. Unter seinem Wollmantel trug er einen schwarzen Anzug, ein weißes Hemd und eine schwarz-auf-schwarz Krawatte. „Danke.

Kanntest du Trina gut, oder bist du hier, um die Trauernden zu beobachten?"

Er umklammerte das Lenkrad fest. „Sie hat mir bei einem Fall geholfen, als ich neu in der Stadt war, und ich hielt sie immer für einen guten Menschen. Es tut mir leid, dass sie von uns gegangen ist."

Davon hatte ich keine Ahnung. Keiner von beiden hatte das je erwähnt. „Sie war eine der Besten. Ich weiß nicht, wie ich ohne sie zurechtkommen soll."

Er fuhr los. „Du wirst es schon schaffen. Du scheinst jemand zu sein, der immer auf die Füße fällt."

Ich vermutete, das stimmte. Andererseits hatte ich mit einundzwanzig noch nicht viele Herausforderungen erlebt. Mir fiel nichts weiter zu sagen ein, also starrte ich aus dem Fenster und beobachtete die Menschen, die sich beeilten, nach Hause zu kommen, bevor das Wetter umschlug, bis wir am Haus ankamen.

Ich war erstaunt zu sehen, dass etwa dreißig Autos unsere schmale Straße rauf und runter parkten. Wir quetschten uns gerade so durch, um den letzten freien Platz in der Einfahrt zu nehmen.

„Ich werde schnell die Verkehrsabteilung anrufen, um zu sehen, ob wir jemanden herschicken können. Es wird ein Chaos geben, wenn die Leute wieder wegfahren wollen."

Ich öffnete die Tür und stieg aus. „Die Leute werden nicht alle auf einmal gehen, nicht wenn meine Tante Nadia und ihr Essen ein Wörtchen mitzureden haben. Einige werden bis nach Mitternacht hier sein."

Er zog sein Handy heraus. „Gut zu wissen."

Ich ließ ihn seine Angelegenheiten regeln und bereitete mich mental darauf vor, mich von Trina zu verabschieden. Sobald ich im Haus war, roch ich Nadias Kochkünste aus der Küche und wollte hineingehen, um einen

Bissen vom Käsekuchen zu probieren. Oma, in einem konservativen schwarzen Kleid, hielt mich an der Haustür auf.

„Die Tanten brauchen deine Hilfe im Garten, um die Leute zu organisieren. Wir fangen in" - sie warf einen Blick auf die große Standuhr in der Eingangshalle - „zehn Minuten an."

Ich eilte nach draußen und sah mindestens hundert Menschen in unserem Garten. Die meisten waren Hexen, aber es waren auch einige Kunden aus der Apotheke da. Es war noch zu früh, dass die Blumen im Gedenkgarten blühten, aber die grünen Blätter von Büschen und Pflanzen waren schon da und versprachen einen farbenfrohen Frühling. Thea stand neben dem Steintisch, den wir für unsere Investiturzeremonie benutzt hatten, und eine geschnitzte Teakholzbox ruhte darauf. Neben dem Tisch stand ein Klappstuhl.

„Wir müssen die Leute in Kreisen um den Tisch herum aufstellen. Kannst du helfen?", fragte Thea.

„Ja. Hilf mir auf den Stuhl."

Als ich oben war, hielt sie mich fest, während ich wartete, bis alle aufhörten zu reden und mich ansahen. „Danke für eure Aufmerksamkeit. Die Zeremonie beginnt gleich, und die Familie bittet um eure Mithilfe. Wenn ihr mit Trina verwandt seid, kommt bitte nach vorne und bildet einen Kreis um den Tisch."

Niemand trat vor. Die Proctor-Frauen würden die einzigen Personen im innersten Kreis sein.

„Und jetzt, wenn ihr Freunde von Trina seid, kommt bitte nach vorne und bildet einen weiteren Kreis, Hand in Hand, um den Familienkreis herum", fuhr ich fort.

Viele Menschen traten vor und bildeten einen großen Kreis.

„Zum Schluss, wenn alle anderen einen letzten Kreis bilden würden, sind wir bereit anzufangen."

Ich stieg vom Stuhl, ohne zu fallen, ein kleines Wunder, und gesellte mich zu meinen Cousinen, um den Familienkreis zu bilden.

Detective Palmer begleitete Oma aus dem Haus, flankiert von meiner Mutter und den Tanten. Er brachte sie zum inneren Kreis und schloss sich dann dem zweiten Kreis an, direkt hinter mir. Er legte seine Hand auf meine Schulter. „Ich bin für dich und deine Familie da, wenn ihr mich braucht."

Ich lächelte, obwohl er mich nicht sehen konnte. Ich blickte mich in den Kreisen um und sah so viele Menschen aus der übernatürlichen Gemeinschaft, zu denen ich über die Jahre den Kontakt verloren hatte. Abby und Bethany standen im dritten Kreis und wirkten unsicher, was als Nächstes passieren würde. Keine von beiden hatte zuvor eine Beerdigung der Familie Proctor gesehen, und sie würden noch überrascht sein.

Oma räusperte sich und die Menge verstummte langsam. „Danke, dass ihr gekommen seid, um von unserer geliebten Verwandten, Freundin und Kollegin, Katrina Bassett, Abschied zu nehmen."

Ich wandte meinen Blick zurück zum Familienkreis und bemerkte, dass sowohl Frank als auch Trinas Neffe James fehlten.

Wollten sie nicht kommen? Selbst wenn sie vor ihrem Tod kein gutes Verhältnis gehabt hatten, würden sie doch sicherlich kommen wollen, um Abschied zu nehmen und ein letztes Mal mit ihr zu sprechen.

Oma öffnete die große, geschnitzte Teakholzbox, die auf dem Steintisch ruhte. „Der Brauch der Familie Proctor unterscheidet sich ein wenig von den meisten

Beerdigungsbräuchen. In dieser Box befinden sich kleine Umschläge mit Trinas Asche. Wir bitten euch, uns zu helfen, ihre Asche hier im Gedenkgarten zu verstreuen, indem ihr nach vorne kommt und einen Umschlag nehmt."

Sie hielt einen Umschlag hoch, um es zu demonstrieren. „Wir haben genug für alle. Sobald ihr euren Umschlag habt, laden wir euch ein, einen Platz im Garten zu finden und einen stillen Moment über Trina nachzudenken. Es ist unser Brauch, alles zu sagen, was wir Trina noch mitteilen möchten, um sie mit dem Frieden unserer Liebe ins Jenseits zu schicken, und dann ihre Asche zu verstreuen. Wenn wir fertig sind, treffen wir uns im Haus, um fortzufahren, indem wir einander Geschichten über Trina erzählen, sodass sie in all unseren Erinnerungen weiterleben wird."

Der Familienkreis trat vor und nahm die Umschläge entgegen. Ich brachte meinen zu meinem Lieblingsplatz im Garten, dem Rosenbusch in der hinteren Ecke, wo ich mich als Kind versteckte, wenn meine Mutter wütend auf mich war. Ich dachte, die Rosendornen würden mich vor ihrem Zorn schützen, und ich hoffte, sie würden Trina im Jenseits beschützen.

Ich öffnete den Umschlag. „Trina, ich verspreche, jeden Tag daran zu arbeiten, so gut zu sein wie du es zu den Kunden und den Menschen in meinem Leben warst. Ich werde dich vermissen, aber die Dinge, die du mich gelehrt hast, werden für immer bei mir sein." Ich streute ihre Asche am Fuß des Busches und beobachtete, wie sie auf das halbverdorrte Gras hinabschwebte. Ich wartete, bis alles gelandet war, bevor ich mich zum Haus wandte.

Detective Palmer stand in respektvollem Abstand hinter mir, und als ich zu ihm ging, bot er mir seinen Arm an. Ich hakte mich bei ihm ein und wir gingen zum Haus.

„Ich habe noch nie so eine Art von Beerdigung gesehen", sagte er. „Aus welcher Religion stammt sie?"

„Es ist eine Tradition der Familie Proctor."

Er nickte und fragte nicht weiter.

Wir holten Chief Dobbins und Tante Lily ein, die ähnlich Arm in Arm gingen. Tante Lily tupfte sich mit einem Spitzentaschentuch die Augen ab.

„Ich verspreche, wir werden ihren Mörder finden, Lily", versicherte ihr der Chief.

Sie wandte sich ihm zu, Wut in ihren Augen. „Wie willst du das anstellen, Ray?", knurrte sie. „Du hast meine Nichte als Hauptverdächtige. Meine Nichte!"

Palmer räusperte sich. „Entschuldigen Sie, Ms. Proctor, ich kann Ihnen versichern, dass Isabella nicht länger verdächtig ist."

Tante Lily drehte sich um und starrte uns an. Sie fasste sich wieder. „Wenigstens sind Ihre Detectives auf Zack." Sie löste ihren Arm von dem des Chiefs und eilte ins Haus.

Der Chief schien unbesorgt und ging allein weiter.

Als wir ins Haus kamen, füllte es sich bereits, und meine Cousins und ich wurden eingespannt, um Essen in die verschiedenen offenen Räume zu bringen und sicherzustellen, dass alle genug zu essen und zu trinken hatten.

Als die Leute sich entspannten, war es schön zu hören, wie sie über die Geschichten lachten, die sie von Trina erzählten.

Palmer übernahm die Rolle des Barkeepers. Ich ging zur improvisierten Bar vor dem Wohnzimmerkamin. „Ich hätte gerne einen Drink."

Er beäugte mich misstrauisch. „Bist du einundzwanzig?"

Ich gab ihm einen spielerischen Schlag auf die Schulter. „Du weißt genau, wie alt ich bin. Es steht in deinen Unterlagen."

„Wirst du heute Abend noch fahren?", neckte er mich weiter.

Ich hob erneut meine Faust und er lachte. „Ich weiß, ich weiß. Kein Führerschein. Was möchtest du haben?", fragte er.

Ich überlegte. Ich trank nicht viel und hatte nur Erfahrung mit Wein bei Abendessen. „Such du aus, nimm etwas, von dem du denkst, dass es mir schmecken wird."

Er musterte mich einen Moment lang. „Ich hab genau das Richtige für dich."

Als er fertig war, reichte er mir ein hellorangefarbenes Getränk. „Ein Frühstücksmartini für die Dame."

Ich nahm einen kurzen Schnupperer und erkannte die Zutaten – Gin, Zitronensaft, Cointreau und Orangenmarmelade. „Definitiv nichts fürs Frühstück."

Palmer lächelte. „Nicht, wenn man an dem Tag noch was schaffen will."

Ich nahm einen Schluck. „Köstlich. Danke."

Als ich durch die sich lichtende Menge in meinem Haus schlenderte, konnte ich weder James noch Frank sehen.

Ich trank mein Getränk schnell aus – das ist das Problem mit leckeren Drinks, man nippt nicht daran. Ich bog um die Ecke zum Esszimmer und stieß fast mit einem großen, hageren Mann zusammen.

„Entschuldigung", sagte er, obwohl er derjenige war, der still dagestanden hatte.

„Nein, nein, entschuldigen Sie", sagte ich, meine Manieren noch intakt, auch wenn meine Nase sich etwas kribbelnd anfühlte.

Er starrte mich an. „Du bist Isabella, richtig? Die Praktikantin?"

Ich zwang mich, mich zu konzentrieren. Ich hatte keine Ahnung, dass ich so ein Leichtgewicht war. „Auszubildende, und ja, ich bin Isabella." Ich streckte meine Hand aus. „Freut mich, Sie kennenzulernen."

Er nahm meine Hand und führte sie an seine Lippen. Ich zog sie etwas zurück, weil ich seine Lippen nirgendwo an mir haben wollte.

„Ich bin Jake Forster. Schön, dass ich dich gefunden habe. Ich war Trinas, äh, besonderer Freund, wenn du verstehst, was ich meine. Ich habe einige Sachen in ihrem Haus gelassen, die ich gerne ohne viel Aufhebens zurückholen würde. Du hast nicht zufällig den Schlüssel zu ihrem Haus, oder?"

Ich schüttelte den Kopf. „Nein, habe ich nicht."

„Sie hat dich nie gebeten, die Pflanzen zu gießen, wenn sie weg war, oder ihre Post einzusammeln, oder so was?"

Das hatte sie nie. Andererseits war sie kaum jemals irgendwo hingegangen. „Tut mir leid, nein."

„Na ja, macht nichts", sagte er, während er seine Hand an die Wand neben mir legte und mich so am Weitergehen hinderte. „Vielleicht kennst du jemanden, der einen Schlüssel hat?"

„Sie könnten bei-", begann ich, als Palmer plötzlich neben uns auftauchte.

Palmer streckte seine Hand aus. „Steve Palmer. Wie kann ich helfen?"

„Jake Forster. Die junge Dame und ich hatten gerade eine Unterhaltung."

Palmer runzelte die Stirn. „Leider ist es jetzt an der jungen Dame, mir an der Bar zu helfen. Komm mit, Isabella."

Ich war mir nicht sicher, ob ich ihm eine knallen sollte, weil er mich behandelte, als wäre ich acht, oder ob ich seiner Führung folgen sollte, um von diesem gruseligen Typen wegzukommen. Ich sah Jake an und entschied, dass Palmer bei weitem das kleinere Übel war.

Als wir an der Bar ankamen, sagte Palmer: „Dieser Typ bedeutet Ärger, halt dich von ihm fern."

Obwohl seine Worte genau mit meiner Intuition übereinstimmten, würde ich seine Macho-Aussage auf keinen Fall so stehen lassen. „Du dachtest, ich wäre eine Mörderin. Ich bin nicht sicher, ob du der beste Menschenkenner bist. Warum sollte ich deiner Meinung über Jake vertrauen?"

„Das wirst du mir nie verzeihen, oder? Ich habe seine Akte gelesen. Er wurde verhaftet, weil er illegale exotische Tiere ins Land gebracht hat, und wenn Leute ihm in die Quere kommen, verschwinden sie tendenziell."

Ich erschauderte. Könnte er Trinas Mörder sein? Hatte er sie angesprochen, um ihr exotische Zutaten zu verkaufen, und sie dann getötet, als sie ablehnte und drohte, zur Polizei zu gehen?

Wir beobachteten, wie Jake wütend aus dem Haus stürmte, und plötzlich hellte sich die Stimmung im Raum auf. Ich bin nicht sicher, ob es jemand anders bemerkte, aber die Leute fingen wieder an zu lachen.

Kapitel 18

Am nächsten Morgen war ich schon auf den Beinen und aus dem Proctor House, bevor der Rest der Familie aufwachte. Ich brauchte Zeit zum Nachdenken, und der beste Ort, um allein zu sein, war in der Apotheke, bevor sie öffnete. Ich musste endlich Fortschritte bei der Suche nach Trinas Mörder machen.

Ich saß an meinem Tisch im Vorbereitungsraum und begann, eine einfache Tinktur gegen Husten aus Honig, Ingwer und Eibischwurzel herzustellen. Trina war vor sechs Tagen ermordet worden, und die Polizei schien keine Verdächtigen zu haben. Ich hingegen hatte jede Menge. Frank, ihr Ex-Mann mit dem Glücksspielproblem, könnte sie umgebracht haben, weil sie ihm nicht genug Geld geben wollte. Caroline Arneson könnte sie getötet haben, weil sie ihren Touristenladen in den Raum der Apotheke erweitern wollte. Ihr Neffe James war wütend darüber, dass er gefeuert wurde, und wollte vielleicht sein Erbe beschleunigen. Agatha, die Kundin, die behauptete, Alice hätte mit ihr gesprochen, war trotz ihrer Freundlichkeit so labil, dass ich sie noch nicht ausschließen konnte. Jake Forster, der gruselige Mann mit dem Vorstrafenregister, den ich auf Trinas Beerdigung getroffen hatte, könnte sie in einem Liebesstreit getötet haben.

Ich hatte noch keine Beweise, um einen von ihnen auszuschließen.

Ich saß an meinem Tisch und machte mir Notizen zu jedem meiner Verdächtigen, bis um Punkt neun Uhr das Telefon klingelte.

Ich eilte ins Büro, nahm den Hörer ab und sagte mit meiner besten aufgesetzten fröhlichen Stimme: „Portsmouth Apotheke, wie kann ich Ihnen helfen?"

„Hier spricht Arnold Lewis", sagte die raue Stimme am anderen Ende der Leitung.

„Guten Morgen, Herr Lewis. Wie kann ich Ihnen heute helfen?"

„Sie wissen genau, wie Sie mir helfen können. Ich habe es satt, Sie alle paar Tage anrufen zu müssen, um Sie daran zu erinnern, dass Sie Ihre Hypothekenrate für Dezember immer noch nicht bezahlt haben und dass Ihnen die Zwangsvollstreckung droht."

Ach du meine Güte! Ich musste die Konten in den Griff bekommen. Er dachte, ich sei Trina, und ich war mir nicht sicher, ob ich ihm sagen sollte, dass sie gestorben war. Kümmern sich nicht normalerweise Anwälte um solche Dinge?

„Tatsächlich bin ich ziemlich überrascht, dass Sie sich heute überhaupt die Mühe gemacht haben, ans Telefon zu gehen. Sie haben seit mindestens einer Woche nicht mehr auf meine Anrufe reagiert."

„Herr Lewis, lassen Sie mich Sie gleich hier unterbrechen. Ich bin nicht Frau Bassett. Ich bin ihre

Auszubildende. Sie sollten ihre Finanzen nicht mit mir besprechen." Vielleicht würde mich das aus diesem Gespräch retten.

„Netter Versuch, aber ich glaube Ihnen nicht, Frau Bassett. So wird's laufen: Sie bringen mir die Dezember-Hypothekenrate bis zum Ende des Geschäftstages morgen, oder ich muss alle Ihre Konten bei uns pfänden, bis Sie mit Ihrer Hypothek mindestens einen Monat im Voraus sind."

Das klang nicht richtig. Ich hatte noch nie von so etwas gehört, nur von Räumungen und Zwangsvollstreckungen. „Moment mal, Sie wollen Geld von ihren anderen Konten nehmen? Können Sie das überhaupt?" fragte ich.

„Würde ich es sonst vorschlagen?" fragte er.

Ja, das könnte er. „Ich dachte, das Standardverfahren wäre Räumung oder Zwangsvollstreckung."

„Ich bin ermächtigt, alles zu tun, damit die Bank das Geld bekommt, das Sie ihr schulden. Sie haben hier kein Mitspracherecht, zumindest nicht, bis Sie mit Ihren Rechnungen auf dem Laufenden sind."

Meine Augen verengten sich. Sein Ton gefiel mir nicht, und ich mochte es ganz sicher nicht, bedroht zu werden. Ich lief im Zimmer auf und ab. „Wie ich schon sagte, ich bin nicht Frau Bassett. Ich bin ihre einundzwanzigjährige Auszubildende. Ich schätze die Art, wie Sie mit mir sprechen, überhaupt nicht, und schon gar nicht, dass Sie mir nicht einmal glauben. Ich bin sicher, Sie werden eine Menge Ärger bekommen, wenn Ihr Chef erfährt, wie Sie mit diesem Konto umgegangen sind und wie Sie die finanziellen Details Ihres Kunden mit anderen besprochen haben."

Er räusperte sich. „Also wirklich, Frau Bassett, es besteht keine Notwendigkeit für leere Drohungen. Besonders für so schwache Drohungen. Wir wissen beide, dass Sie nicht hier herunterkommen und verlangen werden, mit meinem Vorgesetzten zu sprechen, denn das würde Sie sofort in die Zwangsvollstreckung bringen. Sie sind praktisch meiner Gnade ausgeliefert, und wenn Sie nicht tun, was ich sage, werden Sie herausfinden, was passiert, wenn ich diese Gnade zurückziehe."

Was für eine Frechheit! Ich würde definitiv die Bank wechseln, sobald ich dazu in der Lage wäre – auf keinen Fall würde ich mit diesem Idioten zusammenarbeiten. „Ich nehme an, die Zeit wird es zeigen, Herr Lewis. In der Zwischenzeit wäre ich an Ihrer Stelle vorsichtig. Sie wollen Trina nicht verärgern – es passieren schlimme Dinge, wenn sie verärgert ist." Ich machte eine kurze Pause und fuhr dann fort: „Sie verstehen, wovon ich spreche, nicht wahr?"

Ich konnte seinen ängstlichen Schlucken fast hören. „Es wird bald nicht mehr in meinen Händen liegen. Bringen Sie Ihre Zahlungen jetzt auf den neuesten Stand."

„Auf Wiedersehen, Herr Lewis", sagte ich.

Ich legte auf, ohne darauf zu warten, ob er noch etwas zu sagen hatte. Ich rieb meine schweißnassen Hände an meiner Jeans ab. Welche Vorstellungen ich auch immer davon gehabt hatte, wie viel Spaß es machen würde, ein Geschäft zu führen, sie waren auf einen Schlag verschwunden, ersetzt durch die Angst, nicht genug Geld zu verdienen, die Rechnungen nicht bezahlen zu können und nicht talentiert genug zu sein, um anderen auf eigene Faust zu helfen.

Ich brauchte sofort Hilfe. Ich rief The Fancy Tart an, und Bethany war in weniger als fünf Minuten an meiner Tür.

„Also gut, Schätzchen, lass uns alle Bücher rausholen", sagte Bethany, sobald sie ins Büro kam. „Ich kann dir bei nichts helfen, bevor ich nicht alle Transaktionen durchgelesen habe."

„Ich bin ziemlich sicher, dass ich sie in die zweite Schublade des Schreibtisches gelegt habe. Du kannst in allen Schubladen nachsehen, um alles zu finden, was du brauchst."

„Macht es dir etwas aus?", fragte sie und deutete auf Trinas Stuhl.

Es wäre albern von mir, mir Sorgen darüber zu machen, dass sie sich auf Trinas Stuhl setzt, auch wenn ich für diesen Schritt noch nicht bereit war. „Kein Problem. Ich werde im Vorbereitungsraum sein und an den Bestellungen für morgen arbeiten."

Bevor ich zurück in den Vorbereitungsraum ging, warf ich einen kurzen Blick auf den Verkaufsraum. Alles war an seinem Platz und der Laden war blitzblank.

Nach etwa dreißig Minuten rief mich Bethany zurück ins Büro. „Diese Bücher sind ... bestenfalls verwirrend."

„Inwiefern? Sind sie nicht so aufgebaut, wie sie es waren, als du Trina zum ersten Mal geholfen hast?"

„Du solltest dich besser hinsetzen, das könnte eine Weile dauern zu erklären", sagte sie in freundlichem Ton.

Ich setzte mich auf einen Besucherstuhl und beugte mich vor, um die handgeschriebenen Kontoauszüge zu betrachten.

„Das eingehende Geld scheint in Ordnung zu sein, aber das ausgehende Geld ist ein Chaos. Es sieht so aus, als hätte sie Bargeld aus dem Geschäft genommen, ohne es bei der Steuer anzugeben, und es dann an Frank weitergeleitet. Sie begann zwei Monate nach der Eröffnung, ihn zu bezahlen, und die Beträge wurden mit der Zeit immer größer."

„Wie viel?"

„Siebenhundertfünfzig war die letzte Zahlung, die sie im Februar verzeichnet hat."

Ich kochte vor Wut. Die Frechheit von ihm, mich um noch mehr zu bitten als Trina ihm zahlte, nur weil er dachte, ich würde es nicht besser wissen.

„Was ist mit den regulären Rechnungen? Wurden sie pünktlich bezahlt? Und wie steht's mit der Hypothek?"

Bethany schüttelte den Kopf. „Diese werden bestenfalls sporadisch bezahlt. Das Problem liegt letztendlich bei dem Geld, das sie Frank gab. Wenn sie ihm nichts gegeben hätte, hätte sie genug für alle Rechnungen gehabt und sich selbst auch etwas besser bezahlen können. Vorausgesetzt, sie hinterlässt dir das Geschäft, denke ich, wirst du gut zurechtkommen."

Ich entspannte mich in meinem Stuhl, erleichtert. Das Geschäft brachte genug Geld ein, um zu überleben. Ich brauchte nur genug, um mein Gehalt und Trinkgeld von Fancy Tart zu ersetzen, damit ich mich einem Job widmen konnte.

Ich ließ ein Lächeln über meine Lippen gleiten. „Das ist eine Erleichterung, Bethany."

Sie kam um den Schreibtisch herum und umarmte mich. „Du sagst mir Bescheid, wenn oder falls du das Café verlassen möchtest, oder?"

„Ja, natürlich."

„Ich würde meine Lieblingsmitarbeiterin nur ungern verlieren, aber du wirst hier so viel mehr Möglichkeiten haben. Du musst nur an dich glauben."

„Ich schätze, wir werden morgen wissen, ob ich dich verlassen werde oder nicht. Und apropos Lieblingsmitarbeiterin, Abby möchte dich beeindrucken. Sie ist enttäuscht, weil sie denkt, du würdest ihre ganze zusätzliche harte Arbeit nicht bemerken."

Bethany sah nachdenklich aus. „Abby? Mir ist aufgefallen, dass sie angefangen hat, einige Dinge zu tun, ohne daran erinnert werden zu müssen. Ich habe mich schon gefragt, was das alles soll."

„Wenn es dir nichts ausmacht, werde ich mehr Zeit damit verbringen, sie darin zu schulen, wie ich arbeite, und dann wird sie deine Lieblingsmitarbeiterin sein."

„Wir werden sehen, wie das funktioniert", sagte Bethany.

Kapitel 19

Als ich am nächsten Nachmittag die Lobby von Trinas Anwalt betrat, sah ich Frank, James, Detective Palmer, mehrere Apothekenkunden, darunter Frau Thompson und Frau Canteford, sowie George Fiske, Caroline Arnesons Anwalt.

Bevor ich mich neben Palmer stellen konnte, verkündete eine schicke, gepflegte Anwaltsgehilfin: „Diejenigen von Ihnen, die zur Testamentseröffnung von Bassett hier sind, folgen Sie mir bitte."

Wir standen alle auf und gingen den Teppichflur entlang zu einem Konferenzraum. Der Raum hatte einen großen Kirschholztisch mit acht Sitzplätzen und zusätzlichen Stühlen entlang einer Wand. Ein kleinerer Tisch trug eine frisch gebrühte Kanne Kaffee, Sahne und Zucker sowie mehrere Wasserflaschen. Die Deckenbeleuchtung summte, und ich wünschte, es gäbe ein Fenster im Raum, damit wir sie ausschalten könnten.

„Bitte machen Sie es sich bequem. Es stehen Kaffee und Wasser zur Verfügung. Herr Shrewsbury wird in wenigen Minuten bei Ihnen sein", kündigte die Anwaltsgehilfin an.

Ich setzte mich neben Ginger, eine schüchterne Kundin, die in den letzten sechs Monaten kaum mehr als zwei Worte zu mir gesagt hatte. Sie lächelte mich an und senkte dann den Blick auf ihre Wasserflasche.

Detective Palmer stand an der Tür, obwohl es noch ein paar freie Plätze am Tisch gab.

James setzte sich neben mich und grinste anzüglich. „Hoffst du, etwas Gutes zu bekommen? Ich bin sicher, ich kriege ihr Geschäft."

Ich war angewidert von seiner dreisten Einstellung. „Ich bin sicher, ich werde für alles dankbar sein, was deine Tante mir hinterlassen wollte."

James streckte sich und legte seinen Arm über die Rückenlehne meines Stuhls. Was waren wir? Wieder in der Mittelstufe? Er stieß sein Bein gegen meines und ließ es dort ruhen. Ich versuchte, meinen Stuhl vom Tisch wegzurücken, um mich woanders hinzusetzen, aber er hielt ihn fest.

Toll. Jetzt musste ich mich mit diesem Creep herumschlagen, anstatt auf das zu achten, was Trina mir zu sagen hatte. Ich sah zu Palmer, und anscheinend signalisierte ich einen Hilferuf, denn er überbrückte die Entfernung zwischen uns in wenigen Schritten und zog James am Kragen hoch.

„Du setzt dich da hin", sagte er und zeigte auf einen Stuhl an der Tür.

Ich grinste Palmer an und hoffte, er würde sich neben mich setzen. Stattdessen stand er neben James und stellte sicher, dass er sich nicht bewegte. Es ist gut, Freunde zu haben.

Herr Shrewsbury kam herein und setzte sich an das Kopfende des Tisches. Er war ein hagerer Mann mit dünnem weißen Haar. Er hätte alt ausgesehen, wäre da nicht seine kerzengerade Haltung und sein forscher Gang gewesen. „Wir sind hier, um das Testament von Frau Trina Bassett zu verlesen. Jeder, der nicht zu diesem Zweck hier ist, sollte jetzt gehen." Er musterte den Raum für einen Moment. „Herr Fiske, ich glaube nicht, dass Sie hier benötigt werden."

Fiske, Carolines Anwalt, stand auf, schnappte sich seinen Aktenkoffer vom Tisch und ging.

Nachdem die Tür geschlossen war, fuhr Shrewsbury fort. „Sie werden alle eine Kopie des Testaments erhalten, wenn Sie gehen, also komme ich gleich zu den Vermächtnissen. Meinem Ex-Mann, Frank Willis, hinterlasse ich mein Haus, das ich immer als ‚unser Haus' betrachten werde. Frank, ich wünschte, wir hätten es zwischen uns zum Laufen bringen können, denn ich habe dich immer geliebt. Es gibt allerdings eine Einschränkung, nämlich dass du das Haus zehn Jahre lang nicht verkaufen darfst. Ich möchte, dass du ein echtes Zuhause hast, einen Ort, auf den du dich jeden Abend verlassen kannst."

Frank runzelte die Stirn und schien das Haus nicht zu wollen.

„Meinem Neffen James hinterlasse ich meinen Dodge Stealth von '95. Ich habe ihn hervorragend gepflegt, und ich hoffe, dass du ihn genauso gut behandeln wirst wie ich."

Ich konnte James nicht sehen, aber ich hörte seinen geflüsterten Fluch. Er hatte erwartet, die Apotheke zu erben, und bekam stattdessen ein Auto.

„An Isabella, meine Auszubildende, meine Schülerin, meine Freundin. Dir hinterlasse ich mein Geschäft, die Portsmouth Apotheke, mit allen Waren und Mitteln, um es nach deinem Ermessen zu führen."

Hatte ich ihn richtig verstanden? Sie hinterließ mir die Apotheke? Sie hat sie mir vermacht! Mein Herz jubelte und ich strahlte, ohne mich darum zu kümmern, dass Frank mich finster anstarrte. Meine Gedanken überschlugen sich so sehr, dass ich den Rest der Vermächtnisse an Trinas Freunde und Kunden nicht mehr mitbekam.

Nicht lange danach war die Verlesung vorbei. Wir standen auf und bewegten uns in die Lobby, wo mehrere Leute herumstanden.

„Isabella, Liebes, ich würde gerne mit dir über mein Vermächtnis sprechen", sagte Frau Canteford.

„Natürlich", sagte ich, ohne mich zu erinnern, was Trina ihr hinterlassen hatte.

„Ich habe den Spiegel, den Trina mir hinterlassen hat, immer bewundert."

Ich nickte, als ich mich erinnerte. Es war ein wunderschöner vergoldeter Spiegel, der dem Verkaufsraum einen Hauch von Eleganz verlieh.

„Ja, nun, ich wollte fragen, ob es Ihnen morgen Nachmittag passen würde, wenn ich ihn abhole."

„Aber selbstverständlich, Frau Canteford. Sie können jederzeit vorbeikommen, wenn wir geöffnet haben." Ich wollte diesen Spiegel nicht verlieren, da er perfekt zwischen das Schaufenster und die Kräuterregale passte. Ich musste heute Abend online nach einem Ersatz suchen.

Herr Fiske schlich sich neben mich. „Sind Sie die neue Besitzerin?"

„Ja, das bin ich", sagte ich und konnte die Freude in meiner Stimme nicht verbergen.

Frau Thompson tätschelte meine Hand. „Sie werden eine wunderbare Arbeit leisten und in Trinas Fußstapfen treten. Ich weiß, dass die Gesundheit meines Jamesons bei Ihnen in guten Händen ist."

Ihre Worte erwärmten mein Herz. „Was für nette Worte. Ich werde mein Bestes tun, um Ihrem Vertrauen gerecht zu werden. Jetzt muss ich aber zurück an die Arbeit. Ich habe noch viele Tränke für morgen herzustellen."

Ich hatte heute zwölf Bestellungen, die ich noch nicht erfüllt hatte, und ich hatte jedem Kunden versprochen, dass die Bestellungen am späten Nachmittag fertig sein würden. Ich hatte noch mehrere Stunden Arbeit vor mir, bevor sie fertig waren.

Bevor ich ging, stürmte James an mir vorbei und murmelte: „Nicht mal die Mühe wert. Was für eine Zeitverschwendung."

„Oh je", sagte Frau Thompson. „Da hat wohl jemand sein Dankbarkeitstagebuch vernachlässigt."

Wir kicherten darüber, bis wir Frank aus dem Konferenzraum schreien hörten. „Was soll das heißen, ich kann es nicht verkaufen? Wie kann diese Hexe mein Leben noch aus dem Grab bestimmen?"

Wir wurden ernst und alle anderen gingen. Ich setzte mich in eine Ecke des Raumes und lauschte weiter.

„Das Haus ist in einem Trust, und dem Treuhänder – also mir – ist es für zehn Jahre nicht gestattet, Ihnen den Verkauf zu erlauben", sagte Herr Shrewsbury.

„Das kann nicht legal sein", sagte Frank. „Ich werde Sie feuern und einen neuen Anwalt einschalten."

„Sie können das natürlich tun, aber ich fürchte, Sie werden nur Geld zum Fenster hinauswerfen. Warum akzeptieren Sie nicht dieses großzügige Geschenk, das sie Ihnen gemacht hat, und nutzen das Haus als Ihr Zuhause? Ich bin sicher, Sie wären dort komfortabler als an Ihrem jetzigen Wohnort", beschwichtigte Herr Shrewsbury.

Ich fragte mich, wo Frank wohnte. Es war mir nie in den Sinn gekommen, dass er vielleicht nicht irgendwo schön wohnte. Er fuhr ein schönes Auto und trug maßgeschneiderte Kleidung, also nahm ich an, dass er auch ein schönes Haus hatte.

„Sie wissen, warum ich das nicht tun kann. Wenn Sie nicht bereit sind zu helfen, werde ich jemanden finden, der es tut."

Ich sah zu, wie Frank durch die Lobby stürmte und die Tür hinter sich zuschlug, als er ging.

Herr Shrewsbury schloss die Tür zum Konferenzraum und ich stand auf, um ihm in sein Büro zu folgen. „Herr Shrewsbury, hätten Sie einen Moment Zeit für mich?"

Er drehte sich um. „Fräulein Proctor, nicht wahr? Aber sicher."

Er führte mich in sein Büro und bat mich, Platz zu nehmen. Sein Büro war überraschend modern. Auf seinem Glas- und Chromschreibtisch lag nur ein geschlossener Laptop, und hinter dem Schreibtisch stand ein schwarzer Aeron-Stuhl. Der schwarzgraue Teppich war überraschend weich und passte zu den bodenlangen Vorhängen, die vermutlich ein Fenster verbargen.

Er deutete auf einen schwarz-verchromten Besucherstuhl. „Nehmen Sie Platz. Darf ich Ihnen etwas zu trinken anbieten?"

„Nein, danke."

Er zog einen Ordner aus einem Aktenschrank. „Hier sind die Bankunterlagen, die Sie unterschreiben müssen, um die Konten für das Geschäft zu übernehmen. Außerdem sollten Sie wissen, dass Frau Bassett eine Lebensversicherung hatte, die die Hypothek für ihr Geschäft abdeckt und alle ausstehenden Rechnungen begleicht."

Was für eine Erleichterung! „Danke. Ich werde unseren Bestand nach dem Einbruch wieder aufbauen müssen."

Mr. Shrewsbury faltete seine Finger zu einem Dach. „Ich möchte nicht anmaßend sein, aber haben Sie irgendwelche Erfahrungen in der Unternehmensführung? Ich bin sicher, Sie können sich um den täglichen Betrieb und die Produktion kümmern. Was ich meine, ist: Können Sie Ihre Steuern oder Gehaltsabrechnungen fehlerfrei einreichen? Wissen Sie, wie man die Verträge liest, die Sie unterschreiben müssen? Solche Dinge eben."

Mir sank das Herz in die Hose. In all meinen Träumen von der Führung eines Unternehmens waren mir diese rechtlichen und banalen Dinge nie in den Sinn gekommen. „Nein, das kann ich nicht."

Seine Augen leuchteten auf. „Meine Kanzlei kann diese Details für Sie erledigen, gegen unsere übliche Gebühr."

Bevor ich ihn abweisen konnte, sprach er weiter. „Sie denken vielleicht, unsere Gebühren sind hoch", sagte er, während er mir ein Blatt über den Schreibtisch zuschob. „Aber bedenken Sie, wie viel es Sie kosten wird, wenn Sie etwas falsch machen. Viel besser, auf Nummer sicher zu gehen, als das Geschäft zu verlieren, das Trina Ihnen überlassen hat."

Es war erstaunlich. Innerhalb weniger Sekunden hatte er sich vom freundlichen älteren Herrn zum schmierigen Verkäufer verwandelt. Mein Verstand schrie, nichts zu vereinbaren, weil er mich und meine Unwissenheit ausnutzen würde.

„Danke für Ihr Angebot", sagte ich, während ich seine Gebührenliste entgegennahm. „Ich werde es mir überlegen und Sie anrufen, sobald ich meine endgültige Entscheidung getroffen habe." Das sollte ihn für eine Weile von mir fernhalten. Meine erste Anlaufstelle würde Bethany sein. Sie hatte vor Jahren Trinas Systeme eingerichtet, und ich war sicher, sie könnte mir alles erklären, ohne dass es mich ein Vermögen kosten würde.

Er schien überrascht, dass ich sein Angebot nicht sofort annahm. „Wir sind eine sehr beschäftigte Kanzlei, Miss Proctor. Es wäre am besten, wenn Sie uns sofort beauftragen würden."

Das wird nicht passieren. „Haben Sie Zeit für eine Frage?"

Shrewsbury sah auf seine Uhr. „Ich habe noch ein paar Minuten vor meinem nächsten Termin."

„Stimmt es, dass Frank das Haus zehn Jahre lang nicht verkaufen kann? Ich meine, ist so eine Bestimmung rechtmäßig?"

„Ja, das ist rechtmäßig. Ich hätte Mrs. Bassett nicht erlaubt, es in ihr Testament aufzunehmen, wenn es nicht legal wäre."

„Und wo er jetzt wohnt, ist nicht so schön?"

Shrewsbury lachte. „Er lebt in einem Wohnwagenpark an der Route One. Trinas Haus ist eine erhebliche Verbesserung."

„Ach so. Ich verstehe."

Ich stand auf, um zu gehen, und wir schüttelten uns die Hände.

„Ich mag mir gar nicht vorstellen, was einer jungen Frau, die allein ein Geschäft führt, alles zustoßen könnte. Überlegen Sie sich mein Angebot gut", sagte er.

Als ich ging, fragte ich mich, ob ich es mir nur einbildete, oder hatte er gerade mein Geschäft bedroht?

Draußen lehnte Detective Palmer an seinem Auto. „Können wir reden?"

„Ich bin auf dem Weg zur Apotheke. Ich habe so viel Zeit, wie Sie brauchen, um mich dorthin zu fahren."

„Ich nehme an, das wird fürs Erste reichen müssen. Steigen Sie ein."

Er startete den Motor. „Sie kennen diese Leute viel besser als ich. Ist Ihnen bei der Testamentseröffnung irgendetwas seltsam vorgekommen?"

Ich überlegte einen Moment. „James hat mich noch nie so angemacht. Danke, dass Sie mich gerettet haben."

„Kamen Ihnen die Vermächtnisse unpassend vor?"

„Ich bin überrascht, dass sie mir das Geschäft hinterlassen hat. Ich dachte, sie würde es der Familie vermachen und dass ich vielleicht eingestellt würde, um es zu führen."

„Sonst noch etwas? Was ist mit all den kleineren Vermächtnissen? Es klang, als würde sie die halbe Apotheke gleich unter Ihnen wegverschenken."

Ich seufzte. „Ich habe nicht sehr gut zugehört. Ich war zu aufgeregt wegen meines Erbes. Ich bin sicher, ich kann alles ersetzen, was sie verschenkt hat. Ich denke, sie wollte nett zu unseren treuesten Kunden sein – nichts Böses dahinter."

„Okay, ich nehme Sie beim Wort."

„Frank will das Haus aber verkaufen. Er hat kein Interesse daran, darin zu wohnen."

„Wirklich?", fragte er.

„Ich habe ihn schreien hören, weil er sich nicht die Mühe gemacht hat, die Tür zu schließen, während er vom Anwalt verlangte, es so zu regeln, dass er das Haus verkaufen kann."

„Interessant. Wahrscheinlich kein Motiv für Mord, aber trotzdem. Heutzutage macht man mit Immobilien am meisten Geld, wenn man sie behält und vermietet. Man hat einen stetigen Geldfluss für den Rest des Lebens, wenn man es richtig anstellt, und am Ende macht man mehr als der Wert des Hauses."

Ich dachte an meine eigene Wohnung. Abby und ich zahlten jeweils 900 Euro im Monat. Es gab sechs Wohnungen und das Gebäude war alt. Unser Vermieter, Mr. Subramanian, verdiente wahrscheinlich eine Menge Geld an uns.

Palmer parkte vor der Apotheke. „Einen schönen Nachmittag noch."

„Danke. Ich werde jetzt herausfinden, wie man ein Unternehmen führt."

„Sie wissen schon, dass Menschen dafür Jahre brauchen, oder?", fragte er.

Ich stieg aus seinem Auto. „Ich werde viel Training on the job bekommen."

Kapitel 20

Ich öffnete unsere Wohnungstür und war enttäuscht, dass Abby sie wieder nicht abgeschlossen hatte. Ja, wir lebten in einem sicheren Gebäude in einer normalerweise sicheren Stadt. Trotzdem fand ich, dass wir das Schicksal nicht herausfordern sollten.

„Rate mal, wer bald Bethanys Lieblingsmitarbeiterin wird?", rief ich, nachdem ich unsere Tür geschlossen und abgeschlossen hatte.

Abby steckte verwirrt den Kopf aus ihrem Schlafzimmer. „Wer?"

„Du! Trina hat mir den Laden in ihrem Testament vermacht, und in ein paar Wochen muss ich die Bäckerei verlassen."

Abby rannte auf mich zu und umarmte mich so stürmisch, dass ich fast umfiel. „Das sind fantastische Neuigkeiten! Ich freue mich so für dich."

„Ich bin erleichtert. Je mehr ich dort arbeitete, desto sicherer wurde ich, dass das meine Berufung ist. Gleichzeitig wollte ich nicht Trinas Konkurrenz sein. Ich dachte schon, ich müsste wegziehen."

„Nein!", rief Abby.

Ich hängte meinen Mantel auf und schenkte mir in der Küche ein Glas Wasser ein. „Kannst du dir vorstellen, was meine Familie dazu sagen würde, wenn ich die Stadt oder sogar den Bundesstaat verlasse?"

„Ich weiß! Sie würden es nie verwinden. Wie war der Rest der Testamentseröffnung?"

„Es war okay. Trina hat viele der Dekorationen im Laden an unsere Kunden vermacht. Ich werde alles ersetzen müssen, sobald ich die nötigen Unterlagen bei der Bank eingereicht habe. Ihr Auto hat sie ihrem Neffen vermacht und ihr Haus ihrem Ex. Er wollte das Haus nicht zum Wohnen, und sie hat ausdrücklich verfügt, dass er es zehn Jahre lang nicht verkaufen darf."

„Wer würde so eine Bedingung an ein Vermächtnis knüpfen? Vielleicht hat er die Angewohnheit, Häuser zu verkaufen? Meine Mutter kann das für uns herausfinden", sagte Abby.

Abbys Mutter war Immobilienmaklerin und konnte Hausverkaufsdaten einsehen. Wenn es irgendein Muster in seinem Kauf- und Verkaufsverhalten gäbe, würde sie es finden.

„Das wäre toll. Kannst du sie anrufen?", fragte ich.

Ich blieb bis elf Uhr wach und las Websites über erfolgreiches Kleinunternehmensmanagement. Am Ende hatte ich ein ganzes Collegeblock voller Notizen.

Am nächsten Morgen kam halb vier viel zu früh, und ich quälte mich aus dem Bett. Wenn ich in den nächsten Wochen nicht noch Geld im The Fancy Tart verdienen müsste, hätte ich mich wahrscheinlich einfach umgedreht und wäre wieder eingeschlafen.

Nein, das war gelogen. Ich hätte fünf Minuten darüber nachgedacht, wie toll es wäre, wieder einzuschlafen, und wäre dann trotzdem aufgestanden, weil ich Bethany auf keinen Fall in der Bäckerei hängen lassen würde, wenn nicht genug Leute da sind.

Ich warf die Decken von mir und gab mein Bestes, einen enthusiastischen Menschen zu imitieren – lächelnd und voller Energie, von der ich nicht wusste, dass ich sie hatte. Es war erbärmlich, aber immerhin war ich aus dem Bett.

Der Kaffeeduft munterte mich auf, und ich dankte der Göttin für kleine Gefälligkeiten. Ich zog mir eine Jeans und einen Pullover an, band meine Haare zusammen und ging in die Küche für die erste von vielen Tassen an diesem Tag.

Abby sah so wach aus, wie ich mich fühlte, obwohl sie schon angezogen war und gerade Kaffee in unsere Thermobecher füllte. „Fertig in fünf Minuten?", fragte sie.

„Ja." Ich griff nach meinem Thermobecher mit Sternen und Einhörnern. Der erste Schluck war himmlisch. Der zweite packte mein Gehirn und begann, es durchzurütteln.

„Danke dafür", sagte ich.

Wir schlüpften in unsere Schuhe und machten uns auf den Weg zur Arbeit.

„Ich habe heute Morgen an Frank gedacht", sagte Abby, als wir zum The Fancy Tart gingen.

„Ach ja? Ist es nicht zu früh, um an etwas anderes als Kaffee zu denken?"

Sie grinste schief. „Ich bin um drei aufgewacht. Vor meinem Wecker, also bin ich aufgestanden. Ich gewöhne mich an den neuen Zeitplan."

Ich lächelte. „Was ist mit Frank?"

„Er würde das Haus doch nur verkaufen wollen, wenn er schon eins besitzt, oder?"

Ich nickte und trank mehr Kaffee.

„Na ja, er besitzt einen Wohnwagen. Meine Mutter hat mir eine E-Mail geschickt, nachdem wir eingeschlafen sind. Er hat schon mehrere Häuser besessen und verkauft sie alle zwei Jahre oder so."

„Das ist seltsam."

„Mama sagt, es hat etwas mit Steuern zu tun. Die sind niedriger, wenn man ein Haus zwei Jahre oder länger behält."

Davon hatte ich keine Ahnung; meine Familie besaß unser Haus schon seit Jahrhunderten.

„Bei jedem Verkauf kauft er dann ein kleineres, günstigeres Haus und hat dadurch viel Bargeld zur Verfügung."

Interessant. Ich verstehe das nicht; wozu brauchte er Bargeld, wenn er Geld von Trina bekam?

„Genug zum Leben?", fragte ich.

„Sicher, wenn er vorsichtig wäre. Ich habe sein Auto gesehen, und es ist sehr teuer."

„Hat deine Mutter eine Ahnung, wohin das Geld fließt?"

„Sie hat nichts dazu gesagt. Sie hat mir nur die Fakten geschickt."

Wie viel konnte er wohl schulden?

Den Rest des Weges grübelte ich darüber nach, wer Trina getötet hatte und warum.

Wir stempelten gerade noch rechtzeitig vor Schichtbeginn ein. Bethany warf einen Blick auf mich und sagte: „Du kannst vorerst mit mir hinten arbeiten." Sie wandte sich an Abby und meinte: „Du kümmerst dich um den Gastraum."

Ich zog meine Schürze an und gesellte mich zu Bethany in der Küche.

Bethany schaufelte Butter und Zucker in den industriellen Mixer und schaltete ihn auf niedrige Stufe. „Wir müssen reden."

„Worüber?", fragte ich.

„Frank ist ein Spieler, und wenn du nicht aufpasst, wird er dich mit in den Abgrund reißen. Am besten beendest du jetzt sofort alle Verbindungen zu ihm und lässt ihn seinen eigenen Weg in der Welt finden."

„Aber-"

„Er ist ein erwachsener Mann, Isabella, und sollte für seine eigenen Handlungen verantwortlich sein."

Sie hatte Recht. Sein Wunsch, Trinas Haus zu verkaufen, ergab jetzt viel mehr Sinn, genauso wie sein serielles Hausverkaufen und Verkleinern. Er hatte nun auch ein gutes Motiv für Trinas Ermordung. Er brauchte Geld und nahm an, sie würde ihm in ihrem Testament mehr hinterlassen.

Ich erschauderte und überlegte, wie ich mich vor ihm schützen könnte.

Ich holte Brot aus dem Kühlraum und arrangierte es auf Tabletts, um es nach vorn in den Laden zu bringen. Bethany und ich arbeiteten schweigend, bis sie meine Gedanken unterbrach.

„Warum gehst du nicht raus und hilfst Abby mit den Kunden", sagte sie.

Die Uhr zeigte bereits sieben. Ich hatte stundenlang wie im Autopilot gearbeitet.

Im vorderen Teil des Ladens bewältigte Abby die Kundenschlange bewundernswert. Ich war beeindruckt; alles, was es brauchte, war eine Änderung der Einstellung und etwas Disziplin, nicht die halbe Nacht aufzubleiben, und sie fügte sich gut in die Frühschicht ein.

Abby und ich arbeiteten drei Stunden lang an der Theke, bis Bethany mit einem kleinen Kuchen aus der Küche kam. Sie hatte ihn mit Zuckerguss versehen und „Alles Gute" darauf geschrieben.

Ich versuchte, nicht in Tränen auszubrechen. Dies war mein erster Job gewesen, und ich war seit fünf Jahren hier. „Ich gehe aber noch nicht weg."

„Bald genug wirst du es tun."

Ich hätte irgendeine Art von Rede halten sollen, aber ich wusste nicht, was ich sagen sollte, also umarmte ich sie stattdessen, nahm meinen Kuchen und ging die zwei Blocks zu meiner Apotheke.

Ich ging durch die Hintertür hinein und nahm mir einen Moment Zeit, das Büro zu betrachten. Es war genau so, wie ich es verlassen hatte, und ich würde mich daran gewöhnen müssen, dass es meins war. Ich ging durch den Verkaufsraum, um die Vordertür aufzuschließen, und war überrascht, ein paar Leute draußen warten zu sehen. Sie müssen ihre Bestellungen wirklich dringend brauchen.

„Kommen Sie rein und geben Sie mir eine Sekunde, um mich zu organisieren", sagte ich zu ihnen.

An der Kasse zündete ich die Kerze an und berührte Trinas Foto. „Sieht so aus, als wären wir heute nur du und ich", sagte ich und machte mich an die Arbeit.

Nachdem der Laden sich geleert hatte, kam Trinas Neffe James herein.

„Guten Morgen, James. Wie geht es Ihnen heute?", fragte ich.

„Mir geht's okay, den Umständen entsprechend. Ich habe mich gefragt, ob wir reden könnten", sagte er.

Ich war kein großer Fan von ihm, und es gab nicht viel, was er mir sagen könnte, das ich hören wollte. Andererseits wollte er vielleicht über Trina sprechen.

„Sicher. Was haben Sie auf dem Herzen?"

Die Türglocke läutete und der Briefträger kam herein. Ich fühlte mich erleichtert, nicht allein mit James im Laden zu sein.

„Sie sind beschäftigt, also komme ich einfach um sechs hier vorbei. Wir können einen Drink nehmen und uns ein bisschen entspannen."

Das Einzige, was ich nach der Arbeit wollte, war eine gute Nachtruhe.

„Heute kann ich nicht. Wie wäre es morgen?"

„Toll, es ist ein Date. Ich treffe Sie hier."

Das konnte ich nicht so stehen lassen. „Es ist kein Date, James. Wir sind nur zwei Menschen, die jemand Besonderen verloren haben und bei einem Drink in Erinnerungen schwelgen." Ich hoffte, dass wir nur das tun würden.

„Was auch immer", sagte er, als er die Tür öffnete. „Morgen um sechs."

Die Tür schloss sich und mir sank das Herz.

Kapitel 21

Am Ende des Tages stand ich in der Bürotür und blickte auf den Schreibtisch. Meinen Schreibtisch. Mit zögernden Schritten ging ich um ihn herum und ließ mich vorsichtig auf den Ledersessel sinken. Ich brauchte eine kurze Pause, bevor ich meine Arbeit für den Abend beendete.

„Ich hoffe, ich enttäusche dich nicht", flüsterte ich und hoffte, dass Trina mich irgendwo hörte.

Zehn Minuten nach Beginn meiner Pause klingelte die Türglocke. Vielleicht war es auch ganz gut so; ich hatte noch Arbeit zu erledigen.

Ich ging aus dem Büro und erwartete einen Kunden zu sehen, aber stattdessen stand Frank da. Ich keuchte auf, als ich sein Gesicht sah. Beide Augen waren blau geschlagen und seine Nase war geschwollen. „Geht es dir gut?", fragte ich.

Er ging umher und inspizierte die größtenteils leeren Regale. Er zuckte zusammen, als er sich mir näherte, und blieb dann stehen. „Mach dir keine Sorgen um mich. Ich hab's im Fitnessstudio übertrieben."

Ich musterte Frank von oben bis unten. Es war unmöglich, dass er in den letzten Jahren ein Fitnessstudio von innen gesehen hatte. Er hatte einen ungesunden blassen Teint und trug definitiv ein paar Pfunde zu viel mit sich herum.

„Du weißt, warum ich hier bin und was ich brauche. Ich hoffe, du wirst kein Problem darstellen", drohte er.

Ich machte zwei Schritte auf ihn zu und hielt inne, als er rückwärts stolperte. „Was ist los mit dir? Ich versuche den ganzen Tag schon, hier reinzukommen, um das Geld zu holen, das du mir schuldest. Jedes Mal, wenn ich mich der Tür nähere, tut mir alles weh."

Tante Lilys Schutzzauber hatte gewirkt! Er musste wirklich verzweifelt sein, um die Schmerzen zu ertragen. Der arme Kerl. Er wollte nicht hier sein. Etwas oder jemand zwang ihn dazu.

„Bist du sicher, dass ich dir nichts anbieten kann? Ich habe ein paar Tränke, die –"

„Keine Tränke", spuckte er aus. „Ich habe sie nie benutzt, nicht einmal, als Trina und ich verheiratet waren."

Ich überlegte einen Moment, was ich vorrätig hatte. „Lass mich dir wenigstens etwas Arnika für die Blutergüsse geben. Es ist kein Trank, sondern ein homöopathisches Mittel, auf das viele Menschen schwören."

Er wedelte mit der Hand, als wolle er mich wegschieben, und trat einen weiteren Schritt zurück. Er richtete sich auf, offenbar hatte er sich aus der Reichweite des Zaubers bewegt.

„Geld ist es, was ich brauche. Du musst nicht so tun, als würdest du dich um mich kümmern oder als hätte ich Schmerzen."

„Aber ich kümmere mich wirklich. Die Arbeit mit Trina im letzten Jahr hat mir gezeigt, dass es meine Aufgabe im Universum ist, mich um andere zu kümmern und sie zu heilen. Es macht mir wirklich nichts aus. Was wäre ich für ein Mensch, wenn ich dich mit Schmerzen gehen ließe, obwohl ich helfen kann?"

Ein Mundwinkel hob sich zu einem halben Lächeln, und plötzlich sah ich den Frank vor mir, an den ich mich von vor einem Jahr erinnerte. Freundlich, nett, immer bereit für einen schlechten Witz. Er machte einen Schritt auf mich zu, und alle Spuren des alten Frank verschwanden.

„Du hast den Laden geerbt, du hast die Schulden geerbt. Eintausend pro Woche."

„Trina hatte eine Lebensversicherung. Ich bin sicher, du könntest bei Shrewsbury einen Antrag stellen und die Schuld begleichen lassen."

Er runzelte die Stirn. „Du verstehst nicht, wie das funktioniert. Es war kein offizieller Kredit mit aufgesetzten Papieren. Sie hat unser Geld benutzt und würde es sehr lange zurückzahlen."

Er machte einen weiteren Schritt nach vorne und grunzte. „Geld, jetzt."

Ich hatte keine tausend Dollar, um sie ihm zu geben, und das war auch gut so, denn ich hatte das Gefühl, ich würde alles tun, damit er ging. „Es tut mir leid, ich kann nicht."

Er machte noch einen Schritt vorwärts und fiel fast zu Boden. „Sie werden mich umbringen, wenn du es nicht tust. Wenn du dich so sehr um mich kümmerst, wie du sagst, wirst du mein Leben retten und mir das Geld geben."

Sein Gesicht verzog sich vor Schmerz, als er versuchte, den letzten Schritt zu mir zu machen. Seine Qual war meine Schuld, und es tat mir weh, ihn so leiden zu sehen.

Ich sprach einen Verwirrungszauber über ihn. „Nebel des geistigen Auges, entferne diese Gedanken und lass ihn in Ruhe weitergehen."

Ich beobachtete, ob der Zauber wirkte. Oma hatte uns gesagt, wir sollten ihn nur benutzen, wenn wir sicher waren, dass er funktionieren würde, aber mir fiel nichts anderes ein, um ihn aus dem Laden zu bekommen.

Er machte zwei Schritte zurück und richtete sich auf. Seine Augen fokussierten sich neu, als er seine Umgebung wahrnahm. Ich wusste, dass er für die nächsten Minuten in einem empfänglichen, fast hypnotischen Zustand sein würde.

„Wenn das alles ist, Mr. Willis, ich hoffe, Ihr Umzug nach Antigua wird so schön, wie Sie sagen."

„Antigua?", fragte er.

„Ja. Ich glaube, Sie packen gerade und fliegen heute Abend. Sie wollen neu anfangen und ein einfaches Leben führen, zufrieden mit dem Geld, das Sie haben."

„Das scheint ... eine gute Idee zu sein", sagte er. „Einen schönen Abend noch."

Frank verließ den Laden mit einer Leichtigkeit, die er nie zuvor gehabt hatte. Ich hoffte wirklich, dass er nach Antigua ziehen und ein glückliches neues Leben führen würde.

Mit zitternden Händen schloss ich die Tür hinter ihm ab und drehte das Schild auf „Geschlossen". Ich goss mir den letzten Rest des Zitronen-Kamillentees in eine Porzellantasse ein. Ich würde den Tee trinken, meine Nerven beruhigen und dann nach Hause gehen.

Als ich im Büro saß und über Frank nachdachte, wurde mir klar, dass Thea und Delia ihn beobachten könnten, um sicherzugehen, dass er ins Flugzeug stieg. Ich nahm mein Handy und wählte ihre Nummer. „Hi, ich bin's. Macht euch keine Sorgen, aber Frank war gerade hier."

„Geht's dir gut?", fragte Thea.

„Ja, mir geht's prima. Ich hab einen Verwirrungszauber auf ihn gelegt und ihm erzählt, er würde nach Antigua ziehen."

„Und er hat dir nicht wehgetan?"

„Nein, ehrlich, mir geht's gut. Aber ich brauch deine Hilfe."

„Sag, was du brauchst, und wir sind dabei", sagte sie.

„Er wohnt in dem Wohnwagenpark an der Route One. Verfolgt ihn, bis er durch die Flughafensicherheit geht. Bleibt aber weit weg, denn der Schutzzauber hat gut funktioniert, und er hatte starke Schmerzen, als er mir zu nahe kam."

„Alles klar. Wir brechen sofort auf, und ich halt dich auf dem Laufenden."

„Du bist die Beste", sagte ich.

„Du stehst jetzt aber echt in unserer Schuld. Vielleicht kannst du das nie wieder gutmachen."

Ich lachte, als ich auflegte. Meine Cousinen schuldeten mir genauso viele Gefallen, wie ich ihnen.

Ich trank meinen Tee aus und überlegte, ob ich Palmer anrufen sollte, entschied mich aber dagegen. Ich konnte ihm unmöglich die Wahrheit sagen – dass der Zauber funktioniert hatte und ich Frank dazu gebracht hatte, weit wegzuziehen. Er würde mir nie glauben und mich nie wieder ernst nehmen. Noch schlimmer wäre es, wenn er mir glauben würde; dann hätte er Angst vor mir und meinen Fähigkeiten. Das war den Tanten passiert, und es könnte mir genauso leicht passieren. Am besten behielt ich meine Geheimnisse für mich.

Ich stand auf und sah mich im Laden um. Ich wusch die Teekanne und meine Tasse ab. Dann schnappte ich mir meinen Mantel und machte mich auf den Weg zu meiner

Wohnung. Von dort aus würde ich die Tanten anrufen und ihnen Bescheid geben, dass wir alle in Sicherheit waren, sobald ich wusste, dass Frank in seinem Flugzeug saß.

Kapitel 22

Am nächsten Nachmittag wurde ich nervös. Ich hatte das Treffen mit James den größten Teil des Tages verdrängen können, weil ich mit Kunden oder Leuten beschäftigt war, die über Trina reden wollten.

Um fünf vor sechs war er da und wartete auf mich, während ich den Laden schloss. Er trug eine Jeans mit einem Loch am Knie, einen beigen Kapuzenpulli mit einem Fettfleck vorne und Timberland-Stiefel. Er stand an der Tür und klopfte ungeduldig mit dem Fuß. Was für ein Arsch. Ich war versucht, ihm zu sagen, dass etwas dazwischengekommen sei und ich heute Abend nicht kommen könne.

Ich zögerte das Schließen so lange wie möglich hinaus, aber um zehn nach sechs sagte er: „Bist du noch nicht fertig? Kann das nicht alles bis morgen früh warten?"

Ich funkelte ihn wütend an. „Ich bin fertig. Wohin gehen wir?"

„Wir gehen ins The Lips. Ich habe einen Kumpel, der heute Abend dort arbeitet, also kriegen wir günstigere Drinks."

Toll. Der vollständige Name der Bar war eigentlich Loose Lips Sink Ships Tavern, und es war die schlimmste Kneipe der Stadt. Billige Drinks in einer noch billigeren Bar. Ich hatte gehofft, er würde einen Ort aussuchen, zu dem ich laufen könnte, aber es war acht Kilometer entfernt, also stieg ich in den Dodge Stealth, den Trina ihm hinterlassen hatte.

Er ließ sich auf seinen Sitz gleiten und fuhr los. „Hat dir die Polizei irgendwas über die Ermittlungen gesagt? Ich hab gesehen, wie du mit diesem Detective vor deinem Apartmentgebäude geredet hast."

„Ach ja?" Das war gruselig. Hatte er mich in den letzten Tagen etwa gestalkt?

„Ja. Kennst du Chuck, der in deinem Gebäude wohnt? Er ist mein bester Kumpel und ich war bei ihm."

Das ergab mehr Sinn. Aber zuzugeben, dass Chuck sein bester Freund war? Das ließ mich nicht gerade besser von ihm denken.

„Oh, das wusste ich nicht. Ich hab dich vorher nie hier gesehen." Ich schaute auf seine Füße. „Darf ich dich was zu deinen Stiefeln fragen?"

Er sah mich mit gerunzelter Stirn an. „Ja, schätze schon. Sind nur Stiefel."

„Timberland, oder? Sind die wirklich wasserdicht? Ich hab kein Auto und brauch bessere Stiefel zum Laufen im Winter."

„Du hast kein Auto? Wer hat denn kein Auto?"

„Welche Größe hast du?" Ich zuckte bei der Direktheit meiner Frage zusammen.

Er lachte. „Welche Schuhgröße ich habe? Ist das wirklich die Frage, die du stellen willst?"

„Nur neugierig. Ich trage 43."

„Meine sind 46. Und ja, sie sind wasserdicht."

Größe 46. Zwei Größen größer als der Abdruck, der im Büro des Apothekers gefunden wurde. Ich entspannte meine Schultern, erleichtert, dass James kein Mörder war.

Es war lange her, seit ich in diesem Teil der Stadt gewesen war. Mehrere Läden standen leer und waren mit Graffiti bedeckt, ihre Parkplätze nicht einmal geräumt. Da ich kein Auto hatte, verbrachte ich meine Zeit normalerweise in Laufnähe meiner Wohnung. Ich musste meistens nicht viel weiter gehen, also störte es mich nicht, überall hin zu laufen.

Als wir vor der Bar hielten, runzelte ich die Stirn. Sie war heruntergekommener, als ich sie in Erinnerung hatte: Die abblätternde weiße Farbe wirkte im schwindenden Sonnenlicht grau, ein zerbrochenes Fenster war mit Klebeband abgeklebt, und die Glastür war mit Metallgittern gesichert.

„Charmant", sagte ich.

„Ja, na ja, es ist keine schicke Innenstadt-Location, aber mein Kumpel wird uns bei den Drinks nicht übers Ohr hauen, und ich muss nicht auf meine Manieren achten."

Klasse. Wie konnte ich mich hier so schnell wie möglich rausreden? Ich hätte einen „Notfall"-Anruf mit Thea und Delia vereinbaren sollen. Stattdessen war ich hier auf mich allein gestellt.

Ich überlegte, ob ich warten sollte, bis er mir die Autotür öffnete, aber das wäre wohl vergeblich gewesen – er würde nicht einmal merken, worauf ich hinauswollte. Also ging ich rein und stellte mich so nah wie möglich an der Tür an die Bar.

Das musste ich, weil es im Raum kaum Licht gab, und ich wollte mich auf keinen Fall mit ihm in eine dunkle Ecke setzen, wo uns niemand sehen konnte. Der Geruch von abgestandenen Zigaretten und verschüttetem Bier vom Vortag stieg mir in die Nase. Ich zwang mich, die Gerüche nicht weiter zu untersuchen – ich hatte Angst, was ich noch entdecken könnte. Es waren keine anderen Gäste in der Bar und mein Herz sank. Ich wollte wirklich nicht mit James allein sein.

Der Barkeeper drehte sich zu uns um und musterte mich abschätzend. „Scheiße, Mann. Du hast nicht übertrieben", sagte er zu James.

Manche Leute haben Sleeve-Tattoos – der Barkeeper hatte ein Rollkragen-Tattoo, und es sah so aus, als würde es, sobald er genug Geld hatte, sein ganzes Gesicht bedecken.

„Finger weg, die gehört mir", sagte James, als er seinen Arm um mich legte.

Nicht schon wieder. Ich brauchte keine Wiederholung seines Verhaltens wie bei seinem Teenagerschwarm von gestern. Anstatt ihn abzuschütteln, trat ich einen Schritt zurück und stampfte mit meinem Absatz auf seinen Fuß. Er zuckte zusammen und nahm seinen Arm von meiner Taille.

Ich setzte mich auf einen Hocker und funkelte James böse an.

„Lass uns einen Tisch nehmen", sagte er.

„Mir gefällt's hier." Ich lächelte den Barkeeper an. „Eine Corona aus der Flasche." Ich mochte Bier noch nie besonders, aber ich wollte auf keinen Fall, dass Tattoo-Hals mir einen Drink mixte.

Der Barkeeper öffnete mir eine Flasche. „Möchte die Dame eine Limette dazu?"

Das Schneidebrett auf der Theke hatte einen dunklen Streifen, und ich beschloss, dass ich keine Lebensmittelvergiftung riskieren wollte.

James bestellte einen Shot Barton Wodka. Ich zuckte innerlich für ihn zusammen. Das würde wie Dieselkraftstoff runtergehen. Aber ich nahm an, wenn man sich besaufen will, war das eine der schnellsten und kostengünstigsten Methoden.

Ich nippte an meinem Bier, entschlossen, es lange auszukosten. Als James nichts sagte, fragte ich: „Also, was ist los?"

„Trink erst mal mehr, dann reden wir", sagte er.

Tattoo-Hals brachte ihm noch einen Shot und ich nahm einen Schluck von meinem Bier. Es war bitter – bitterer, als ich Bier in Erinnerung hatte. Nach seinem dritten Shot und meinem dritten Schluck schmeckte das Bier gar nicht mehr so schlecht, und ich fühlte mich viel entspannter.

Der Barkeeper nickte James zu, der einen Stapel Papiere aus seiner Jackentasche zog und sie vor mich hinlegte.

„Isabella", sagte James.

Es schien mehr Energie als üblich zu kosten, meinen Kopf zu bewegen. Ich kicherte bei dem Gedanken, dass irgendetwas Energie erforderte, während ich meinen Kopf hin und her schwang. Eine Welle von Schwindel erfasste mich, und ich klammerte mich an die Bar, um nicht von meinem Sitz zu fliegen.

„Woah! Mir ist nicht so gut", sagte ich. Die Bar war klebrig, und ich lachte darüber, wie sie versuchte, meine Hand festzuhalten.

„Isabella, konzentriere dich", sagte James. „Ich brauche einen riesigen Gefallen von dir. Unterschreib das hier für mich."

Er nahm meine Hand von der klebrigen Stelle und gab mir einen Stift. Der Stift war bei weitem nicht so lustig, also ließ ich ihn fallen und testete wieder die klebrige Bar.

James verschwand aus meinem Blickfeld und tauchte dann wieder auf, den Stift in der Hand. Ich klatschte über seinen Trick. „Du bist verschwunden!", sagte ich ehrfürchtig.

„Jesus, Mick, wie viel hast du ihr gegeben?", fragte James.

Der Barkeeper zuckte mit den Schultern. „Woher sollte ich wissen, dass sie so ein verdammtes Leichtgewicht ist?"

Der Stift tauchte wieder in meiner Hand auf. Ich hatte keine Ahnung, dass James solche Tricks drauf hatte. Moment mal. Das waren keine Tricks. Er war magisch, genau wie ich.

„Du bist magisch und hast es mir nie gesagt!", beschuldigte ich ihn, bevor ich in Gelächter ausbrach.

„Konzentriere dich, Isabella, unterschreib die Papiere", bellte James.

Er war so ernst. Ich zog mich von ihm zurück, aus Angst vor dem, was er tun könnte.

„Ich bin hinten, falls ihr mich braucht", sagte der Barkeeper.

„Unterschreib die Papiere, und ich werde dich nicht wieder anschreien", sagte er und versuchte, meine Hand in die Nähe der Papiere zu locken.

Das klang nach einer guten Idee. Wenn ich unterschrieb, konnten wir zu unserem Abend zurückkehren. Ich könnte versuchen, meinen Kopf immer schneller zu drehen, bis er sich ganz herum drehte. Spaß!

Ich schaute von meiner Hand zum Papier. Mein Arm fühlte sich schwer an, als ich ihn zur Seite bewegte. Ich verfehlte das Ziel und stieß sein leeres Schnapsglas vom Tresen. Es zerbrach und reflektierte das schwindende Licht von der Tür. „Oh, hübsch!", sagte ich.

James schnippte mit den Fingern vor meinem Gesicht. „Hey, pass auf."

Ich kniff die Augen zusammen und versuchte mich zu erinnern, was er von mir wollte.

„Unterschreib die Papiere", sagte er.

Ich bewegte meinen Arm erneut, und diesmal war der Stift auf dem Papier. Ich unterschrieb in meiner schönsten Handschrift – der Unterschrift, die ich in der achten Klasse benutzt hatte, mit einem Herz für das „a" am Ende von „Isabella". Ich hob den Stift und schleppte meinen Kopf rüber, um ihn anzuschauen. „Nicht da, du Idiot."

Er nahm meine Hand und legte sie so, dass der Stift auf der Unterschriftlinie war. „Oh, du willst, dass ich hier unterschreibe", sagte ich. Ich begann zu unterschreiben, als ich meine Cousine Delia sagen hörte: „Isabella? Hör auf!"

Die ganze Kopfbewegerei war anstrengend, also legte ich ihn auf die Bar. Ich traf die klebrige Stelle und rollte meine Stirn darauf hin und her, kichernd. Ich verstand nicht, warum ich Delias Stimme hörte, bis ich vom Hocker gehoben wurde. Delia und Thea starrten mich an.

„Hey! Wann seid ihr denn gekommen?", fragte ich.

Thea schnappte die Papiere von der Bar, bevor James sie greifen konnte. Ich schätze, vier Shots hatten ihn verlangsamt. Ich sollte allerdings nicht reden, drei Schlucke und ich war völlig dicht!

„Lass uns gehen", sagte Delia.

Sie schleiften mich aus der Bar und setzten mich auf den Rücksitz von Tante Nadias SUV. Delia ließ die Reifen quietschen, als wir vom Parkplatz fuhren. „Wo fahren wir hin?", fragte ich, aber ich hörte ihre Antwort nie.

Ich wurde von etwas wach, das in meinen Arm stach. Ich öffnete meine Augen, kniff sie aber sofort wieder zu, weil das Licht schmerzte. „Au!", schrie ich. Ich versuchte, nach dem Schmerz zu schlagen, aber mein anderer Arm bewegte sich nicht richtig, und ich landete einen Schlag in meinem eigenen Gesicht.

„Isabella?", hörte ich die ängstliche Stimme meiner Mutter.

„Ja, ich bin hier", sagte ich, aber wo war ich eigentlich?

Ich öffnete meine Augen erneut und sah sie über mir stehen. Hinter ihr stand eine Frau in Krankenhauskleidung.

„Warum bin ich im Krankenhaus?", fragte ich.

Ich schüttelte meinen Kopf und die Dinge wurden langsam klarer.

„Die Behandlung beginnt zu wirken. Sie wird in ein paar Minuten klarer bei Verstand sein", sagte die Krankenschwester.

Meine Mutter hob das Kopfende meines Bettes an. Meine ganze Familie war um mich herum, und hinter ihnen konnte ich Detektiv Palmer sehen.

Meine Mutter küsste meine Stirn. „Göttin sei Dank, dass es dir gut gehen wird."

Palmer trat vor Thea. Wow, war er gutaussehend. Ich dachte, ich sollte ihm das sagen, aber ein kleiner Teil meines Verstandes wusste, dass ich mich schämen würde, wenn ich es täte, also presste ich meine Lippen zusammen.

„Ist sie bereit, Fragen zu beantworten?", fragte er die Krankenschwester.

„Sie können es versuchen, aber wenn die Antworten keinen Sinn ergeben, müssen Sie es später noch einmal versuchen."

„Ich muss alle bitten zu gehen", sagte Palmer.

Oma runzelte die Stirn, aber Tante Lily nahm sie am Arm. „Sie wird bei ihm sicher sein, und wir sind gleich draußen, falls sie uns braucht."

Ich drückte den Knopf, um mein Bett höher zu stellen, sodass ich aufrecht saß. Ich war dankbar zu sehen, dass ich meine Kleidung trug und kein Krankenhaushemd. Ein Tropf war an meinem Arm angeschlossen und auf dem Beutel stand „Kochsalzlösung", also dachte ich, dass es mir wahrscheinlich gut ging.

„Warum bin ich hier?", fragte ich, bevor er etwas sagen konnte.

„Du wurdest mit K.O.-Tropfen betäubt", sagte er.

Ein eiskalter Schauer lief mir den Rücken hinunter. „Was? Wie?"

„Nun, vielleicht lag es daran, dass du mit einem fremden Mann in eine zwielichtige Bar gegangen bist?" Er fuhr sich mit den Fingern durchs Haar. „Was hast du denn erwartet?"

Wut brodelte in meinem Magen. „Entschuldigung? Ich bin in eine Bar in der Stadt gegangen, die du beschützen sollst, mit einem Mann, den ich kannte. Ich habe nichts falsch gemacht, und mir scheint, dass du mich im Stich gelassen hast, Freundchen."

„Freundchen?", sagte er.

„Ja, Freundchen. Wenn Thea und Delia nicht reingekommen wären, weiß ich nicht einmal, was passiert wäre."

Er stieß einen langen Seufzer aus. „Es wäre sicher nichts Gutes gewesen, das steht fest."

Ich versuchte, mich an meine Zeit in der Bar zu erinnern, aber alles war verschwommen. „Ich erinnere mich nicht an viel, nachdem wir reingegangen sind und der Typ mit den Tattoos mir ein Bier gereicht hat."

„Erinnerst du dich daran, dass James versucht hat, dich dazu zu bringen, einige Papiere zu unterschreiben?"

Ich schloss meine Augen und sah mich selbst, wie ich das Herz am Ende meiner Unterschrift malte. „Ja, ich glaube schon. Ich dachte, er wollte meinen Namen sehen, also benutzte ich meine Unterschrift aus der achten Klasse." Ich zuckte zusammen, als ich mich erinnerte. Sie war so mädchenhaft und süß. „Ich hatte das letzte ‚a' durch ein Herz ersetzt. Oh Göttin. Wie peinlich!"

Er grinste und hielt einen Beweismittelbeutel hoch, auf dem oben mein Name gekritzelt war. „Es ist bezaubernd, wovon redest du?"

„Oh, hör auf", sagte ich. „Du brauchst mich nicht so zu blamieren. Ich bin schon genug beschämt."

Palmer zog einen Stuhl heran und setzte sich neben mein Bett. „Die Papiere sollten dich dazu bringen, den Laden für einen Dollar an ihn zu verkaufen. Wir haben Haftbefehle für James und den Barkeeper, die geflohen sind, bevor wir sie schnappen konnten."

Dieser miese, niederträchtige ... Mistkerl! Als er von Trina nicht bekam, was er wollte, versuchte er, es mir zu stehlen.

„Ich verstehe nicht, wie ich mit K.O.-Tropfen betäubt wurde. Ich habe eine Flasche Bier bestellt, er hat sie vor mir geöffnet, und ich habe sie keine Sekunde aus den Augen gelassen. Wie konnte jemand etwas in mein Getränk mischen?"

„Wenn der Barkeeper mit drin steckte, könnte er die Drogen in die Flasche gegeben haben, bevor er sie dir gab."

Verdammt. Es gab keinen Weg, sicher zu bleiben, wenn jemand entschlossen war, mich auszunutzen. Andererseits hatten es in letzter Zeit viele Leute versucht, und ich hatte es geschafft, nicht das zu tun, was sie wollten. Frank war nach Antigua verschwunden, Caroline hatte mir versprochen, mich in Ruhe zu lassen, und ich hatte geschickt zwei verschiedene Anwälte abgewimmelt. Vielleicht schlug ich mich doch gar nicht so schlecht.

„Hätte ich irgendetwas tun können?"

„Nicht wirklich. Ich schätze, du hättest überhaupt nichts trinken können. Oder du könntest nicht mit Typen ausgehen, die dir schaden wollen."

„Es war kein Date. Ich dachte, wir würden über Trina reden, weißt du, uns gegenseitig über unseren Verlust trösten. Ich mochte ihn noch nie und habe ihm nie wirklich vertraut, aber ich dachte nicht, dass er so tief sinken würde."

Er tätschelte meine Hand. „Ich weiß. Das Krankenhaus wird dich entlassen, und ich möchte, dass du heute Nacht zu deiner Mutter gehst."

Ich verdrehte die Augen. „Wenn ich das tue, werde ich das ewig zu hören bekommen", sagte ich.

„Das mag stimmen, aber du wirst sicher sein, und ich muss mir keine Sorgen um dich machen, während ich diesen Dreckskerl jage."

Die Wirkung der Droge war fast verflogen, aber als ich in seine braunen Augen blickte, nahm ich mir vor, ihm nicht zu sagen, wie sicher ich mich fühlen würde, wenn ich wüsste, dass er mich beschützt. Und ich würde ihm ganz sicher nicht sagen, wie gutaussehend er war. Nein. Nicht ich. Ich würde cool bleiben und ihn den ersten Schritt machen lassen.

„Du würdest dir Sorgen um mich machen?", fragte ich.

Er nickte. „Dein Apartment-Gebäude hat keine besonders gute Sicherheit. Jeder könnte in diese Wohnungen eindringen, wenn er wollte. Im zweiten Stock zu sein, hilft auch nicht, weil es zu einfach ist, auf das Dach der Veranda zu klettern und eines deiner Fenster aufzuschieben."

Hatte er speziell über meine Sicherheit nachgedacht, oder war es ein berufliches Risiko, dass er die Sicherheit jedes Gebäudes einschätzte, das er sah?

„Es ist schön zu wissen, dass du dich sorgst", sagte ich.

Er nahm seine Hand von meiner. „Es ist mein Job." Er stand auf und sagte, ich könne ihn jederzeit anrufen, wenn mir noch etwas von James oder der Bar einfallen sollte.

„Das werde ich", versprach ich. Und diesmal meinte ich es ernst.

Kapitel 23

Meine Familie brachte mich zum Proctor House und schickte mich direkt ins Bett. Ich schlummerte eine Weile ein und wachte dann von einem leisen Klopfen auf.

„Wir sind's nur", flüsterte Delia. Sie kam herein und schaltete das Licht an.

Thea legte ein Handtuch vor die geschlossene Tür, um das Licht abzuschirmen. Es machte keinen Sinn, die Tanten sehen zu lassen, dass ich um zwei Uhr morgens noch wach war.

Meine Cousinen, die wunderbarsten Menschen der Welt, hatten mir Essen mitgebracht. Mir wurde erst bewusst, wie hungrig ich war, als ich das Sandwich und die Chips auf dem Teller sah, den Delia hielt.

Ich setzte mich auf. „Ihr beide seid unglaublich."

Thea reichte mir eine Dose Ginger Ale und ein kleines Glasfläschchen. „Die Tanten sind endlich eingeschlafen. Du hättest hören sollen, wie sie über dich gestritten haben!"

Ich konnte es mir nur vorstellen. Hoffentlich hatten sie alles aus ihrem System raus und würden am Morgen vernünftiger sein.

„Oma sagt, du musst den Trank trinken, sonst wirst du einen fiesen Kater haben."

Der Trank enthielt Süßholzwurzel, Honig und Hagebutten. Ich trank ihn aus und aß danach einen Chip, um den Lakritzgeschmack aus meinem Mund zu bekommen.

Thea nahm das leere Fläschchen und steckte es in ihre Tasche. „Wir können gehen, wenn du essen und wieder schlafen möchtest, oder wir bleiben noch eine Weile bei dir, wenn du willst."

Delia sah mich mit Tränen in den Augen an. Ich nahm den Teller und stellte ihn aufs Bett. „Kommt her, ihr zwei", sagte ich und umarmte sie beide. „Wenn ihr nicht gewesen wärt, hätten die Dinge ganz anders ausgehen können. Ihr seid meine Heldinnen."

Thea setzte sich aufs Bett. „Danke. Schön, dass das jemand anerkennt. Die Tanten haben dich die ganze Zeit vollgequatscht, wie du sicher sein sollst, aber keine Sekunde darüber geredet, dass wir da waren und dich in Sicherheit gebracht haben."

Ich nahm einen Bissen von dem Schinken-Käse-Sandwich. Der salzige Schinken ließ mir das Wasser im Mund zusammenlaufen und mein Magen gurgelte dankbar. „Wie habt ihr mich gefunden?"

Delia nahm sich einen Kartoffelchip von meinem Teller. „Wir haben gesehen, wie du mit James weggegangen bist, und sind euch gefolgt. Du kanntest ihn nicht aus der

Highschool wie ich. Er war immer der Typ, mit dem man nicht allein sein wollte."

Gut zu wissen, dass mein Grusel-Typ-Radar funktioniert hatte. „Ihr seid mir auf einen Verdacht hin gefolgt?"

Sie nickten und ich brach in Tränen aus. Mir war nicht bewusst gewesen, wie nah ich heute Abend an einer echten Gefahr vorbeigeschrammt war. Was hätte er mit mir gemacht, nachdem ich die Papiere unterschrieben hätte? Höchstwahrscheinlich hätte er mich nicht nach Hause gefahren und in Ruhe gelassen. Wenn er der Typ war, mit dem Frauen nicht allein sein wollten, nun ja ... ich wollte gar nicht darüber nachdenken.

Meine Cousinen umarmten mich fest und flüsterten mir beruhigende Worte zu. Ich brachte es nicht übers Herz, ihnen zu sagen, dass ich mir nicht sicher war, ob ich mich je wieder sicher fühlen würde.

„Wir hatten noch keine Gelegenheit, es dir zu erzählen – wir sind Frank zum Logan Airport gefolgt. Er hat einen Nonstop-Flug nach Antigua genommen", sagte Thea.

„Aber das Komische ist, er hat vorher bei einem Haus angehalten und sein Auto und eine Sporttasche abgegeben, bevor er ein Taxi nahm", sagte Delia.

„Ein Taxi den ganzen Weg nach Boston?", fragte ich.

„Es sah aus, als würde Frank jemanden bezahlen. Der Typ war anfangs nicht zufrieden. Er nahm Geld aus der Tasche und schüttelte es vor Frank. Da gab Frank ihm seine Schlüssel und Uhr. Der Typ sah dann etwas zufriedener aus und ging rein. Ich dachte, wir würden erwischt werden, wie wir da am Straßenrand saßen und darauf warteten, dass Frank wegfährt", sagte Thea.

Wir redeten noch eine Weile über lustige Dinge, Kindheitserinnerungen – alles, um meine Gedanken vom

Grübeln abzuhalten, bis ich anfing einzuschlafen. Sie steckten mich ins Bett und versprachen, dass eine von ihnen die ganze Nacht bei mir bleiben würde.

Getreu ihrem Wort schlief Thea auf einer Luftmatratze neben meinem Bett, als ich am Morgen aufwachte. Ich schlich mich aus dem Bett, bemüht, sie nicht zu wecken, und tappte die Treppe hinunter in die Küche.

Ich brauchte Kaffee, denn obwohl ich Omas Trank getrunken hatte, fühlte ich mich immer noch nicht großartig. Ich öffnete die Küchentür und zu meinem Entsetzen saß Palmer am Tisch mit Oma und frühstückte.

Ich hatte mir Schlafkleidung von Thea geliehen und fühlte mich zu entblößt in dem Tanktop und den Boxershorts, die ich anhatte. Ich rannte nach oben, um meine Kleidung von gestern anzuziehen, aber ich konnte sie nicht auf dem Stuhl finden, wo ich sie gelassen hatte.

Stattdessen lag ein frischer Satz Kleidung am Fußende meines Bettes, und Thea war aufgewacht. „Wem gehören diese Klamotten?", fragte ich Thea.

„Die sind von mir. Ich habe ausgesucht, was dir am besten gefallen könnte."

Hatte ich schon erwähnt, wie toll meine Cousinen sind?

„Detective Palmer trinkt unten in der Küche Kaffee mit Oma. Zieh dich auf jeden Fall an, bevor du zum Frühstück gehst", warnte ich.

Ihre Augen weiteten sich. „Er hat dich in dem Schlafanzug gesehen?"

Ich wurde rot. „Ja. Jetzt geh raus, damit ich mich anziehen und herausfinden kann, warum er hier ist."

Als ich nach unten kam, hatten sich die Tanten Oma und Palmer in der Küche angeschlossen. Niemand erwähnte meinen ungeschickten Abgang von vorhin. Es musste schlimm sein, wenn die Tanten sich zurückhielten, mich aufzuziehen. So machten wir das in meiner Familie normalerweise nicht.

Ich goss mir eine Tasse Kaffee ein und setzte mich an den Tisch. „Guten Morgen, Detektiv. Was führt Sie her?"

„Ihre Familie hat mir auf alle möglichen unangenehmen Arten gedroht, wenn ich sie und Sie nicht über die Suche nach James auf dem Laufenden halte."

Ich nahm einen großen Schluck und ließ den starken Geschmack mich wecken. „Also, Buster, wo ist er?"

Palmer grinste. „Ich dachte nicht, dass Sie sich daran erinnern würden, mich gestern so genannt zu haben. Sie schienen ziemlich neben der Spur zu sein."

„Als wir miteinander sprachen, ging es mir schon wieder gut."

Er runzelte die Stirn. „Sie haben nie aufgehört zu reden."

Verflixt! Ich dachte, ich wäre ohnmächtig geworden. Wenn ich nie aufgehört hatte zu reden, hatte ich dann etwas Peinliches gesagt? Ich traute mich nicht zu fragen.

„Na gut. Ich schätze, ich erinnere mich nicht an alles. Wo ist James?", fragte ich.

„Wir sind uns nicht sicher. Wir haben sein Auto bis zum Bahnhof in Dover verfolgt, und er hat ein Ticket nach Boston gekauft. Danach wissen wir nicht, wohin er gegangen ist", antwortete Palmer.

Um meine Hände zu beruhigen, umklammerte ich meine Kaffeetasse. Wenn er immer noch da draußen war, wollte er mir dann wieder wehtun?

„Was meinen Sie damit, Sie wissen es nicht?", sagte meine Mutter.

Tante Lily nahm das Haustelefon. „Das ist lächerlich. Ich rufe jetzt sofort Ray an."

Palmer hob die Hände, um den Raum zu beruhigen. „Wir glauben nicht, dass Isabella in großer Gefahr ist. Er ist mit seinem Versuch gescheitert, sie zur Unterschrift zu bringen, und wenn irgendetwas mit ihrer Unterschrift auftaucht, werden wir natürlich misstrauisch sein. Wir denken, er wird sich eine Weile bedeckt halten, möglicherweise die Gegend dauerhaft verlassen."

„Und wenn er es wieder versucht?", fragte Tante Nadia.

„Dann sind wir vorbereitet."

„Wir?", fragte ich.

„Ich lasse Kate den Tag über bei Ihnen bleiben."

Wie unsicher glaubte er denn, dass ich bei hellichtem Tag sein würde, mit Kunden, die ein und aus gingen? „Ich bezweifle, dass das nötig ist."

„Tu, was er sagt", meinte meine Großmutter.

Toll. Wenn ich widersprechen würde, würde man mich sowieso dazu drängen, zuzustimmen. Manchmal fragte ich mich, warum sie nie verstanden, warum ich ausgezogen war.

„Schon gut. Ich werde mich mit ihr dort sicherer fühlen", sagte ich.

„Ich verbringe einen Großteil des Tages damit, mit anderen Geschäften in der Gegend zu sprechen, und werde nicht weiter als ein paar Blocks entfernt sein", sagte Palmer.

Das beruhigte mich. Wenn Palmer in der Nähe sein würde, würde ich mich bei der Arbeit sicher fühlen.

Ich warf einen Blick auf die Uhr. Es war erst halb acht, und ich würde erst um zehn öffnen.

„Ich bin in einer Stunde zurück, um Sie zu fahren", sagte er. „Ich möchte nicht, dass Sie heute zu Fuß gehen oder den Laden verlassen. Wenn Sie irgendwohin müssen, möchte ich derjenige sein, der Sie fährt. Nur für den Fall."

Mein Tag begann sich zum Besseren zu wenden. Ich hatte einen gutaussehenden Polizisten, der in meiner Nähe bleiben wollte, zumindest als Leibwächter.

„Danke. Ich schätze Ihre Fürsorge."

Er stand auf, dankte Oma für den Kaffee und ging.

Sobald sich die Tür schloss, wandte ich mich an Oma. „Du bist heute Morgen verdächtig still."

„Ich musste gar nichts tun; alles lief nach Plan."

„Welcher Plan?", fragte ich.

Sie antwortete nicht. Ich war es gewohnt, dass sie Fragen nicht beantwortete, wenn sie nicht wollte. Oma hatte Pläne, die sich über Jahre entwickeln konnten, und ich hatte gelernt, dass es fast immer zwecklos war, sie zu etwas zu bringen, was sie nicht sagen wollte. Also gab ich auf, ging nach oben und machte mich für den Tag fertig.

Als ich wieder runterkam, war Palmer in der Küche und plauderte mit meiner Mutter. Daraus würde sicher nichts Gutes entstehen.

„Fertig zum Aufbruch?", fragte er.

Ich schnappte mir einen Muffin vom Tisch. „Klar doch."

Ich war überrascht, als er mir nicht die Tür aufhielt, damit ich zuerst durchgehen konnte. Als er innehielt, um die Gärten zu überprüfen, bevor wir die Küche verließen, wurde mir klar, dass er es ernst meinte mit meiner Sicherheit.

Einerseits war das gut. Andererseits beunruhigend. Wenn ich schon auf meiner Einfahrt nicht sicher sein konnte, waren die Dinge vielleicht nicht so sicher, wie er meiner Familie glauben machte.

Ich folgte ihm nach draußen, als er sich in Bewegung setzte.

„Ein Streifenwagen?", fragte ich. „Ich werde aussehen, als wäre ich verhaftet worden."

Er öffnete die Beifahrertür für mich. „Nur wenn du auf dem Rücksitz sitzt. Der Vordersitz ist nur für Nicht-Kriminelle."

Ich hatte nur Spaß gemacht. Anscheinend war ihm nicht danach zumute. Während der kurzen Fahrt hörte er nicht auf, die Straße zu scannen und sicherzugehen, dass er wusste, was um uns herum geschah.

Er parkte neben dem nun leeren Gewächshaus. Ich würde diese Woche neue Pflanzen bestellen müssen.

Kate trat vom Gebäude weg, und er ließ sein Fenster herunter. „Hey, Detektiv. Nichts zu berichten heute Morgen."

Er streckte seine Hand nach mir aus. „Schlüssel?"

Ich gab ihm die Schlüssel, die er dann an Kate weitergab. „Sobald sie die Überprüfung des Geländes beendet hat, gehen wir rein."

„Wenn du sagst, Kate wird den ganzen Tag bei mir bleiben, was genau meinst du damit?", fragte ich.

„Sie wird ein Auge auf dich und jeden haben, der hereinkommt. Sie wird dir nicht im Weg sein."

„Sie wird doch nicht meine Kunden verhören, oder?"

Er lachte. „Nein. Sie wird beobachten, was im Verkaufsraum passiert, gelegentlich draußen Kontrollen durchführen, solche Sachen."

Ich wusste nicht, was ich davon halten sollte. Klar, ich fühlte mich sicher mit meinem persönlichen Polizisten, aber war das nicht Verschwendung von Ressourcen? Ich konnte mir nicht vorstellen, dass viele Leute diese Option bekamen.

„Hat sie keine wichtigeren Dinge zu tun?", fragte ich.

„Bitte, Isabella. Diskutier nicht mit mir", sagte er.

„Wie bitte?", erwiderte ich mit mehr Schärfe in der Stimme, als ich jemandem gegenüber hätte verwenden sollen, der versuchte, mich zu beschützen.

„Hör zu, ich werde mich nicht darauf konzentrieren können, James zu finden, wenn ich denke, dass du nicht sicher bist. Mit ihr hier kann ich meinen Job besser und schneller erledigen."

Ich runzelte die Stirn. „Du hättest mich zuerst fragen sollen."

„Und du hättest nein gesagt. Zumindest laut deiner Mutter."

Darüber hatten sie also in der Küche gesprochen. Mir gefiel die Vorstellung überhaupt nicht, dass die beiden sich so gegen mich verbündeten.

„Na gut. Nur heute."

Er nickte. Ich glaubte aber keine Sekunde lang, dass er mir tatsächlich zustimmte.

Kate kam zum Auto. „Alles klar, Chef."

Sie führte mich in den Laden und gab mir die Schlüssel. Ich zündete die Kerze neben Trinas Foto mit einem Streichholz an, für den Fall, dass Kate zusah. „Guten Morgen, Trina."

Kate sah mich etwas seltsam an. „Du sprichst mit einem Bild?"

„Ich vermisse sie, weißt du? Trina guten Morgen zu sagen, macht es weniger einsam, den Laden zu betreten."

Kate nickte. „Das kann ich verstehen. Jedenfalls würde ich gerne ein paar Minuten darüber sprechen, wie der Tag ablaufen wird."

Ich schloss das Büro auf. „Lass uns hier Platz nehmen."

Ich war zufrieden mit ihrem Plan. Sie wollte im Vorbereitungsraum sitzen, aus dem Weg, und ab und zu herausschauen, um die Kunden im Auge zu behalten. Es war meine Aufgabe, ihr zu sagen, wenn etwas nicht stimmte. Sie würde auch jede Stunde eine Kontrolle des Geländes durchführen.

Der Morgen verging wie im Flug, und um zwölf kam Tante Lily mit zwei Lunchpaketen für Kate und mich vorbei. Sie stellte sie auf den Tresen. „Wie läuft dein Tag?"

„Sehr langweilig. Ich warte nur auf Kunden und räume auf." Ich nahm eine Tüte, um sie Kate zu bringen, die im Vorbereitungsraum saß. „Danke für das Essen."

„Deine Mutter bestand darauf, dass ich es dir bringe. Sie wollte, dass ein Familienmitglied nach dir sieht."

„Warum ist sie nicht selbst gekommen?"

„Deine Großmutter hat beschlossen, ihre gesamte Bibliothek vom ersten in den dritten Stock zu verlegen, und sie lässt deine Mutter die ganze Arbeit machen."

Ich verdrehte die Augen. Meine arme Mutter.

„Und wenn du morgen immer noch Aufsicht brauchst, werden alle Bücher wieder ins Erdgeschoss gebracht", fuhr Tante Lily fort.

„Mama wird das niemals zulassen", sagte ich.

„Natürlich wird sie das. Wir wissen alle, warum Oma das macht, und deine Mutter macht mit, weil es das Einzige ist, was sie von ihren Sorgen abhält. Sie wird heute Abend so erschöpft sein, dass sie tatsächlich schlafen wird."

„Hat sie letzte Nacht nicht geschlafen?", fragte ich.

Tante Lily seufzte. „Ich glaube, keiner von uns hat geschlafen, Schätzchen. Wir haben uns über Nacht abgewechselt, und es war immer jemand wach. Ich denke nicht, dass irgendjemand wirklich geschlafen hat; eher so, dass wir uns ins Bett gelegt und versucht haben, uns keine Sorgen zu machen."

Mir war nicht in den Sinn gekommen, dass sie sich um mich sorgen würden, selbst wenn ich bei ihnen bliebe.

„Tatsächlich gehe ich jetzt nach Hause, um zu berichten, dass es dir gut geht und deine Wache gute Arbeit leistet."

Sie ging und ich rief Kate in mein Büro und reichte ihr eine Tüte. „Das Mittagessen ist da."

Sie lächelte. „Ich hatte schon überlegt, uns etwas zu holen, aber das ist super."

Während wir aßen, sagte Kate: „Das ist ein interessanter Ort. Ich war noch nie hier drin."

„Danke. Ich habe es vor Kurzem geerbt und muss noch viel tun, um es von den Schäden wiederaufzubauen."

Sie sah mich fragend an. „Hier drin sieht es doch ganz in Ordnung aus."

„Die meisten meiner Vorräte sind entweder knapp oder aufgebraucht, weil der Laden in der Nacht verwüstet wurde, in der Trina getötet wurde."

„Mir ist aufgefallen, dass viele deiner Vorräte leer sind, ist das normal?"

„Definitiv nicht normal. Trina mochte es, gut bestückt und für alle Kundenwünsche bereit zu sein."

„Das macht Sinn. Aber warum kommen die Leute hierher, anstatt einen normalen Arzt aufzusuchen?"

„Verschiedene Menschen haben verschiedene Gründe. Es gibt viele Probleme, die ein Arzt behandeln sollte, aber nicht alles. Es ist viel schonender für den Körper, einen Ingwersirup gegen Übelkeit zu nehmen als ein Medikament mit Nebenwirkungen, gegen die man dann weitere Medikamente nehmen muss."

„Was würdest du empfehlen, wenn ich mit Kopfschmerzen zu dir käme?", fragte sie.

„Das kommt ganz darauf an", sagte ich. „Wir würden uns ein bisschen unterhalten, so wie du es heute Morgen gehört hast, um herauszufinden, warum du Kopfschmerzen hast. Wenn es Stress wäre, würde ich dich mit einer Mutterkraut-Tinktur nach Hause schicken. Bei einer Migräne würde ich dir eine Pfefferminzöl-Einreibung für die Schläfen machen. Jeder Kunde ist anders."

„Und wenn ich immer wieder käme?", fragte sie weiter.

„Wenn du ständig Kopfschmerzen hättest, würde ich dich zu deinem Arzt schicken, weil du dann etwas Ernstes hättest, bei dem ich dir nicht helfen könnte. Ich bin kein Arzt, und Trina hat das allen unseren Kunden eingeschärft."

„Würdest du dadurch nicht Geld verlieren?", fragte Kate.

„Ja", sagte ich langsam, „das würden wir. Wenn du etwas brauchst, das ich dir nicht geben kann, und ich es trotzdem versuchen würde, würde ich trotzdem dein Geschäft verlieren. So oder so verliere ich Umsatz, aber ich verliere nur dann einen Kunden, wenn ich sein Vertrauen verliere."

Kate rieb sich die Schläfen. „Ich habe tatsächlich Kopfschmerzen. Was empfiehlst du?"

Ich schloss für einen Moment die Augen. „Mutterkraut gegen die Kopfschmerzen, Kamillentee zum Entspannen, und ich würde dir auch raten, mehr zu schlafen."

Sie lächelte. „Woher wusstest du, dass ich nicht geschlafen habe?"

„Die dunklen Ringe unter deinen Augen."

Kapitel 24

Palmer kam um sechs, um mich von der Arbeit abzuholen.

„Irgendwas?", fragte er Kate.

„Den ganzen Tag Kunden rein und raus, nichts Berichtenswertes."

„Gut. Du kannst gehen, ich übernehme für die Nacht."

Ich gab Kate eine kleine Tüte mit dem Mutterkraut, das sie im Dienst nicht annehmen wollte, und etwas Kamillentee. „Danke für alles."

Wenn Palmer mich nach Hause brachte, hatte er James noch nicht gefunden. Wahrscheinlich, weil er aus dem Bundesstaat und mit etwas Glück aus dem Land geflohen war. „Ich brauche keinen Babysitter", sagte ich. „Ich war hier den ganzen Tag sicher."

„Man kann nicht wissen, ob du sicher warst, weil Kate da war oder nicht", sagte er.

Ich räumte die Theke auf. „Genau mein Punkt – wir werden es nie erfahren, wenn sie weiterhin bei mir bleibt."

„Fertig zum Gehen?", fragte er.

„Ich habe noch einiges zu tun, bevor ich kann", sagte ich.

„Es war ein langer Tag; kann das nicht bis morgen warten?"

„Nein. Manche Dinge müssen über Nacht ruhen, bevor sie fertig sind. Es sind etwa zwanzig Minuten Arbeit, dann können wir gehen."

Er runzelte die Stirn, als er mir in den Vorbereitungsraum folgte, um mir bei der Arbeit zuzusehen. Wie versprochen war ich nach zwanzig Minuten fertig.

„Ich habe noch ein Familienessen bei meiner Mutter, und dann werde ich die Nacht in meiner eigenen Wohnung, in meinem eigenen Bett verbringen."

Ich schloss die Tür ab und wandte mich dem Auto zu, das vor meinem Laden geparkt war. Zumindest war es diesmal kein Streifenwagen.

„Ich wollte schon sagen, das ist schick für ein Undercover-Auto", sagte ich.

Er öffnete die Beifahrertür seines Toyota Highlanders. „Es ist mein Privatwagen."

Ich hatte nicht gedacht, dass Detektive viel Geld verdienten; vielleicht lag ich falsch. Oder vielleicht war er nicht abgeneigt, ein bisschen Geld nebenbei zu verdienen.

„Schick für einen Polizisten."

„Hab's bei der Scheidung bekommen", murmelte er.

Nun, das war eine Seite von ihm, von der ich keine Ahnung gehabt hatte. „Oh, äh, das tut mir leid", stammelte ich. Irgendwann würde ich lernen, wie man mit solchen Dingen elegant umgeht, aber offensichtlich war heute nicht dieser Tag.

Er startete das Auto und sagte nichts mehr während der kurzen Fahrt zu meiner Mutter.

Er begleitete mich in die Küche. „Genieß das Abendessen und warte auf mich, um dich nach Hause zu bringen."

Ich errötete bei dem Gedanken. Noch ein Punkt für mich, wie man mit Dingen nicht elegant umgeht.

„Ooooh!", gurrte Thea mit schelmischem Grinsen. „Gehst du mit dem Detektiv nach Hause?"

Jetzt war er an der Reihe, verlegen zu sein. Er wurde noch röter als ich. „Das meinte ich nicht so. Ich werde sie zu ihrer Wohnung fahren und dann in mein eigenes Zuhause gehen. Wie ein Gentleman."

Seltsame Aussage. Wer machte sich heutzutage noch Gedanken darüber, ein Gentleman zu sein? So gut wie niemand, das war's. Vielleicht hatte die Scheidung ihn Frauen abschwören lassen. Das wäre schade.

Ich funkelte Thea böse an. „Halt die Klappe", sagte ich, bevor ich mich zu ihm umdrehte. „Ich rufe an, wenn ich bereit bin zu gehen."

„Gut. Bis wir Trinas Mörder finden, möchte ich, dass du mich jederzeit anrufst, wenn du denkst, du solltest. Ich werde immer rangehen."

Ich lächelte, als er die Küche verließ. Vielleicht hatte die Scheidung ihn nicht völlig für andere Frauen verdorben. Weitere Nachforschungen waren eindeutig nötig.

Palmer hielt in der Türöffnung inne. „Ich hätte es fast vergessen. Ich habe Franks Alibi überprüft, oder besser gesagt, sein fehlendes Alibi. Er war in der Notaufnahme. Er war zusammengeschlagen worden und wurde in der Nacht, als Trina getötet wurde, verbunden."

Kein Wunder, dass Tante Lilys Schutzzauber ihm so wehgetan hatte. Wenn er schon gebrochene Rippen hatte, muss der Zauber ihm viel mehr wehgetan haben, als sie beabsichtigt hatte.

„Irgendeine Ahnung, wer ihn verprügelt hat?", fragte ich.

„Ich habe ein paar Spuren, aber nichts Handfestes. Ich gehe dem gerade nach", sagte er. Als er die Tür schloss, fügte er hinzu: „Ruf mich an."

Ich wusste, dass alle erwarteten, dass ich wieder über Nacht bleiben würde, aber ich konnte nicht, nicht jetzt. Es würde nicht lange dauern, bis Thea und Delia ihre neuen Kräfte einsetzten, und ich fühlte mich hilflos, weil ich wusste, dass ich nichts tun konnte, um Delia zu helfen. Sie hatte einen ungeeigneten Fokus gewählt, und es gab nichts, was wir tun konnten, um zu helfen. Hoffentlich würde sie in sieben Jahren bei ihrer nächsten Wahl bessere Arbeit leisten. Anstatt ihnen im Voraus zu sagen, dass ich ging, schlich ich mich nach dem Abendessen in die Küche, rief Palmer an und wartete dort auf ihn.

Meine Mutter kam nach ein paar Minuten in die Küche, um nach mir zu sehen. „Ich dachte, du würdest vielleicht einen neuen Trank brauen", sagte sie.

Ich seufzte. „Sei nicht böse auf mich. Ich fahre nach Hause, sobald Detektiv Palmer hier ist, um mich zu fahren."

Sie setzte sich neben mich. „Das ist doch nicht sicher, oder?"

Ich schüttelte den Kopf. „Ich habe die Schutzzauber in der Wohnung schon verdoppelt. Abby und ich werden in Ordnung sein. Ich verspreche es. Ich muss heute Nacht in meinem eigenen Bett schlafen, und ich fühle mich schlecht wegen Delia. Ich wünschte, es gäbe einen Weg, ihr zu helfen."

Meine Mutter drückte kurz meine Hand. „Ich habe das Problem mit ihr vielleicht etwas übertrieben dargestellt. Delia wird mit diesem Fokus nicht ihr übliches Erfolgsniveau erreichen, und manchmal werden ihre Zauber schiefgehen. Es wird ihr gut gehen, das verspreche ich, und wir werden in den kommenden Jahren mit ihr daran arbeiten, den richtigen neuen Fokus zu finden."

Wir waren alle talentierte Hexen in unserer Familie und daran gewöhnt, dass die Dinge für uns gut liefen. Es war schwierig, ruhig zu bleiben und nicht anzugeben, denn manchmal waren unsere Talente wirklich erstaunlich.

„Ich möchte einen Trank finden, der bei der Situation hilft; vielleicht gibt es einen?"

„Sei vorsichtig – Tränke zur Leistungssteigerung sind verboten, und das aus gutem Grund. Es ist zu leicht, sie zu missbrauchen, und sie können schrecklich süchtig machen. Es ist besser, darauf zu verzichten."

Verbotene Tränke. Damit wollte ich nichts zu tun haben. Trina hatte während meiner gesamten Lehrzeit jeden Tag betont, dass Tränke, die eine Person besser machen sollten als eine andere, in ihrem Laden weder verkauft noch hergestellt werden durften. Sie war strikt auf Heiltränke spezialisiert, und alles andere war tabu.

„Ich werde ein bisschen recherchieren, mach dir keine Sorgen. Ich werde mit … nachfragen."

Ich wollte sagen, dass ich bei Trina nachfragen würde, bevor ich etwas herstelle. Mein Herz sank, und ich spürte den Schmerz, meine Freundin zu vermissen. Ich hatte keine Mentorin mehr. Ich war auf mich allein gestellt.

„Ich werde vorsichtig sein, das verspreche ich."

Es klopfte an der Tür. Meine Mutter öffnete. „Guten Abend, Herr Kommissar. Gekommen, um meine Tochter nach Hause zu bringen?"

Er errötete. „Ja, gnädige Frau."

Ich stand auf. „Gut. Lass uns gehen." Je schneller ich von dort weg war, desto besser. Ein guter Spaziergang hätte mir gut getan, um den Kopf frei zu bekommen und meine Gefühle in den Griff zu bekommen, aber ich bezweifelte, dass er das zulassen würde.

Draußen sagte er: „Sie sehen nicht gut aus."

Ich runzelte die Stirn. „Danke. Ich möchte einfach nur zurück in meine Wohnung und mich entspannen."

„Ich verstehe, manchmal ist zu viel Familienzusammenhalt keine gute Sache."

Es gab keine Möglichkeit, ihm meine Familie zu erklären, also ließ ich seinen Kommentar unbeantwortet. Ich legte meinen Kopf auf den Sitz und schloss die Augen, sobald ich in sein Auto stieg.

„Sie müssen nicht darüber reden, wenn Sie nicht wollen. Detektive sind jedoch darin geschult, gute Zuhörer zu sein", sagte er.

„Anderer Tag, gleiches Problem. Sie wollen, dass ich zu Hause bleibe."

Keine Lüge, ehrlich gesagt. Nur nicht das, was mich im Moment beschäftigte.

„Ich verstehe."

Den Rest der Fahrt verbrachten wir damit, Musik zu hören. Wer hätte gedacht, dass er Smooth Jazz mochte? Das hätte ich nie vermutet.

„Ich werde Sie in Ihre Wohnung begleiten", sagte er in einem Ton, der keinen Raum für Diskussionen ließ. Ich hätte ohnehin nicht widersprochen, nicht solange James noch frei herumlief.

„Sie haben mir nie gesagt – haben Sie James gefunden?", fragte ich, als wir zu meiner Wohnung im zweiten Stock gingen.

„Wir haben einige solide Spuren, die alle außerhalb des Bundesstaates liegen, und das ist der einzige Grund, warum ich damit einverstanden bin, dass Sie für die Nacht nach Hause kommen."

Toll. Noch jemand, der mir sagen wollte, wie ich mein Leben zu leben habe. Zumindest hatte er einen besseren Grund als meine Familie.

Als wir zu meiner Wohnung kamen, stand die Tür offen. Obwohl ich Abby gesagt hatte, sie solle die Tür nicht offen oder unverschlossen lassen, tat sie es trotzdem. „Abby?", rief ich.

Ich hatte ihr nie erzählt, dass ich Schutzzauber auf die Wohnung gelegt hatte. Ich hatte versucht, sie von einer Alarmanlage zu überzeugen, die erfordern würde, dass die Tür geschlossen wird. Sie lehnte ab, weil sie meinte, wenn man sich dort, wo man lebt, nicht sicher fühle, sollte man vielleicht woanders leben. Ich nahm an, ich wäre auch mit dem Gefühl von Sicherheit und Unverwundbarkeit aufgewachsen, wenn ich vier Footballspieler als Brüder gehabt hätte.

Palmer packte meinen Arm, um mich davon abzuhalten, weiter in die Wohnung zu gehen. Ich drehte mich zu ihm um, bereit, ihm die Meinung zu sagen. Die Worte blieben mir im Hals stecken, als ich über seine Schulter spähte.

Kapitel 25

Der Küchenstuhl war umgekippt, und Abbys Tasche lag ausgeleert auf dem Wohnzimmerboden. „Abby!", rief ich erneut.

Ich drehte mich zu Palmer um, der eine Waffe in der Hand hielt. Woher kam die plötzlich? Er musste sie unter seiner Jacke gehabt haben, und ich hatte es nicht bemerkt. „Geh in den Flur und ruf die 110 für Verstärkung an", flüsterte er.

Ich war zu verängstigt, um zu widersprechen. Ich ging ans Ende des Flurs und wählte die 110.

Nach einer Minute kam er in den Flur und winkte mich zu sich. „Ist sie ...", setzte ich an.

Er schüttelte den Kopf. „Es ist niemand in der Wohnung. Lässt sie normalerweise die Tür offen?"

„Öfter als mir lieb ist. Sie hat diese schlechte Angewohnheit. Aber sie kippt keine Stühle um oder leert ihre Tasche auf dem Boden aus."

Zwei Uniformierte rannten lautlos die Treppe hoch und blieben in der Nähe von Palmer stehen.

„Sieht nach einer vermissten Person aus, möglicherweise Entführung. Das hier ist die Mitbewohnerin", erklärte Palmer ihnen.

Die kleine Polizistin stellte mir Fragen über Abby und notierte alles, was ich sagte. Palmer und der andere Beamte gingen in meine Wohnung.

Wer würde Abby entführen wollen? Ihre Familie hatte weder Geld noch Einfluss. Was wollten sie? Ich lehnte mich zur Unterstützung an die Wand.

„Fräulein? Vielleicht sollten wir Sie nach drinnen bringen, damit Sie sich setzen können", sagte die Polizistin.

„Geht nicht. Der Stuhl ist umgekippt."

„Haben Sie eine Couch?", fragte sie.

Ich nickte.

„Die wird es sicher auch tun." Sie führte mich zur Couch und sagte mir, ich solle mich setzen.

Sie besprach sich kurz mit Palmer und kramte dann in der Küche herum. Ein paar Minuten später brachte sie mir eine dampfende Tasse Tee. „Ich hoffe, Sie mögen Tee."

Ich nahm einen Schluck. Es war zu viel Milch und Honig drin.

Die Beamtin setzte sich neben mich. Auf ihrem Namensschild stand „Collins". „Ich möchte nicht, dass Sie sich aufregen, aber denken Sie bitte über die letzten paar Tage nach. Gibt es jemanden, der Ihrer Mitbewohnerin schaden wollte?"

Ich schüttelte den Kopf und nahm noch einen Schluck. „Glauben Sie, James hat das getan?"

„James wer?", fragte Collins.

Sie hatte keine Ahnung, was in den letzten Tagen mit mir los gewesen war. „Das ist eine lange Geschichte. Er ist ein

Typ, der mich unter Drogen gesetzt und versucht hat, mich dazu zu bringen, ihm mein Geschäft zu überschreiben."

Ihre Augen weiteten sich. „Palmer, können Sie mal herkommen? Sie denkt, es könnte ein Typ namens James sein. Sagt Ihnen das was?"

Palmer verließ Abbys Zimmer und kam ins Wohnzimmer. „Er ist höchstwahrscheinlich außerhalb des Bundesstaates. Wir haben den ganzen Tag nach ihm gesucht. Er wäre auf unserem Radar aufgetaucht, wenn er hier aufgetaucht wäre."

„Wurde sie ...", ich brach ab.

Ich konnte nicht fragen, ob sie verletzt worden war. Er schien zu verstehen, was ich meinte. „Keine Anzeichen eines Kampfes. Wir können dankbar sein, dass sie die Wohnung anscheinend nicht verletzt verlassen hat."

Ich nahm noch einen Schluck Tee und hoffte, die warme Flüssigkeit würde meine wachsenden Ängste beruhigen.

Palmer setzte sich neben mich auf die Couch. Ich versuchte, mich zusammenzureißen, aber eine Träne lief mir über die Wange, gefolgt von einer weiteren, und dann schluchzte ich in meinen Tee.

„Ich werde Kate anrufen, damit sie für die Nacht herkommt", sagte er.

Ich war erleichtert. Ich konnte meiner Familie jetzt nicht gegenübertreten. „Okay. Solange ich hier bleiben kann."

Er legte seine Hand auf meine Schulter und klopfte kurz darauf. „Trinken Sie Ihren Tee aus, denn ich brauche Ihre Hilfe."

Wenn es etwas gab, das man einer Hexe sagen konnte, um sie zu fokussieren und zum Handeln zu bringen, dann war es „Ich brauche Ihre Hilfe". Das galt doppelt für meine Familie. Ich atmete tief ein, hielt die Luft an und versuchte, meine Anspannung beim Ausatmen loszulassen. Ich konnte mich nicht wirklich entspannen, bis wir Abby gefunden hatten.

Ich stellte meine Tasse ab. „Was brauchen Sie?"

„Wir hatten Ihre Wohnung den größten Teil des Tages unter Beobachtung, in der Hoffnung, James zu schnappen. Wir haben ein Foto von jedem, der rein- und rausgegangen ist. Ich möchte, dass Sie sie durchsehen und mir sagen, ob jemand dabei ist, den Sie nicht kennen."

Er entsperrte sein Handy und öffnete eine E-Mail. Wir gingen die angehängten Fotos durch, und ich sah meine Nachbarn, den Postboten und den FedEx-Zusteller. „Niemand Verdächtiges", sagte ich. „Sogar der Paketbote ging mit leeren Händen wieder."

Palmer verschränkte die Finger hinter seinem Kopf. „Das ist mir auch schon aufgefallen, als ich die Fotos zum ersten Mal gesehen habe."

„Also, wenn sie mit niemandem weggegangen ist und auch nicht allein gegangen ist, muss sie noch im Gebäude sein, oder?" Wir könnten sie in nur wenigen Minuten finden, wenn wir von Tür zu Tür gingen. Ich sprang von der Couch auf und packte seinen Arm. „Lass uns losgehen und sie finden!"

„Moment mal", sagte er, als ich versuchte, ihn zum Aufstehen zu bewegen. „Kein Durchsuchungsbefehl, keine Durchsuchung. Ich muss mich an Regeln halten."

„Ich nicht, und ich bin sicher, wenn ich meinen Nachbarn erkläre, was passiert ist, würden sie gerne helfen. Außerdem, wollen Sie wirklich warten, bis Sie einen Durchsuchungsbefehl bekommen können?"

Er gab nach und ließ mich ihn hochziehen. „In Ordnung. Wenn jemand nein sagt, müssen wir gehen, verstanden?"

Ich nickte, ohne zu glauben, dass jemand in meinem Gebäude so grausam sein könnte.

Unser erster Halt war Mrs. Thompsons Wohnung. Sie öffnete die Tür. „Guten Abend, meine Liebe. Wie kann ich Ihnen helfen?"

Ihre Wohnung roch nach Lebkuchen, und ich wünschte, ich würde nur zu Besuch sein und für einen Snack bleiben können. „Guten Abend. Das ist mein Freund Steve Palmer, wir-"

„Detective Steve Palmer, Portsmouth Polizei", unterbrach er mich.

Ich hatte gehofft, ihn davon abzuhalten zu plappern und meine Nachbarn zu beunruhigen.

„Abby ist nicht hier, oder?" fragte ich.

„Oh nein, Liebes. Sie ist nicht hier. Wird sie vermisst?"

„Wir sind uns nicht ganz sicher. Ist es, ich meine, würde es Ihnen etwas ausmachen, wenn wir einen kurzen Blick in Ihre Wohnung werfen?" fragte ich.

Sie öffnete die Tür. „Natürlich. Ich bin froh, dass ich heute Staub gewischt habe."

Palmer machte einen schnellen Rundgang, bevor er zur Tür zurückkam. „Danke, gnädige Frau. Sie haben ein schönes Zuhause."

Ich drehte mich weg, damit er nicht sah, wie ich mit den Augen rollte.

Wir gingen an meiner Wohnung vorbei und standen vor der Tür der Stanleys. Abby und ich sahen sie kaum jemals, und ich war etwas nervöser, sie zu bitten, in ihre Wohnung gehen zu dürfen.

„Sie müssen nur fragen, ob Abby in der Wohnung ist. Ich kann erkennen, ob sie über ihre Anwesenheit lügen", sagte Palmer.

„Wirklich?"

„Man bekommt ein Gespür dafür nach ein paar Jahren", sagte er.

Ich klopfte an die Tür.

Mrs. Stanley öffnete die Tür. Ihr graues Haar war zurückgebunden, und sie trug eine volle Schürze über ihrem verblichenen Kleid. „Ja?" schnappte sie, bevor ihr Gesicht weicher wurde. „Oh, Isabella. Du bist es."

„Hallo, Mrs. Stanley. Abby wird vermisst und ich fragte mich, ob Sie sie heute Nachmittag gesehen haben."

Sie schüttelte den Kopf. „Nein, habe ich nicht. Es ist Mr. Stanleys Badetag, ich fürchte, ich hatte nicht einmal Zeit, aus dem Fenster zu schauen."

Ich fühlte mich wie die schlechteste Nachbarin. Vor etwa sechs Monaten war Mr. Stanley von einer Leiter gefallen und war jetzt gelähmt. Natürlich war sie zu beschäftigt, um unser Kommen und Gehen zu bemerken oder sich um viel anderes als ihren Mann zu sorgen. Ich nahm mir vor, mit einigen Sachen von The Fancy Tart vorbeizukommen, sobald mein Leben nicht mehr so überwältigend beschäftigt war.

„Okay, danke", sagte ich. „Einen schönen Abend noch."

„Viel Glück", sagte sie, bevor sie die Tür schloss. Ich hörte Mr. Stanley durch die geschlossene Tür nach ihr rufen.

Ich wandte mich an Palmer. „Er ist gelähmt und sie kommen nicht viel raus."

Ich führte ihn die Treppe hinunter ins Erdgeschoss. Bei Wohnung 1C hielt ich ihn an. „Das ist Mr. Subramanian, er ist der Vermieter."

„Den übernehme ich", sagte er.

Palmer klopfte an die Tür und als Mr. Subramanian öffnete, hatte Palmer bereits seine Marke draußen. „Polizei.

Wir haben möglicherweise ein vermisstes Mädchen im Gebäude."

Mr. S. sah die Sorge in meinem Gesicht. „Abby? Oh nein."

„Ich fürchte ja", sagte ich. „Haben Sie früher heute irgendetwas gehört? Irgendeine Art von Geräusch?"

Er schüttelte den Kopf. „Nein, nichts, aber ich habe den ganzen Morgen meine Wohnung gestrichen."

Palmer reichte ihm eine Karte. „Rufen Sie mich jederzeit an, wenn Sie von ihr hören oder Ihnen etwas einfällt, das helfen könnte."

Mr. Subramanian nahm die Karte. „Natürlich."

In diesem Moment eilte Kate ins Gebäude. Sie sah erleichtert aus, dass ich dort stand. „Ich stehe ganz zu Ihrer Verfügung, Chef. Was soll ich tun?"

Er lächelte sie an. Was war das denn? In den wenigen Tagen, die ich ihn kannte, schien er keine Person zu sein, die lächelte. Vielleicht lief da etwas zwischen ihnen. Ich müsste sie später danach fragen.

„Bring Isabella nach oben und bleib die Nacht über dort. Du nimmst alle Anrufe entgegen, falls jemand eine Lösegeldforderung hat", wies Palmer an.

„Sind wir uns sicher, dass es eine Entführung ist?" fragte Kate.

„Nein. Es scheint wahrscheinlich und ich will kein Risiko eingehen", sagte Palmer.

„Und was werden Sie tun?" fragte ich Palmer.

„Ich werde die letzten beiden Wohnungen überprüfen und dann los. Eine zweite Entführung in zwei Tagen? Das hat James' Handschrift. Ich werde ihn heute Abend finden."

Kate packte meinen Arm mit überraschend festem Griff. „Alles klar. Ich rufe an, falls etwas passiert." Sie schob mich die Treppe hinauf, auf diese beharrliche, aber nicht ganz schmerzhafte Art, die Polizisten an sich haben, die einem zu verstehen gibt, dass man mit nichts davonkommt und es am besten ist, friedlich mitzugehen.

Wir trafen Collins und den anderen Beamten auf der Treppe. „Fertig mit der Wohnung?", fragte Kate.

„Ja. Wir haben nach Fingerabdrücken gesucht, und es gab wirklich nicht viel zu durchsuchen. Sie können jetzt reingehen", sagte Collins.

Als ich in die Wohnung zurückkehrte, stellte ich den Stuhl wieder auf und packte alles zurück in Abbys Tasche. Ich brachte die Tasche in ihr Zimmer. Nichts schien außer der Reihe zu sein – ihr Bett war gemacht, alles war generell ordentlich. Keine Hinweise hier.

Ich ging in die Küche, wo Kate gerade Tee machte. „Ich hoffe, es macht dir nichts aus, dass ich mich wie zu Hause fühle. Ich dachte, Tee wäre jetzt schön."

„Nein danke, ich bin gut. Ich glaube, ich werde mich hinlegen und mich richtig ausweinen."

Ich hoffte halb, dass Abby einen Hinweis in meinem Zimmer hinterlassen hatte, aber nichts war außer der Reihe. Ich schloss meine Augen und ließ meine Sinne sich im Raum ausbreiten. Ich spürte nicht, dass jemand Fremdes hier gewesen war. Alles, was ich bekam, waren vage Eindrücke von Collins und dem anderen Beamten, die früher hier gewesen waren.

Ich legte mich auf mein Bett und zog die gehäkelte Decke über mich, die meine Familie für mich gemacht hatte, bevor ich von zu Hause weggegangen war. Jeder hatte einen Block gemacht, und Oma hatte den Rest ergänzt. Sie war nicht so sehr verzaubert, als dass es tröstlich war, in die Arbeit von Menschen eingehüllt zu sein, die mich liebten. Ich seufzte und schloss meine Augen.

Großer Fehler. Sorgen und Fragen stürmten in mein Gehirn. Was, wenn der Entführer stattdessen mich wollte? Das ergab Sinn, angesichts James' Handlungen gestern. Was, wenn Abby für sie nutzlos war und sie sie töteten? Was, wenn sie mitten in der Nacht kamen, um mich zu holen? Würde Kate genug sein, um mehrere Männer abzuwehren? Was würde ich Abbys Eltern sagen? Was würde ich meiner Familie sagen? Was, wenn sie gar nicht entführt wurde und ich das alles übertrieb?

Ihre Handtasche auf dem Boden garantierte, dass etwas nicht stimmte, und ich sollte besorgt sein.

Meine beste Freundin war verschwunden, und ich war hilflos.

Dicke Tränen tropften von meinen Wangen. Was nützte es, eine Hexe zu sein, wenn die Menschen, die mir am nächsten standen, nicht sicher waren? Erst Trina, jetzt Abby. Wer war als Nächstes dran? Oma? Eine der Tanten? Wahrscheinlich nicht, weil sie stark waren, nicht schwach wie ich. Thea und Delia könnten jedoch in großen Schwierigkeiten sein, wenn sie die Nächsten auf der Zielliste wären.

Ich drehte mich um und schlug auf mein Kissen ein. Es war nicht fair. Es gab keinen Grund, warum ich kein normales Leben führen sollte, wie jede junge Frau. Innerhalb von anderthalb Wochen war alles auf den Kopf gestellt worden, und ich fühlte mich, als wäre nichts mehr sicher oder normal.

„Arrrgh!", schrie ich frustriert.

Fast sofort gab es ein leises Klopfen an meiner Tür. „Isabella? Alles in Ordnung?", fragte Kate.

„Ja, komm rein."

Sie schaltete das Licht an und setzte sich auf die Bettkante. „Ich war schon mal in deiner Situation."

Ich bezweifelte das, und mein Gesicht muss es ihr verraten haben.

„Willst du hören, warum ich zur Polizei gegangen bin?", fragte sie.

„Klar."

„Als ich zwölf war, wurden meine Eltern ermordet." Sie hatte einen so sachlichen Ton, dass es herzzerreißend war.

Ich setzte mich schockiert auf. „Oh, meine Göttin, Kate. Das tut mir leid."

„Sie waren Opfer eines zufälligen Einbruchs. Wir wissen nicht, was passiert ist, außer dass am Ende meine Eltern erschossen wurden."

„Du klingst so ruhig. Wurden sie gefasst?"

Kate schüttelte den Kopf. „Nein. Oder noch nicht. Ich bin ruhig, weil ich weiß, dass sie irgendwann gefasst werden."

„Wo warst du, als das passierte?"

„Meine Schwester und ich waren mit unserer Tante und unserem Onkel unterwegs. Wir fanden sie, als wir nach Hause kamen."

Wie schrecklich. Das wäre genug, um das Leben jedes kleinen Mädchens zu zerstören.

„Die Polizei kam und versprach, nach den Mördern zu suchen." Sie seufzte. „Ich bin sicher, das haben sie getan. Meine Tante und mein Onkel versuchten, mich von den Ermittlungen abzuschirmen, also wurde ich damals nicht auf dem Laufenden gehalten. Nach einem Jahr ohne Fortschritte entschied ich, dass es genug war. Wenn sie das Verbrechen nicht lösen konnten, dann müsste ich es selbst tun und alle anderen Verbrechen lösen, die sie nicht konnten."

„Wow. Das ist eine Menge für ein Mädchen, das auf sich zu nehmen, und hier bist du nun und löst Verbrechen."

Sie runzelte die Stirn. „Ich habe noch keins gelöst. Deshalb bin ich aber hier. Palmer versteht meine Motivation, und er ruft mich, wenn der Chef ihm keine weiteren Beamten geben will. Es ist wie eine inoffizielle Dienstschicht."

„Warte, ich bin verwirrt. Was ist ein inoffizieller Dienst?"

„Es ist, als würde ich Palmer einen Gefallen tun. Ich bin eigentlich nicht im Dienst, also sind meine Befugnisse begrenzt, aber wenn etwas Schlimmes passiert, habe ich mehr Handlungsspielraum als ein normaler Zivilist."

„Warst du den ganzen Tag inoffiziell im Dienst bei mir?", fragte ich.

„Ja."

„Und du wirst für nichts davon bezahlt?"

Sie schüttelte den Kopf. „Mir geht's nicht ums Geld. Ich habe den Tag mit dir verbracht, und ich wäre beleidigt gewesen, wenn er mich nicht gebeten hätte, heute Abend bei dir zu bleiben. Und morgen, wenn das eine offizielle Ermittlung wird, werde ich dazugezogen, weil ich mit dem Fall und mit dir vertraut bin."

Palmer tat ihr einen großen Gefallen, karrieremäßig. Ich wünschte trotzdem, sie würde dafür bezahlt werden. Ich wusste, wie schwer es sein konnte, unbezahlte Arbeit zu leisten und trotzdem alle Rechnungen bezahlen zu müssen.

„Du hast deinen freien Tag geopfert, um auf mich aufzupassen? Ich fühle mich, als würde ich dir was schulden."

„Ach was. Ich habe eine Berufung im Leben, und dafür kann Geld nichts tun."

Ich war erstaunt. Ich dachte nicht, dass es solche Menschen noch gab: selbstlose Menschen, die sich mehr für das Wohl anderer als für sich selbst interessierten. Das zeigte mir Palmer auch in einem anderen Licht. Er war ein Mann, dem die Menschen um ihn herum wichtig waren, egal wer sie waren. Solange er sie nicht benutzte, um seine eigene Karriere voranzutreiben, oder weil sie miteinander ausgingen. Das musste ich herausfinden.

„Also, du und Palmer. Liege ich falsch, oder läuft da was zwischen euch?"

„Da läuft absolut nichts zwischen uns. Ich verstehe, warum manche Frauen diese männliche Autoritätsfigur wollen, einen Typen, der ihnen die Karriereleiter hochhelfen kann. Ich will Erfolg genauso wie jeder andere, und ich werde ihn mit meinen eigenen Fähigkeiten erreichen. Außerdem ist er nicht an mir interessiert."

„Gut für dich. Aber bist du sicher, dass er nicht an dir interessiert ist?"

„Er interessiert sich für jemand anderen", sagte sie.

„Echt? Wen?"

„Er interessiert sich für jemand anderen, der in diesem Raum sitzt", sagte sie.

Das schien mir überhaupt nicht so. „Niemals. Ich bin nur eine Pechvogel, die ständig in Schwierigkeiten gerät. Ich bin sicher, er achtet nur auf meine Sicherheit."

„Ich glaube, es ist mehr als das. Nicht, dass er es dir je sagen würde. Zumindest nicht, solange du Teil einer laufenden Ermittlung bist."

Sie zuckte leicht mit den Schultern. „Wie auch immer, fühlst du dich etwas besser?"

Ich fühlte mich nicht besser, obwohl es half, jemanden zum Reden zu haben. „Ich würde gerne meine Cousinen anrufen", sagte ich.

„Klar. Wenn du andere Anrufe bekommst, geh unbedingt ran. Ich schau mal, ob ich was zum Abendessen machen kann. Es wird eine lange Nacht und ich bezweifle, dass einer von uns viel Schlaf bekommen wird."

Blattvertrauen

Ich wusste, dass mindestens einer von uns schlafen würde, aber dafür würde ich die Hilfe meiner Cousinen brauchen.

Kapitel 26

Ich rief meine Cousinen an, erzählte ihnen von den Ereignissen der Nacht, und sie kamen sofort vorbei.

Kate ließ sie rein, stellte sich vor und ging zurück in die Küche. Ich brachte meine Cousinen in mein Zimmer, um zu reden.

„Also, was machen wir jetzt?", fragte Delia.

„Noch eine mitternächtliche Aufklärungsmission in Schwarz?", fragte Thea.

„Ich weiß nicht. Ich bin mir nicht sicher, wo wir anfangen sollen", sagte ich.

„Offensichtlich fangen wir mit Magie an. Wir sollten Abby sofort finden können", meinte Thea.

„Ja, aber was ist mit Kate?", fragte Delia.

Ich runzelte die Stirn. Ich begann, sie als Freundin zu betrachten, aber geben Freunde ihren Freunden wirklich Schlafträ nke? Galt das noch als jemanden beschützen? Was würde Oma dazu sagen? Ich traute mich nicht, sie anzurufen, denn wenn sie auch nur den leisesten Verdacht hätte, was wir vorhatten, wären wir in ernsthaften Schwierigkeiten.

Ich ging zu meinem Schrank und holte die kleine Truhe heraus, in der ich meine Tränke aufbewahrte. Ich fuhr mit den Fingern über das magische Schloss und öffnete es. „Ich kann mich um sie kümmern. Ich habe hier ein paar Fläschchen mit Schlummertrunk und werde ihr Getränk damit auffrischen."

„Während du draußen bist, nimm etwas von Abby mit, und ich versuche herauszufinden, was mit ihr passiert ist", sagte Thea.

Ausgezeichnete Nutzung ihres neuen Talents für Psychometrie. „Ich nehme ihre Handtasche. Die wurde auf dem Boden ausgeleert."

„Was soll ich tun?", fragte Delia.

Ich erstarrte für einen Moment und wollte nicht, dass sie irgendetwas tat. Ich hatte Angst, dass jeder Zauber, den sie wirkte, nach hinten losgehen würde.

„Du kannst Kate ablenken, damit Isabella ihr den Trank geben kann", sagte Thea.

Obwohl Kate auf Kaffee umgestiegen war, dauerte es nicht länger als ein paar Minuten, bis sie auf dem Sofa tief und fest eingeschlafen war. Ich schnappte mir Abbys Handtasche, und Thea durchsuchte sie.

„Ich glaube, ich bekomme etwas von diesem Spiegel." Thea schloss die Augen und flüsterte eine Beschwörung. Nach einer Minute riss sie die Augen auf. „Ich konnte Abby reden hören. Sie war frustriert, weil jemand sie ständig belästigte."

„Was hat sie gesagt?", fragte ich.

„Irgendwas darüber, dass sie nicht durstig sei und sie ihn für seine üblichen acht Sahne und vier Zucker sehen würde. Ich schätze, er hat sie den ganzen Tag genervt", sagte Thea.

Ich wusste genau, über wen sie sich ärgerte. Derselbe Typ, der mich jeden Tag in der Bäckerei nervte. Unser Nachbar von unten, Chuck.

„Kannst du noch etwas anderes erkennen?"

Thea schloss wieder die Augen und konzentrierte sich auf den Spiegel. „Ich kann jetzt weiter in die Vergangenheit sehen. Sie öffnete die Tür, war genervt von dem, der dort stand, und dann drängte er sich in die Wohnung. Er fing an, mit ihr zu reden, aber ich kann nicht verstehen, was er sagte. Sie versuchte, ihn zum Gehen zu bewegen, stattdessen schubste er sie zum Esstisch. Sie rannte um das Tischende herum. Er klang wütend und warf den Stuhl um, um an sie heranzukommen. Er packte ihren Arm, und sie ließ ihre Handtasche fallen, und dann – oh nein, er zerrte sie in den Flur." Sie öffnete wieder die Augen. „Sie wurde entführt. Ich habe nicht gesehen, wer es war."

„Es war Chuck, unser Nachbar von unten."

„Der, der dich ständig bei der Arbeit belästigt?", fragte Delia.

Ich nickte. Ich wusste, dass er ein Mistkerl war, aber Entführung? Es gab einen einfachen Weg, an ihn heranzukommen – die Tür zu seiner Wohnung einschlagen. „Lasst uns gehen." Ich machte mich auf den Weg, Wut durchströmte meine Adern.

„Isabella", rief Delia. „Warte mal kurz, bitte. Brauchen wir nicht einen Plan?"

Ich brauchte keinen Plan, nicht wenn ich wusste, wer sie entführt hatte.

Mrs. Thompson stand im Flur, fast so, als hätte sie auf mich gewartet. „Wo gehst du hin, Liebes?"

„Chuck hat Abby. Wir gehen zu seiner Wohnung", knurrte ich.

Sie blickte uns drei an. „Gut. Ich komme mit."

Ich hielt das für keine gute Idee, ich meine, sie war alt, und ich wollte nicht, dass sie verletzt wird oder uns im Weg steht. Wenn er bereit war, eine Frau grundlos aus ihrer Wohnung zu entführen, wer weiß, wozu er sonst noch fähig wäre.

Ich schritt an ihr vorbei. „Gehen Sie in Ihre Wohnung, Mrs. Thompson. Wir haben das im Griff."

Wir eilten die Treppe hinunter und hielten vor Chucks Tür. Ich versuchte den Türknauf. Die Wohnung war verschlossen. Ich wandte mich an meine Cousinen. „Kann eine von euch diese Tür mit einem Zauber öffnen?", fragte ich.

„Lass mich es versuchen", sagte Delia.

Ich befürchtete, sie würde anbieten, einen Zauberspruch zu wirken. Es konnte aber nicht schaden; es war ja nicht so, als könnte die Tür noch verschlossener werden.

„Nur zu", sagte ich, während ich weit hinter sie trat.

Delia murmelte etwas vor sich hin und Rauch quoll aus dem Schloss. Sie versuchte den Griff, aber die Tür öffnete sich nicht.

„Ihr hättet doch nichts dagegen, einer alten Dame eine Chance zu geben, oder?", fragte Mrs. Thompson.

Anscheinend hörte sie nicht gut auf Anweisungen.

„Warum nicht", sagte ich.

Sie ging zur Tür, legte ihre Hände auf das Schloss und versuchte nach einem Moment den Griff. Die Tür öffnete sich nicht.

„Was hast du mit diesem Schloss gemacht?", fragte sie Delia.

„Ich habe einen schnellen Öffnungszauber angewandt", sagte sie, etwas defensiv.

Mrs. Thompson schüttelte den Kopf. „Na, das wird nie funktionieren. Wir müssen die Tür mit roher Gewalt öffnen, meine Damen." Sie trat zurück und rief einen lauteren Zauberspruch, laut genug, dass ich besorgt war, Chuck könnte uns im Flur hören. Sie zog ihre Hände zu den Seiten ihres Kopfes und stieß sie nach vorne. Die Tür splitterte nach innen und wir stürmten hinein.

„Abby, bist du hier?", rief ich.

Wir verteilten uns und überprüften jeden Raum in der Wohnung ohne Erfolg. Unter Chucks Bett fand ich ein Paar Timberland Stiefel, Größe 44. Ich hob einen an den Schnürsenkeln hoch und betrachtete die Sohle. Ich sah kein Öl, aber ich entdeckte Spuren einiger unserer stärksten Kräuter. Ich ließ den Stiefel fallen und krabbelte aus dem Zimmer.

„Was geht hier vor?", sagte Mr. Subramanian vom Flur aus. Er steckte seinen Kopf durch den Türrahmen und sah verblüfft aus. „Habt ihr die Tür gesprengt?", fragte er.

Ich lächelte, was hoffentlich mein überzeugendste Lächeln war. „Das wäre seltsam, nicht wahr? Wir gingen gerade vorbei, um auszugehen, und das ist passiert..." Ich hielt inne, als würde ich einen Moment nachdenken. „Sie erlauben Chuck doch nicht, Sprengstoff in der Wohnung aufzubewahren, oder?"

Er kam herein. „Chuck, bist du hier?"

Wir wussten, dass es keine Antwort geben würde; die Wohnung war leer.

„Natürlich erlaube ich den Mietern nicht, Sprengstoff in den Wohnungen aufzubewahren. Sei nicht lächerlich. Lasst uns zurück in den Flur gehen."

Wir gingen aus der Wohnung. „Sie wissen nicht zufällig, wo Chuck gerade ist?", fragte ich.

Mr. Subramanian schüttelte den Kopf. „Nein. Er hat aber nach dem Schlüssel für die leere Wohnung gefragt. Er sagte, er wolle sie sich ansehen, jetzt wo die meisten Renovierungen abgeschlossen sind. Er meinte, er könnte die Wohnung wechseln wollen. Ich kam gerade, um den Schlüssel von ihm zurückzuholen, als ich diesen ganzen Tumult hörte."

Dort musste er Abby versteckt haben. „Vielleicht ist er dort. Haben Sie noch einen Schlüssel für die Tür?"

Herr Subramanian nahm einen großen Schlüsselbund aus seiner Tasche und hielt einen Schlüssel hoch. „Ich werde nach ihm suchen."

Ich würde ihn auf keinen Fall die Wohnung ohne mich überprüfen lassen. Ich folgte ihm, das Herz schlug mir bis zum Hals, in der Hoffnung, dass es nicht zu spät war, um Abby zu finden.

Er schloss die Tür auf – viel einfacher, als zu versuchen, sie in die Luft zu jagen – und ging hinein. „Chuck?", rief er. Wieder kam keine Antwort.

Wir durchsuchten alle Räume. Die frisch gestrichene und eingerichtete Wohnung war wunderschön; ich konnte verstehen, warum Chuck hier einziehen wollte.

Ich dachte schon, wir wären in einer Sackgasse, als ich es sah. Abbys Halskette hing am Duschkopf. Sie war hier gewesen und hatte es geschafft, uns eine Nachricht zu hinterlassen.

„Thea, komm her", rief ich.

„Ja? Irgendwas gefunden?", fragte sie.

Ich zeigte auf die Halskette. Ich hatte sie nicht anfassen wollen, weil ich keine Bilder beeinträchtigen wollte, die möglicherweise daran hafteten. „Das ist Abbys Halskette."

Thea nahm sie an der Kette und ließ sie fallen.

„Was ist los?", fragte ich.

„Es ist schlimm. Richtig schlimm."

Herr Subramanian gesellte sich zu uns, und ich ließ die Halskette in meine hintere Hosentasche gleiten. „Ich schätze, er ist auch nicht hier. Er war aber da, denn er hat die Küche benutzt."

„Zeigen Sie es mir", sagte ich.

Trinas Akte mit fehlenden Tränken lag verstreut auf der Küchentheke, zusammen mit kleinen Beuteln voller Trankzutaten. „Was soll dieser Unsinn?", fragte er. „Hat Chuck versucht, diese Rezepte nachzumachen?"

Ich nahm das Blatt Papier, das dem Herd am nächsten lag, mit der Aufschrift „LIEBESTRANK - BESITZ, HERSTELLUNG, VERWENDUNG ILLEGAL" und als Herr Subramanian sich umdrehte, reichte ich es Frau Thompson.

Ihre Augen weiteten sich. Sie faltete das Papier zusammen und schob es mit einer Geschwindigkeit in ihren Hosenbund, die mir verriet, dass sie an ein hinterhältiges Leben gewöhnt war. Delia sammelte den Rest der Papiere ein und hielt sie hinter ihrem Rücken.

„Warum mussten Sie mit ihm sprechen? Geht es um Abby? Sie sollten die Polizei sie finden lassen", sagte Herr Subramanian.

„Es ist nichts Wichtiges", sagte ich. „Ich werde ihn ein andermal erwischen. Danke für Ihre Hilfe."

Wir vier verließen die Wohnung und gingen den Flur entlang, weg von Herrn Subramanians Tür.

„Coole Türsprengung", sagte Delia zu Frau Thompson, als wir die Tür zu meiner Wohnung geschlossen hatten.

„Danke." Sie wandte sich mir zu. „Nun, wer wird mir erzählen, was hier los ist?"

Ich nickte Thea zu, die ihr von der Vision erzählte, die sie vom Spiegel hatte.

„Psychometrie-Hexe, das wird nützlich sein", sagte sie.

„Isabella hat Abbys Halskette auch im Bad der leeren Wohnung gefunden", sagte Delia.

Ich zog sie aus meiner Tasche und reichte sie Thea.

Nach einer quälend langen Minute öffnete Thea ihre Augen. „Okay, ich habe genug gesehen. Er hat Abby angeschrien und getobt – ich konnte nicht alles verstehen. Er ist in Abby verliebt und denkt, wenn sie mehr Zeit miteinander verbringen würden, würde sie sich auch in ihn verlieben."

„Das würde Sinn ergeben, angesichts des Tranks, den er zu brauen versuchte." Frau Thompson zog das Blatt heraus und reichte es mir. „Trina hätte es besser wissen müssen, als diese zu haben", sagte sie.

Ich runzelte die Stirn. „Ich hatte keine Ahnung, dass sie das hatte. Ich dachte, ich wüsste alles über das Geschäft, aber ich hatte keine Ahnung, was Trina vorhatte."

Ich wandte mich an Thea. „Wohin sind sie gegangen?"

„Chuck bemerkte den Zivilpolizisten, der das Haus beobachtete, und geriet in Panik. Zuerst brachte er sie in die leere Wohnung, weil die Fenster mit Plastik abgedeckt sind, dann wurde er noch nervöser und beschloss, dass sie gehen mussten."

„Wie konnten sie weggehen, wenn das Haus beobachtet wurde?", fragte ich.

Thea schloss die Augen und fuhr mit einem Finger über die Oberseite des Medaillons. „Ich glaube, er hat ihr etwas gegeben, damit sie tut, was er wollte, einen anderen Trank denke ich, weil es jetzt schwer zu sehen ist, was vor sich geht."

„Oh verflixt", sagte ich. „Wir müssen los. Wir können nicht hier herumwarten, weil wir nicht wissen, was passieren wird, wenn er versucht, mehr Tränke zu benutzen."

„Darf ich das Medaillon sehen?", fragte Frau Thompson.

Thea reichte ihr das Medaillon, und sie schloss die Augen und murmelte einen Zauberspruch. Die Kette spannte sich in ihrer Hand, das Medaillon zeigte gerade nach unten zum Boden.

„Es gibt einen anderen Ausgang aus dem Gebäude", sagte Frau Thompson.

„Wo?", fragte Thea.

„Die Kellerluke. Sie führt in den Wald hinter dem Gebäude. Man kann sie von der Straße aus nicht sehen, also könnten sie sich dort hinausgeschlichen haben."

„Was war das für ein Zauber?", fragte ich.

„Es ist ein Ortungszauber. Wir werden ihn benutzen, um sie aufzuspüren. Folgt mir."

Ich war beeindruckt. Ich hatte keine Ahnung, dass es so einen Zauber gab. Was hätten wir ohne Mrs. Thompson getan? Thea konnte nichts mehr aus dem Medaillon sehen, Delias Zauberei war nicht vertrauenswürdig, und mir waren die Ideen ausgegangen. „Mrs. Thompson", sagte ich.

„Ja, Liebes?"

„Danke für Ihre Hilfe. Ich weiß nicht, was wir ohne Sie gemacht hätten."

Sie hielt an der Kellertür inne. „Wir arbeiten nicht allein, und wir lassen niemanden von uns in größere Schwierigkeiten geraten als nötig."

Wir arbeiten zusammen. Das war die gesamte Botschaft, die meine Familie mir einzuhämmern versuchte. Irgendwie ergab es mehr Sinn, wenn es von Mrs. Thompson kam. Gemeinsam konnten wir Dinge bewirken, die für eine einzelne Person unmöglich wären.

Konnte ich das? Konnte ich weiterhin mit meiner Familie zusammenarbeiten und trotzdem meine aufkeimende Unabhängigkeit bewahren? Es war wohl an der Zeit, mit den Tanten darüber zu sprechen.

Hinter dem Gebäude zeigte Mrs. Thompson auf den Schmutz an der Kellerluke. „Eine Reihe von Fußabdrücken, aber tief. Ich vermute, er hat Abby getragen, anstatt sie mitzuschleifen."

Sie folgte den Fußspuren bis zum Gras und ging dann zu den Bäumen, dem Zug des Medaillons folgend. Wir gingen hintereinander hinter ihr her, bis wir den gepflasterten Spielplatz erreichten, an den das kleine Wäldchen grenzte.

Wir traten aus den Bäumen heraus, unsicher, was wir als Nächstes tun sollten. Ich lief zur Vorderseite der Schule und suchte die Straße nach den beiden oder seinem schäbigen Auto ab. Ich sah nichts.

Ich schaute mich noch einmal um, verzweifelt nach irgendeinem Zeichen von Abby und Chuck suchend, aber es gab keine Hinweise.

Die Kette zog weiterhin in Richtung Bürgersteig, und wir folgten ihr, jeder von uns mit einem Auge auf das Medaillon gerichtet und mit dem anderen in der Hoffnung, ihn im Abendverkehr zu sehen, verzweifelt nach irgendeinem Zeichen von Abby suchend.

Kapitel 27

Drei Blocks vom Haus entfernt fuhr Chucks grüner Chevy Cruze hinter den 7-Eleven, und die Halskette änderte ihre Ausrichtung entsprechend. Mein Herz machte einen Sprung – wir hatten gerade Abby gefunden. Ich duckte mich hinter ein am Straßenrand geparktes Auto und bedeutete allen anderen, es mir gleichzutun.

„Es ist Chuck, er ist hinter dem Laden", sagte ich.

Chuck kam sorglos pfeifend um das Gebäude geschlendert. Sobald er im Laden war, wies ich Mrs. Thompson an, Palmer anzurufen, während der Rest von uns hineinging, um ihn zur Rede zu stellen.

Sie steckte die Halskette in ihre Tasche und wählte den Notruf, während wir über die Straße in den Laden rannten. Chuck war gerade groß genug, dass wir seine Haare über den Regalen sehen konnten, die den Laden füllten.

Ich fand ihn in der hinteren Ecke, wo er gerade einen Sechserpack Bier aufhob. Uff. Wie typisch. „Wo ist Abby?"

Er zuckte zusammen und drehte sich um, überrascht, uns drei zu sehen. „Woher soll ich das wissen?"

„Sie wird vermisst, und du hast sie. Sag mir, wo sie ist", forderte ich.

Er versuchte, sich an mir vorbeizudrängen in dem engen Gang, aber mit Thea und Delia hinter mir kam er nicht weit.

„Geht mir aus dem Weg", knurrte er.

Als wir es nicht taten, drehte er sich um und ging den Gang hinunter, weg von der Tür. Als er um die Ecke bog, machte er einen Satz zur Tür und stieß dabei Mrs. Thompson um. Sie packte sein Bein und er fiel neben ihr hin, wobei er das Bier fallen ließ.

Mrs. Thompson hatte uns gerade genug Zeit verschafft, um ihn einzuholen. Ich setzte mich auf seine Brust, und als er versuchte aufzustehen, setzten sich Thea und Delia auf seine Beine und hielten ihn so am Boden fest.

„Hey, was geht da drüben vor", bellte der Kassierer uns an.

Mrs. Thompson stand auf. „Keine Sorge, Stu. Ich habe bereits die Polizei gerufen, sie werden in ein paar Minuten hier sein."

Bei dem Wort „Polizei" verdoppelte Chuck seine Bemühungen, uns abzuschütteln. Er begann sich zu wälzen und hätte fast Erfolg gehabt, als Stu herüberkam. Stu war ein großer Kerl, der aussah, als hätte er Linebacker an der Portsmouth High gespielt.

„Lassen Sie mich das erledigen, meine Damen", sagte Stu. Er packte den Kragen von Chucks Hemd und zog ihn hoch. „Du machst Mrs. Thompson doch keine

Schwierigkeiten, oder?", sagte er, während er Chuck zur Theke schleifte.

Delia drehte das Türschild auf „Geschlossen" und blieb dort, um andere Kunden am Hereinkommen zu hindern.

Thea und ich folgten Stu, und Mrs. Thompson flüsterte etwas, das ich nicht hören konnte. Stu brachte Chuck hinter die Theke und fesselte ihn mit Kabelbindern an ein hüfthohes Metallregal, das an der Wand befestigt war. Als Stu fertig war, erschlaffte sein Gesicht und seine Augen schlossen sich.

Chuck sah uns an und zuckte zusammen. „Nein! Zwingt mich nicht dazu", stammelte er.

Ich hatte keine Ahnung, was mit ihm los war, also drehte ich mich zu Mrs. Thompson um und war schockiert, Trinas Geist hinter ihr zu sehen.

„Es ist eine Projektion, und Stu ist in Trance. Er wird sich an nichts davon erinnern und sich nicht bewegen, bis ich ihn freigebe", flüsterte Mrs. Thompson mir zu.

Projektionen sind schwierig, zumindest für jüngere Hexen wie mich und meine Cousinen. Ich war erstaunt, wie leicht Mrs. Thompson eine erschaffen konnte.

Ich beschloss, die Situation auszunutzen, um Chuck zum Geständnis zu bringen. „Warum hast du Angst vor Trina? Wird sie uns etwas erzählen, das du niemandem sagen willst?"

Chuck kauerte sich hinter der Theke zusammen und versuchte, sich so klein wie möglich zu machen. „Schafft sie hier raus!", schrie er.

„Denkst du, sie ist ein rachsüchtiger Geist? Sag mir, welche Rache würde Trina an dir üben wollen?", fragte Mrs. Thompson.

Er hatte angefangen, vor und zurück zu wippen, soweit es seine gefesselten Arme zuließen.

„Können Sie sie zum Sprechen bringen?", fragte ich Mrs. Thompson.

Das Bild von Trina zeigte auf Chuck. „Sag ihnen, was du getan hast."

Er wimmerte, sagte aber nichts.

„Sag es ihnen!", schrie Trinas Geist.

„Ich wollte das nicht. Bitte tötet mich nicht", sagte er weinend und schnüffelnd.

Thea nahm eine Packung Taschentücher aus einem Regal und öffnete sie. Sie ging hinter die Theke, setzte sich neben Chuck und reichte ihm ein Taschentuch. „Es wird alles gut, solange du uns sagst, was passiert ist." Sie legte eine Hand auf seinen Arm. „Die Wahrheit ist immer das Beste. Du kannst es uns erzählen und wir können dafür sorgen, dass Trina dir nie wieder wehtut."

Chuck hob den Kopf und nahm das Taschentuch. Er putzte sich die Nase und spähte vorsichtig über die Theke. Er zuckte mit dem Kopf nach unten und flüsterte: „Sie ist immer noch da."

„Sie wird gehen, sobald du die Wahrheit sagst, ich verspreche es."

Chuck holte tief Luft und begann zu gestehen. „Ich wollte ihr nicht wehtun – es ist einfach alles außer Kontrolle geraten. Sie sagte immer wieder, sie hätte nicht, was ich brauchte. Ich glaubte ihr nicht. Schließlich sagte sie mir, die Zutaten seien draußen im Gewächshaus. Als wir draußen waren, schrie sie wie am Spieß, und ich geriet in Panik. Ich geriet in Panik und schlug sie mit einem Stein." Er vergrub sein Gesicht in den Händen und begann zu weinen. „Ich wollte nicht ..."

Delia brachte ihn zum Schweigen. „Chuck, wo ist Abby?"

„Kofferraum. Hinten", jammerte er.

Thea und ich rannten zu Chucks Auto. Ich tastete nach dem Hebel und öffnete den Kofferraum.

Abbys Körper lag dort und ich stieß einen Schrei aus. „Abby! Oh Göttin, Abby!"

Sie drehte ihren Kopf zu mir und lächelte.

Ich zog sie aus dem Auto und umarmte sie mit all meiner Kraft. Sie lebte. „Geht es dir gut?", fragte ich und suchte nach Verletzungen.

„Isabella?"

„Ja, Schätzchen. Ich bin's. Keine Sorge, du bist jetzt bei mir in Sicherheit."

Sie drehte hektisch ihren Kopf. „Wo ist Chuck? Wir werden den Rest unseres Lebens zusammen verbringen."

Ich seufzte. Er hatte ihr also doch den Liebestrank gegeben. „Er ist drinnen, Schätzchen, aber hör zu. Ich glaube, das ist nur vorübergehend, und bis morgen früh wirst du vielleicht deine Meinung ändern."

„Niemals. Er ist mein Seelenverwandter", seufzte Abby.

„Lass uns in den Laden gehen und ihn suchen", schlug ich vor, in der Hoffnung, dass Mrs. Thompson die Wirkung des Tranks aufheben könnte. Wenn nicht, müssten wir zu Oma gehen, und dann gäbe es eine Menge zu erklären. Mrs. Thompson war unsere einzige Hoffnung.

Als wir in den Laden zurückkehrten, war das Bild von Trina verschwunden und Chuck schluchzte immer noch. Abby lief zu ihm und umarmte ihn. „Es ist okay, wir werden das durchstehen, was auch immer es ist", gurrte sie. Dann bemerkte sie die Kabelbinder. „Was? Warum? Was habt ihr ihm angetan? Schneidet das sofort durch", verlangte sie.

Ich wandte mich an Mrs. Thompson. „Können Sie ihr helfen?"

„Ich kann das nur vorübergehend beheben. Die dauerhafte Lösung muss aus einem Trank kommen, den du herstellen musst." Sie hob ihre Arme. „Nimm dieses Kind und mache es ganz, mache den Schaden an ihrem Herzen und Geist rückgängig, reinige sie von dem Trank und lass sie das Licht sehen."

Sie stellte sich vor Stu und schnippte mit den Fingern. Er blinzelte und schüttelte den Kopf.

„Es ist okay, Stu. Die Polizei wird jeden Moment hier sein."

Abby sah Chuck an, bevor ihr klar wurde, dass sie ihren Arm um ihn gelegt hatte. „Was?" Sie trat mehrere Schritte zurück. „Chuck? Hast du versucht, den Laden auszurauben?" Sie drehte sich um und sah den Rest von uns auf der anderen Seite der Theke. „Hey, äh", sagte sie, während sie sich den Kopf rieb. „Was ist hier los?"

Ich nahm ihre Hand und drückte sie. „Wir sind uns nicht sicher, aber wir glauben, er hat dir eine neue Art von Partydroge gegeben, so was wie K.-o.-Tropfen. Du erinnerst dich vielleicht nicht ganz richtig an alles, oder sogar überhaupt nicht."

Ihr Kiefer klappte herunter. „Er hat was getan?"

„Keine Sorge. Palmer wird jeden Moment hier sein und dann wird Chuck mitgenommen."

Wie auf Stichwort betraten Palmer und ein Streifenpolizist den Laden und kamen auf uns zu, wobei seine Augen schließlich auf den mit Kabelbindern gefesselten Chuck fielen. „Was zum Teufel ..."

„Das ist Abbys Entführer", sagte Mrs. Thompson.

„Stimmt das?", fragte er Abby.

Abby brach in Tränen aus, als ihr die Realität der Situation endlich zu dämmern schien. „Ja", flüsterte sie.

„Er hat auch Stiefel in seiner Wohnung, die die gleiche Größe haben wie der Abdruck, den Sie im Büro der Apotheke gefunden haben", sagte ich.

„Ich will gar nicht wissen, wie Sie das herausgefunden haben", sagte er.

Palmer schnitt die Kabelbinder durch, nur um sie durch Handschellen zu ersetzen. Er übergab Chuck dem Streifenpolizisten. „Lesen Sie ihm seine Rechte vor und bringen Sie ihn zur Wache."

Palmer drehte sich stirnrunzelnd zu uns um. Ich war mir sicher, dass er sauer auf uns war, aber wir hatten Abby gefunden, also wie wütend konnte er wirklich sein?

„Ist das eure Mitbewohnerin?", fragte er.

Ich nickte. „Sie wurde unter Drogen gesetzt, also glaube ich nicht, dass Sie heute Abend viel aus ihr herausbekommen werden."

Thea, Delia, Mrs. Thompson und ich verließen den Laden und Palmer nahm meinen Arm und führte mich zur Seite des Gebäudes. „Ich könnte dich verhaften."

„Wofür?"

„Behinderung der Ermittlungen, Freiheitsberaubung und generell, dass du nicht tust, was ich dir sage."

Ich lächelte zu ihm auf. „Ich glaube kaum, dass es illegal ist, nicht zu tun, was du mir sagst."

„Wenn Kate mich nicht angerufen hätte, um mir zu sagen, dass ihr euch alle davongeschlichen habt, wäre ich vielleicht nicht rechtzeitig hier gewesen. Was, wenn etwas passiert wäre und Chuck entkommen wäre?"

Kate. Ich hatte sie völlig vergessen. Wie sollte ich ihr erklären, was passiert war? War ich besser als Chuck, wenn ich ihr einen Schlaftrank verabreicht hatte? Wir beide hatten

Tränke benutzt, um Leute dazu zu bringen, das zu tun, was wir wollten.

Mir wurde schwindelig und Palmer legte einen Arm um mich, um mich zu stützen. „Hey, es ist okay. Abby ist jetzt in Sicherheit. Du bist jetzt in Sicherheit."

Ich blickte in seine dunkelbraunen Augen und wusste, dass ich es nicht erklären konnte. Es gab keine Möglichkeit, ihn davon zu überzeugen, dass meine Motive gut waren, während Chucks schlecht waren. Wir hatten beide etwas Falsches getan.

Ich drehte mich um und übergab mich auf Chucks Auto, mein Tee kam hoch, bitter wie die Erkenntnis, dass ich meinen Handlungen oder Motiven nicht immer vertrauen konnte.

„Wir kümmern uns um sie", sagte Delia zu Palmer, als der Krankenwagen eintraf. „Bring du Abby ins Krankenhaus. Wir kommen in ein paar Minuten nach."

Er brachte Abby zum Krankenwagen.

„Was war das denn?", fragte Thea. „Plötzlich wurdest du blass wie der Mond und sahst aus, als würdest du gleich ohnmächtig werden."

„Kate", flüsterte ich. „Der Schlaftrank. Sagt mir, wie das besser ist als das, was Chuck mit Abby gemacht hat, oder was James mir angetan hat." Mein Herz zog sich vor Schuldgefühlen zusammen.

Delia runzelte die Stirn. „Ich verstehe, was du meinst."

Mrs. Thompson hingegen nicht. „Sei kein Dummkopf. Du hast Kate in den Schlaf versetzt, um sie in Sicherheit zu bringen und vor Schaden zu bewahren. Sowohl James als auch Chuck haben Drogen benutzt, um etwas zu bekommen, was ihnen nicht gehörte. Da ist ein himmelweiter Unterschied, und die Tatsache, dass du beunruhigt bist, weil du denkst, es gäbe keinen, ist ein gutes Zeichen. Wenn du deine Motive weiterhin so prüfst, wirst du nicht vom rechten Weg abkommen."

Ich war mir nicht sicher, ob ich ihr glaubte, aber ich fühlte mich ein wenig beruhigt, dass eine andere Hexe dachte, ich hätte nichts Falsches getan.

„Allerdings ist es besser, deine Motive vor deinen Handlungen zu prüfen. Das musst du von nun an tun", sagte Mrs. Thompson.

Erst denken, dann handeln. Irgendwann würde ich mich daran erinnern, das zu tun.

Wir gesellten uns wieder zu Palmer an seinem Auto, wo der Beamte ihn auf den neuesten Stand brachte. „Chuck hat bestätigt, was du mir erzählt hast. Er war nie auf unserem Radar als Trinas Mörder. Er fühlt sich auch schuldig, scheint zu glauben, dass er von Trinas Geist heimgesucht wird."

„Es klingt, als würdest du sagen, dass ihr ihn ohne uns nie gefasst hättet", sagte ich.

Palmer hustete. „Das sage ich nie zu Zivilisten. Bringt sie nur auf die Idee, sie könnten ohne Konsequenzen Nancy Drew spielen. Und ihr vier werdet das nicht tun, oder?"

Ich riss meine Augen weit auf und tat unschuldig. „Detective Palmer, ich weiß nicht, was Sie meinen. Wir haben Sie sofort angerufen, als wir dachten, dass etwas nicht stimmt."

„Ha", schnaubte er. „Wenn du denkst, dass ich darauf reinfalle, hast du dich geschnitten. Kann ich darauf vertrauen, dass ihr drei direkt nach Hause geht, oder muss ich Kate bitten, euch zu begleiten?"

Moment, drei von uns? „Wo ist Mrs. Thompson?"

„Ich habe sie mit dem Krankenwagen geschickt. Sie hat sich den Kopf gestoßen, als Chuck sie zu Boden stieß, und sie bekam eine große Beule an der Stirn", sagte Thea.

„Und was habt ihr euch dabei gedacht?", Palmers Augen blitzten und mein Puls beschleunigte sich. „Eine kleine alte Dame zu einer dämlichen Jagd auf einen Mann mitzunehmen, der sich als Mörder herausstellt? Er hätte euch alle umbringen können."

„Erstens, Detective, wenn Sie Ihren Job richtig gemacht hätten, wäre er nicht frei gewesen, um Abby zu entführen. Zweitens waren wir hier nicht in echter Gefahr. Wir waren zu viert gegen ihn allein. Wir hatten ihn auf den Boden gedrückt, und er ging nirgendwohin."

Palmer hob den Kopf und sah mir direkt in die Augen. „Versprich mir, dass du so einen Stunt nicht noch einmal abziehst."

Das Wort einer Hexe war bindend, aber wir sind ein listiger Haufen, und ich bezweifelte ernsthaft, dass Abby noch einmal entführt werden würde. „Absolut. Ich verspreche es", sagte ich.

„Gut. Jetzt geht nach Hause. Ihr müsst morgen früh Aussagen machen."

Kapitel 28

Wir konnten Chucks Verhaftung und unseren Anteil daran nicht vor Oma und den Tanten geheim halten. Zwei Stunden nachdem wir in meine Wohnung zurückgekehrt waren, standen sie vor der Tür.

„Wisst ihr, was euch hätte passieren können?", fragte jede der Tanten irgendwann während des quälenden Verhörs ihre Tochter.

Thea, Delia und ich gaben schließlich nach und erzählten ihnen die ganze Geschichte: warum Chuck Trina ermordet hatte, wie Mrs. Thompson uns geholfen hatte, als wir es brauchten, und wie wir nie wirklich in Gefahr gewesen waren.

„Erzählt das mal Abby", sagte Oma.

Ich fand, das war unfair. Thea, Delia und ich wären nie entführt worden; nur Abby war in Gefahr gewesen.

„Und vergiss nicht, was dir passiert ist", sagte meine Mutter.

„Das hatte überhaupt nichts mit Abbys Entführung zu tun", sagte ich. „Es ist nicht meine Schuld, dass James mich unter Drogen gesetzt hat."

„Trotzdem möchte ich, dass du sofort nach Hause ziehst", verlangte sie.

Damit hatte ich gerechnet. „Nein. Ich werde Abby auf keinen Fall hier allein lassen. Ich werde meine beste Freundin nicht im Stich lassen, wenn sie Unterstützung braucht." Und dann brachte ich mein bestes Argument: „Du hast mich nicht so erzogen, dass ich meine Verpflichtungen aufgebe. Außerdem deutet nichts darauf hin, dass sich Tante Lilys Prophezeiung überhaupt auf mich bezog. Es hieß nur, halte deine Kinder nah bei dir. Vielleicht bedeutet es, dass du in Omas Nähe bleiben sollst."

Sie runzelte die Stirn. „Möglich. Aber es könnte noch lange dauern, bis wir das herausfinden."

Sie gingen, bevor Abby nach Hause kam, begleitet von ihren Eltern.

Mr. Allen war immer ernst, und heute Abend noch mehr als sonst. Seine weißen Augenbrauen waren zusammengezogen und er ragte über mir auf, als ob die Ereignisse des Tages meine Schuld wären. „Sie will nicht auf mich hören und weigert sich, auch nur eine Nacht zu Hause zu verbringen, also habe ich darauf bestanden, die Sicherheit des Gebäudes zu überprüfen."

Er ging umher und kontrollierte die Fenster und Türschlösser.

Mrs. Allen, nicht weniger beschützend, aber weitaus weniger einschüchternd als ihr Mann, sagte: „Isabella, Liebes, wir sind dankbar, dass du sie gefunden hast." Sie umarmte mich und schniefte.

„Es ist okay, Chuck hat gestanden und ich bin sicher, er wird für lange Zeit ins Gefängnis gehen", beruhigte ich sie.

Zumindest hoffte ich das. Ich plante, mit Mrs. Thompson darüber zu sprechen, wie man es so aussehen lassen könnte, als würde er von Geistern heimgesucht, falls er Abby je wieder zu nahe kommen sollte. Das würde sie mehr als alles andere in Sicherheit bringen.

Sie ging in die Küche. „Warum mache ich uns nicht einen Tee? Ich denke, wir können alle etwas gebrauchen, um unsere Nerven zu beruhigen."

„Ich werde mit eurem Vermieter sprechen. Diese Tür gefällt mir nicht. Sie scheint zu leicht aufzubrechen zu sein", sagte Mr. Allen.

Abby verdrehte die Augen. „Es wird eine Weile so weitergehen, dann werden sie sich beruhigen. Das tun sie immer."

Sie hatte Recht. Sie war nie in ernsthafte Schwierigkeiten geraten, als sie aufwuchs, und inzwischen konnten wir praktisch vorhersagen, wann ihre überfürsorglichen Eltern aufhören würden, sich Sorgen zu machen. Ich umarmte sie. „Wenn du hier nicht mehr glücklich bist oder nicht mehr hier wohnen möchtest, können wir umziehen. Es wäre völlig verständlich, und ich würde es dir nicht übel nehmen, wenn du diese Wohnung nie wiedersehen wolltest."

Abby nahm den Becher Tee, den ihre Mutter gemacht hatte, und setzte sich auf die Couch. „Ich habe darüber nachgedacht. Ich will nicht vor meinen Problemen davonlaufen. Außerdem kennen wir alle anderen Leute im Gebäude, und ich fühle mich bei meinen Nachbarn – na ja, denen, die nicht Chuck sind – sicherer, als ich es bei einem Haufen Fremder wäre."

Ich nickte. Das war die beste Freundin, die ich kannte – nie eine, die vor einer Herausforderung zurückschreckte oder es vermied, sich ihren Ängsten zu stellen.

Nach mehreren unangenehmen Stunden voller Fragen über den Tag gingen Abbys Eltern schließlich für die Nacht nach Hause. Abby entspannte sich auf der Couch. „Endlich. Hör mal, wenn es dir nichts ausmacht, nehme ich schnell eine Dusche und gehe dann ins Bett."

Ich umarmte sie noch einmal fest. „Geh. Tu, was du für richtig hältst. Ich bin hier, wenn du mich brauchst. Und fühl dich nicht schlecht, wenn du mitten in der Nacht reden willst. Ich bin da."

Eine Aussage zu machen ist langweilig. Jedes einzelne Detail wieder und wieder durchzugehen, ließ mich überlegen, ob Palmer uns nicht irgendwie auch für verdächtig hielt.

Gut, dass Thea, Delia und ich nach dem Aufwachen eine Stunde damit verbracht haben, unsere Geschichten durchzugehen und sicherzustellen, dass sie gleich, aber doch unterschiedlich genug waren, damit Palmer nicht dachte, wir hätten geübt.

Mrs. Thompson stand noch unter Beobachtung, und Palmer konnte sie noch nicht befragen. Thea, die als erste von uns befragt wurde, ging direkt zu Mrs. Thompson, sobald ihr Interview vorbei war.

Während meines Interviews ließ ich durchblicken, dass Frank vorbeigekommen war, um zu erwähnen, dass er einen Neuanfang machen würde, indem er seinen

Buchmacher auszahlt und weit wegzieht. Ich wollte ihm nicht alles erzählen, was ich wusste; er konnte sich die Details selbst erarbeiten. Im Gegenzug erzählte er mir, dass James und Mick, der schmierige Barkeeper, in Boston festgenommen wurden. Mick wurde wegen Besitzes von Rohypnol angeklagt, und er hatte James bereits belastet. Beiden drohten Anklagen wegen schwerer Körperverletzung und sie würden einige Zeit im Gefängnis verbringen. Als ich mit meinem Interview fertig war, ging ich zur Apotheke, zwar stundenlang verspätet, aber immerhin war nicht der ganze Tag verloren.

Ich öffnete die Tür und atmete den Lavendel- und Fliederduft ein, der die Luft erfüllte. Ich fühlte mich jetzt friedlicher, da ich wusste, dass Chuck verhaftet worden war und Trinas Geist in Frieden ruhen konnte.

Bevor ich Kunden hereinließ, ging ich ins Gewächshaus und schloss die Augen, während ich an Abby und den Trank dachte, den Chuck ihr gegeben hatte. Sofort kam mir das Gegenmittel in den Sinn. Stinktierkohl und Schafgarbe, mit Pfefferminze und Honig, um es etwas weniger widerlich schmecken zu lassen.

Ich schnitt ein paar Blätter von jedem ab und brühte sie auf der kleinen Kochplatte im Gewächshaus auf. Ich wollte auf keinen Fall, dass der Laden nach Stinktierkohl roch.

Sobald das Wasser kochte, goss ich den Tee in einen Thermobecher und verschloss ihn schnell. Ich wusste, dass mein Trank alle Auswirkungen des Liebestranks aufheben würde, den Chuck Abby gestern gegeben hatte, denn alles, was er tun konnte, war Zutaten zusammenzumischen. Die Absicht, die ich nach Beenden meines Anti-Liebes-Zaubers hinzufügte, würde sicherstellen, dass ihre Gefühle für ihn wieder normal wurden.

Abby hatte den Tag frei, und ich hatte sie gebeten, mich zu treffen, wenn sie mit Palmer fertig war. Sie kam herein und hielt eine Papiertüte von The Fancy Tart hoch. „Rate mal, was ich habe?"

Ich legte meine Hand an die Stirn, als könnte ich durch die Tüte sehen. „Zwei Eclairs. Die eigentliche Frage ist allerdings, muss ich sie teilen?"

Sie lachte. „Natürlich musst du das." Sie rieb sich die Schläfen. „Verdammt. Was auch immer Chuck mir gegeben hat, verursacht einen ernsten Kater."

Ich sah sie an und versuchte zu erkennen, ob irgendwelche Wirkungen des Liebestranks zurückkehrten. Sie hatte keinen magischen Schleier um sich, also sah es so aus, als hätte der Trank schnell nachgelassen. Ich reichte ihr die Tasse Tee. „Ich habe genau das Richtige. Du musst alles austrinken, also am besten schnell. Komm ins Büro und setz dich."

Abby rümpfte die Nase. „Das ist wieder so ein medizinisches Zeug, oder?"

Ich lächelte. „Trink es, dann kannst du das Eclair essen und den Geschmack gleich wieder ausspülen."

Sie runzelte die Stirn und tat, worum ich sie gebeten hatte.

„Oh!", sagte sie würgend. „Das ist scheußlich."

„Eclair", sagte ich und reichte es ihr.

Sie nahm einen großen Bissen von ihrem und schluckte. „Wenn ich es nicht besser wüsste, würde ich denken, du versuchst mich zu vergiften. War da... Stinktier drin?"

Ich lächelte. „Es ist nur Stinktierkohl. Wie fühlst du dich jetzt?"

Sie nahm noch einen Bissen. „Die Kopfschmerzen sind weg."

„Und wie fühlst du dich in Bezug auf Chuck?"

Sie setzte sich auf und nahm einen viel kleineren Bissen von ihrem Gebäck. „Ich hatte geplant, ihn zu besuchen, jetzt will ich das nicht mehr. Meine Eltern wollten, dass ich wütend auf ihn bin. Gestern Abend habe ich mich geweigert. Heute allerdings bin ich bereit, jede mögliche Anklage gegen ihn zu erheben und noch mehr."

„Braves Mädchen. Geh nach Hause, ruf Palmer an und sag es dann deinen Eltern. Sie werden froh sein, dass du das Richtige tust."

Ich begleitete sie aus dem Laden und hängte das „Geöffnet"-Schild auf. Mit einem Fingerschnippen zündete ich Trinas Gedenkkerze an. „Ich hab ihn, Trina, und alles wird gut werden."

Ich war noch nie jemand, der besonders empfänglich für Geister war, aber es gab keine andere Erklärung für das Flackern der Kerzenflamme oder den herzförmigen Rauch, der sich über ihrem Foto bildete.

Ist das das Ende von Isabellas und Palmers Geschichte? Auf keinen Fall!

Was zur Nelke ist jetzt erhältlich.

Damit du diese Serie heute weiterlesen kannst!

Was kommt als nächstes

Isabella Proctor hat eine neue Superkraft...

...Leichen zu finden.

Womit hat sie das nur verdient?

Sie würde diese Fähigkeit gerne gegen irgendetwas anderes eintauschen – mit Ameisen reden, den perfekten Mojito mixen, einfach alles außer ihre Freunde tot aufzufinden.

Nachdem ihre Nachbarin ermordet wird, nimmt ihr nicht ganz so gewöhnliches Leben eine scharfe Wendung ins Bizarre – magische Amulette, Geheimgesellschaften, tödliche Fehden und sprechende Katzen.

Die Dinge verschlimmern sich, als ein weiterer Freund ermordet wird und sie sich nicht an Detektiv Palmer um Hilfe wenden kann.

Kann sie eine Hexe fangen, die so viel älter und stärker ist als sie selbst, oder wird sie das nächste Opfer?

Was zur Nelke ist jetzt erhältlich.

Damit du diese Serie heute weiterlesen kannst!

VORSCHAU

WAS ZUR NELKE

Es waren drei Monate vergangen, seit ich das Geschäft von meiner Mentorin und Freundin Trina Bassett geerbt hatte, nachdem sie von einem Mann ermordet worden war, der von meiner besten Freundin Abby besessen war und sie entführt hatte.

Ich hatte den ganzen Morgen hart gearbeitet und brauchte eine Pause. Ich schnappte mir meinen Becher und ging in den Verkaufsraum zur kostenlosen Teestation, um mehr Koffein zu holen.

Der heutige Tee war Mango-Matcha, und ich hatte eingeführt, dass es für die Kunden eine koffeinhaltige und eine entkoffeinierte Kanne gab. Ich goss mehr von dem koffeinhaltigen in meinen Becher und rührte einen Klecks Honig ein. Göttin, gib mir die Kraft, mit allem fertig zu werden. Ich hatte John gebeten, neue Lieferanten für mich auszuwählen, aber er lachte nur. Er könne unmöglich die Qualität beurteilen – er könne nur den günstigsten wählen. Wir waren uns einig, dass wir das nicht unbedingt wollten. Meine Kunden verdienten Besseres.

Ich liebte meine Kunden über alles, und sie machten die ganze Arbeit lohnenswert. Mrs. Newcombs raues Husten schien sich mit ihrem neuen Trank zu bessern, und in letzter Zeit hatte ich einen Anstieg bei den Neukunden bemerkt. Hoffentlich würden viele von ihnen in ein oder zwei Wochen wiederkommen und zu Stammkunden werden.

Blattvertrauen

Die Türglocke läutete und Agatha kam herein. Agatha war die einzige Kundin, bei der ich das Gefühl hatte, versagt zu haben. Ihr braunes Haar war verfilzt und sie trug nicht zusammenpassende Schuhe. Ihre Bluse war halb in eine lose Jeans gesteckt, die tief auf ihren Hüften hing, was mir verriet, dass sie nicht genug gegessen hatte. Die Stimme in ihrem Kopf, Alice, musste stark sein. „Guten Tag, Agatha. Wie geht es Ihnen?", sagte ich.

Sie ging direkt zur Teestation und goss sich einen Becher entkoffeinierten Tee ein. „Furchtbar."

Ich sagte nichts, weil ich wusste, dass sie weitersprechen würde, solange ich sie nicht unterbrach.

„Alice ist wütend, dass ich immer wieder versuche, sie zum Schweigen zu bringen, und manchmal lässt sie mich meine Medizin nicht nehmen. Sie zwingt mich, sie stattdessen wegzuschütten." Sie blickte von ihrem Becher zu mir, Tränen stiegen ihr in die Augen. „Ich versuche es zu verhindern, aber sie ist stärker als ich, und wenn sie mich nicht schlafen lässt, habe ich nicht die Kraft, sie aufzuhalten."

Ich legte meine Hand auf ihre Schulter. „Oh, Agatha, das ist schrecklich."

Sie nahm einen Schluck von ihrem Tee. „Ich weiß nicht, was ich tun soll, und ich fühle mich, als wollte ich aufgeben. Einfach sie den Körper haben lassen, damit ich schlafen kann und nicht um jede Kleinigkeit kämpfen muss."

Mein Herz brach für sie. Ich hatte keinen Trank finden können, der mehr tat, als einige ihrer Symptome in Schach zu halten. Ehrlich gesagt lag die Behandlung psychischer Erkrankungen weit außerhalb meiner Fähigkeiten, aber sie weigerte sich, woanders Hilfe anzunehmen.

„Vielleicht ist es an der Zeit, meine Freundin Dr. Rebecca aufzusuchen." Ich hob meine Hände, um ihren

Einwänden zuvorzukommen. „Ich weiß, Sie wollen das nicht, aber ich kann nichts mehr für Sie tun."

Rebecca Cleary war eine örtliche Psychiaterin, die ich angerufen hatte, als mir klar wurde, dass meine Tränke Agatha nicht heilen konnten. Sie war nicht glücklich darüber, dass Agatha sich auf Tränke verließ, und wollte, dass ich sie zu einer Beratung bringe. Ich wollte Agatha nicht bedrängen, denn soweit ich wusste, war ich die einzige Person, die auf ihre geistige Gesundheit achtete. Wenn sie aufhören würde, mich zu besuchen, war ich nicht sicher, ob sie jemanden in ihrem Leben hätte, dem sie am Herzen lag.

„Sie wissen, dass Alice das nicht zulassen wird."

„Bitte. Ich komme mit Ihnen und stelle sicher, dass nichts Schlimmes passiert. Wir müssen nur ein bisschen mit der Ärztin reden. Sie müssen keine andere Medizin nehmen, nur reden."

Agatha schüttelte den Kopf und knallte ihren Becher auf den Teetisch. „Ich brauche meine Medikamente, dann muss ich gehen."

Ich seufzte. „In Ordnung. Aber nehmen Sie die erste Dosis hier, wo ich es sehen kann." Ich hatte diese Regel vor Monaten bei ihr eingeführt, in der Hoffnung, sie wieder zu regelmäßigen Dosen zu bringen. Angesichts ihres heutigen Aussehens schien es nicht zu funktionieren. Bevor ich ihr die Flasche gab, schloss ich meine Augen und nutzte meine Intuition, um sicherzugehen, dass der Trank, den ich für sie gemacht hatte, immer noch der richtige war. Alles, was ich sah, war Ashwagandha, was hinter der Theke auf sie wartete.

Meine Intuition leitete mich dabei, die passenden Tränke für die Menschen herzustellen. Ich schloss meine Augen, dachte an die Person, und dann sah ich, was sie brauchte. Ich hatte einmal einen Trank für meine Oma gemacht, ohne dass sie bei mir war, und er hatte sie halluzinieren lassen. Jetzt stelle ich immer sicher, meine Arbeit zu überprüfen, wenn die Person im Raum ist.

Sie rieb ihre Hände an ihrer Hose. „Schön. Was auch immer."

„Großartig. Er wartet an der Kasse auf Sie."

Wir gingen zum hinteren Teil des Ladens und ich holte ihre Flasche unter der Theke hervor. Ich öffnete sie und reichte sie ihr zusammen mit einem Plastiklöffel. „Zwei Löffel voll."

Sie runzelte die Stirn, nahm aber den Löffel und die Flasche. Sie füllte einen Löffel und nahm ihn, dann den zweiten. „So. Sind Sie jetzt zufrieden?"

„Bin ich. Ich mache mir Sorgen um Sie. Ich habe Angst, dass Alice Ihnen eines Tages wehtun wird."

Sie nahm den Deckel aus meiner Hand und schraubte ihn auf ihre Flasche. „Ich auch", flüsterte sie, bevor sie aus dem Gebäude flüchtete.

Ich stützte den Kopf in meine Hände und wünschte, es gäbe irgendetwas anderes, das ich tun könnte. Ich hatte bereits mit Oma und den Tanten gesprochen, aber obwohl sie erfahrenere Hexen waren als ich, hatten sie bei weitem nicht so viel Wissen über Zaubertränke und keine anderen Vorschläge.

Die nächste Zaubertrankhexe, die ich kannte, war in Sewell, aber ich hatte noch keine Zeit gehabt, sie zu besuchen. Das musste ich zur Priorität machen. Vielleicht könnte ich Agatha überreden, für eine Beratung mitzukommen.

Ich schaute aus dem großen Fenster und beobachtete die vorbeigehenden Menschen. Überrascht sah ich Caroline Arneson, die durch das Fenster zu mir hereinstarrte. Sie hatte in den letzten Wochen immer wieder vor der Apotheke gestanden. Ich wusste nicht warum, vielleicht versuchte sie, mich einzuschüchtern?

Agatha hatte mich nicht bezahlt. Tatsächlich hatte sie mich seit Wochen nicht bezahlt. Ich nahm zehn Dollar aus meiner Tasche und tippte die Transaktion ein. Mein Buchhalter würde einen Anfall bekommen, wenn er wüsste, dass ich das tat, aber wir werden das einfach für uns behalten.

Ich war gerade dabei, zu meinem Computer und den hundert offenen Tabs zurückzukehren, als meine Nachbarin, Mrs. Thompson, den Laden betrat. Ohne sie hätten wir vielleicht nie den Mann gefasst, der Trina getötet und Abby, meine beste Freundin, entführt hatte. Seit dieser schrecklichen Woche im vergangenen März trafen Mrs. Thompson und ich uns ein paar Mal pro Woche zum Tee. Sie lud mich zu scheinbar völlig willkürlichen Zeiten zu einem Plausch ein. Sie war auch eine Hexe, obwohl sie mir nie viel über sich erzählte. Alles, was ich wusste, war, dass sie Menschen mit ihrer Magie aufspüren und finden konnte. Sie wollte alles über mich wissen, meine Pläne und was ich in der Zukunft für mich sah. Manchmal fühlte ich mich, als wäre ich in einem monatelangen Vorstellungsgespräch für einen ungenannten Job.

Meine Zukunft schien für mich ziemlich in Stein gemeißelt - die Apotheke führen, so viel wie möglich über Zaubertränke lernen und Menschen helfen, wann immer ich konnte.

Mit dieser Antwort schien sie nie zufrieden zu sein, deutete aber nicht an, was sie sonst hören wollte. Sie spielte auch ein gemeines Spiel Cribbage, und mehr als einmal fragte ich mich, ob ihre Karten markiert waren oder ob sie Magie benutzte, um zu gewinnen. Die Anzahl der Vierundzwanzig-Punkte-Hände, die sie bekam, war lächerlich.

Heute trug sie eine Capri-Hose aus Seersucker, Bootsschuhe und ein blaues Polohemd. Sie sah aus wie jede andere grauhaarige Großmutter beim Einkaufen, aber ich wusste es besser. Sie hatte einen scharfen Verstand und einen trockenen Humor.

„Hey, Mrs. T., wie geht's Ihnen?", fragte ich, als sie sich der Theke näherte, an der ich stand.

„Ganz gut, Miss P."

Sie hatte mich gebeten, sie Mary zu nennen, aber das fühlte sich für mich nicht richtig an. Sie war meine Ältere, und Oma hatte dafür gesorgt, dass wir alle unsere Älteren respektierten, besonders wenn sie Hexen waren. Als Vergeltung nannte sie mich Miss P. anstatt Isabella. Damit konnte ich leben.

Ich schaute auf mein Regal mit vorbereiteten Tränken unter der Theke, aber es waren keine mit ihrem Namen dabei. „Sind Sie hier, um etwas abzuholen?", fragte ich.

„Oh nein, Liebes. Jameson geht es gut. Was auch immer du an seinem Tonikum geändert hast, hat Wunder gewirkt."

Jameson war ihre schwarze Katze. Ich weiß, ich weiß, was für ein Klischee. Andererseits brauchen auch schwarze Katzen ein gutes Zuhause. Jameson hatte Nierenprobleme, und die Apotheke gab ihm wöchentlich einen Trank. Ich machte denselben Trank für ihn wie Trina, aber meiner wirkte besser bei ihm.

„Was kann ich für Sie tun?", fragte ich.

Ein Ausdruck von Traurigkeit huschte für einen Moment über ihr Gesicht, verschwand aber wieder. „Ich muss demnächst verreisen und wollte dich bitten, auf Jameson aufzupassen."

„Natürlich", sagte ich. Er und ich verstanden uns gut, und es machte ihm nichts aus, für die anderen Male, als ich auf ihn aufgepasst hatte, in meine Wohnung umzuziehen. „Fahren Sie irgendwohin Schönes?"

„Diesmal leider nicht. Ich habe Familienangelegenheiten zu erledigen, und das lässt sich nicht am Telefon klären."

„Kein Problem. Sagen Sie einfach Bescheid und ich bin da. Wie lange glauben Sie, werden Sie weg sein?"

Sie seufzte. „Mehrere Tage, also nimm das Futter und die Katzenstreu mit."

Sie ergriff meine Hand und drückte sie. „Du weißt, dass es niemanden gibt, dem ich Jameson mehr anvertraue als dir, oder?"

Ich lächelte. „Das ist sehr nett von Ihnen. Ich glaube, er mag mich auch."

Sie ließ meine Hand los und zwang sich zu einem schwachen Lächeln. „Gut. Ich bin froh, dass ihr beide so gut miteinander auskommt."

Ich wollte wissen, warum sie traurig aussah. „Bleiben Sie doch zum Tee. Ich habe Granatapfel-Oolong, aber ich kann auch alles andere machen, was Sie möchten."

„Nein, danke, Liebes. Ich habe noch andere Besorgungen zu erledigen, bevor ich die Stadt verlasse. Und wenn ich zurückkomme, müssen wir beide ein langes Gespräch führen."

Ich hatte keine Ahnung, wovon sie sprach. „Sicher. Worüber?"

Sie runzelte die Stirn. „Deine Zukunft."

Es ist nie gut, wenn jemand die Stirn runzelt, wenn er deine Zukunft erwähnt. Sie ging hinaus in den Sonnenschein und ein Gefühl von Unheil überkam mich. Diese Reise würde nicht gut für sie sein.

Kaum hatte sich die Tür geschlossen, marschierte Caroline Arneson herein.

„Guten Morgen. Wie kann ich Ihnen heute helfen?", fragte ich. Es hatte keinen Sinn anzunehmen, dass sie hier war, um mich aus meinem Mietvertrag zu drängen.

Sie schob ihre Sonnenbrille herunter und enthüllte ein blaues Auge. Nun, ich sage blau, aber es war eher gelbgrün, was bedeutete, dass es ein paar Tage alt und am Heilen war. Als ich dachte, sie hätte meine Mentorin Trina getötet, hatte Caroline mir anvertraut, dass sie wüsste, wie sie mit dem Zorn ihres Mannes umgehen sollte. Es sah nicht so aus, als hätte sie vor ein paar Tagen Erfolg damit gehabt.

„Geht es dir gut?", fragte ich.

„Natürlich. Ich brauche nur etwas, um die Heilung zu beschleunigen."

Ich biss mir auf die Lippe. Seit Monaten sammelte ich Ressourcen für misshandelte Frauen in der Hoffnung, sie ihr bei Gelegenheit geben zu können. „Dabei kann ich helfen. Aber können wir zuerst in meinem Büro reden?"

Sie lächelte. „Bist du bereit, dieses scheiternde Geschäft zu verlegen, damit ich deinen Mietvertrag übernehmen kann?"

„Nein. Ich habe nur etwas für dich."

Sie folgte mir in mein Büro und setzte sich. Ich öffnete eine meiner Schreibtischschubladen und zog einen Ordner heraus. „Ich mache mir Sorgen um dich, seit du mir von deinem Mann erzählt hast." Ich reichte ihr den Ordner.

Sie öffnete ihn und schnaubte. „Das ist nichts für mich. Ich komme mit ihm klar."

Sie warf den Ordner auf meinen Schreibtisch.

„Bist du dir da sicher? Dein Auge scheint eine andere Geschichte zu erzählen."

Sie stand auf. „Du bist doch nur ein Kind, was weißt du schon? Also, hast du nun etwas für mich oder nicht?"

„Ja. Ich habe eine gute Mischung aus Aloe, Arnika und Bromelain, die helfen sollte. Sie ist hinten im Laden."

Ich folgte ihr aus dem Büro.

„Sieht aus, als hättest du dich von dem Überfall erholt. Es sieht gut aus hier drin", sagte sie.

Ich reichte ihr eine kleine Flasche mit einer Tinktur zum Verblassen von blauen Flecken. „Danke. Es war viel Arbeit, aber ich glaube, es läuft gut."

„Was schulde ich dir?"

Ich stieß die Luft aus. „Nichts, wenn du aufhörst, mich zu bitten, das Gebäude zu verlassen."

Ihre Lippen verzogen sich zu einem kleinen Lächeln. „Dann sollte ich dich wohl besser bezahlen."

„Elf Euro", sagte ich.

Während sie in ihrer Tasche nach Geld kramte, starrte ich sie an und ließ meine Intuition prüfen, ob sie noch etwas anderes brauchte. Natürlich! Die Zutaten für Harmony Wash erfüllten meine Vision: rote Rosenblätter, afrikanische Veilchen, Klee, Krokus, Alant, Zitronenverbene und Zimt. „Ich habe noch etwas für dich."

„Für den blauen Fleck?"

„Nein. Es ist nur zur ... Entspannung. Ein blumiges Schaumbad. Du siehst aus, als könntest du es gebrauchen." Ich log sie nicht wirklich an. Es war ein blumiges Schaumbad, aber wenn ich ihr gesagt hätte, dass es Harmonie in ihr Zuhause bringen würde, hätte sie mich ausgelacht und es nicht benutzt. „Es ist gleich hier drüben."

Ich nahm die Tinktur für blaue Flecken und führte sie zu der Auslage von Schaumbädern, die ich im letzten Monat kreiert hatte. „Das ist eine neue Produktlinie, die ich entwickelt habe."

Ich hielt ihr eine Flasche hin. „Geht aufs Haus."

Sie gab mir elf Euro und nahm beide Flaschen aus meinen Händen. „Danke, Kleine."

Was zur Nelke ist jetzt erhältlich.
Damit du diese Serie heute weiterlesen kannst!

Über die Autorin

Alles begann, als sie mit fünf Jahren lesen lernte. Eine ihrer ersten und liebsten Erinnerungen ist, wie Wörter auf alle Gegenstände im Haus geklebt waren. Kurz darauf wurden Bücher zum Besten überhaupt, und es gab kein Zurück mehr.

In der Oberstufe und im Studium durchlebte sie eine Selbstzweifelkrise und entschied, dass Schreiben zu schwierig sei. Stattdessen machte sie einen Abschluss in Chemie und schrieb sich später in einem Physik-Promotionsprogramm ein. Drei Karrierewechsel und vier Kinder später ist sie zum Schreiben zurückgekehrt und dabei viel glücklicher.

Jetzt arbeitet sie von ihrem Heimbüro in New Hampshire aus, umgeben von Büchern, Kindern und gelegentlichen Haustieren.

Erfahren Sie mehr über Lisa und ihre Bücher und melden Sie sich für ihren Newsletter an unter LisaBouchard.com

Nördlich der Vierzig

Rebecca Wright hat endlich genug. Genug von ihrem untreuen Ehemann, genug davon, sich in das Bild zu zwängen, das er von ihr erwartet, und genug von ihrem oberflächlichen Stadtleben. Als sie in den mittleren Jahren telepathisch wird, weiß sie, dass sich alles ändern muss. Begleiten Sie sie, wie sie in die Stadt zurückkehrt, die sie liebt, und ihr Leben als Privatdetektivin neu beginnt. Fälle sollten mit Telepathie einfach zu lösen sein, oder? Nicht, wenn die Leute sich selbst genauso belügen wie andere.

Blattvertrauen

Isabella Proctor Gemütliche Paranormale Mysteries

Folgen Sie Isabella, einer lebhaften jungen Hexe, während sie in ihre Kraft hineinwächst und ihre Stadt beschützt. An der Seite von Detektiv Palmer und ihrem vorlauten sprechenden Kater Jameson deckt sie Geheimnisse auf und bekämpft übernatürliche Bedrohungen. Eine fesselnde Mischung aus Humor, Herz und Verspieltheit webt magische Abenteuer, die sowohl Fans von paranormalen als auch gemütlichen Krimis ansprechen. Begleiten Sie Isabella, wie sie Freundschaften, Familie, Liebe und die zauberhafte Welt der Magie meistert.

Printed in Poland
by Amazon Fulfillment
Poland Sp. z o.o., Wrocław

44971748R00161